ノン・サラブレッド

島田明宏

集英社文庫

目次 Contents

サラブレッド種

サラブレッド種とは、父母共に英國のサラブレッド血統書に登錄されたるものより生れたるものを言ふ。素と英國の土産馬と、種々の東洋種との交雜によりて來たれるものなれども、完全なる登錄法の下に純粹繁殖を行ひたるの結果、今日にてはアラブと共に純血種と稱され、その速力の卓越せる點に於ては之に勝さるもの無し。

「日本之產馬」第一巻第二號／一九一一（明治四十四）年五月発行より

DEFINITION
OF
A THOROUGHBRED

A Thoroughbred is a horse which is recorded in the Thoroughbred Stud Book of the country of its foaling, that Stud Book having been granted Approved status by the International Stud Book Committee (Appendix 8) at the time of its official recording.

(International Agreement on Breeding, Racing And Wagering And Appendixes/ Article 12 (BREEDING) January 2020)

サラブレッドの定義（上記英文和訳）

サラブレッドとは、公式に記録された時に生産国の血統書（スタッドブック）に記録された馬で、その血統書は国際血統書委員会（ISBC）に承認の地位を与えられているものである。

（生産、競馬および賭事に関する国際協約第12条／2020年1月）

主な登場人物

Character List

一九七〇年代

大谷晴男……厩務員
堀　健太郎……馬主
松崎欣造……調教師
萩沼辰五郎……生産者
花村士郎……騎手
篠田……「東都日報」記者
羽賀武士……騎手

二〇二〇年代

小林真吾……「東都日報」記者
西ノ宮善行……生産者
高橋……「東都日報」記者
徳山……北星スタリオンステーション事務局長
浜口……「月刊うま便り」編集長
伊勢原……浦河町立馬事資料館学芸員
矢代……競走馬血統登録協会職員
日吉……馬の博物館学芸員
丸福美月……生産者
鹿島田　明……競馬史研究家

ノン・サラブレッド

Non-Thoroughbred

一八九九年
名牝

ここに、数奇な運命を辿《たど》った一頭の牝馬《ひんば》がいる。

その名を「ミラ」という。

ミラは、日本の近代競馬の黎明期《れいめいき》に、横浜の根岸《ねぎし》競馬場で十三戦して十勝、二着三回という素晴らしい成績をおさめた。牝馬とはメス馬のことを言う。そう、ミラは、メス馬でありながら、牡馬《ぼば》（オス馬）相手に圧倒的な強さを見せつけたのだ。しかし、その成績は公式な記録ではなく、正確な生年もわかっていない。おそらく、一八九五（明治二十八）年に、オーストラリアで生まれたものと思われる。

一八九九（明治三十二）年の九月、根岸競馬場で競馬を主催していた日本レースクラブによって、三十頭の軽種馬《けいしゅば》がオーストラリアから輸入された。

そのなかにミラがいた。

オーストラリアから日本まで、船で一カ月ほどを要した。

当時、船による馬の輸送は困難をきわめた。

オーストラリアから初めて競走馬が輸入されたのは、ミラが輸入される四年前、一八九五年のことだった。そのとき輸入された十八頭のうち、競走馬として走ることができたのは四頭だけだった。長い船旅の途中で暴風雨に見舞われて疲弊し、ほとんどの馬が走ることができる状態ではなくなっていたのだ。デビューできた四頭も、馬格《ばかく》の劣る内国産和種にも負けてしまう程度の能力しか発揮できずに終わった。

だが、ミラは、日本の地を踏んですぐに素質の煌《きらめ》きを見せた。

来日二カ月後の一八九九年十一月二十一日、初陣で勝利をおさめると、翌一九〇〇年の十一月まで破竹の七連勝を遂げる。そして、来日三年目の一九〇一（明治三十四）年十一月七日、二着に敗れた一戦を最後に現役を退き、繁殖牝馬となった。新冠《にいかっぷ》御料牧場に千五百円という破格の高値で買い上げられ、北海道に渡ったのであった。

ミラは、繁殖牝馬として、種牡《しゅ》馬第二スプーネーとの間に、シノリ、第二ミラ、第三ミラという三頭の代表産駒《さんく》を送り出した。

一九〇四（明治三十七）年に誕生した牡馬のシノリは、一九一〇（明治四十三）年、天皇賞の前身である帝室御賞典《ていしつごしょうてん》を制した。馬主は、薩摩《さつま》藩士として、維新後は実業家として、そして政治家としても活躍した園田実徳《そのださねのり》。のちに騎手として天皇賞最多勝記録を打ち立てる武豊《たけゆたか》の曽祖父・武彦七《ひこしち》の兄にあたる人物だ。

一九一一（明治四十四）年に生まれた牝馬の第二ミラは、孫のハッピーチヤペルとナンコウが帝室御賞典を制し、同じく孫のワカタカが一九三二(昭和七)年の第一回日本ダービーを優勝するなど、何頭もの活躍馬を送り出した。

一九一二年に生まれた牝馬の第三ミラも、繁殖牝馬として血の力を見せつける。孫のマツミドリ、ヤマヤス、アサヤス、キングセカンドが帝室御賞典、曽孫のシマユキが中山《なかやま》大障害、玄孫、つまり、四世代あとの子孫であるヒカルイマイが皐月《さつき》賞と日本ダービー、五世代あとのシーエースが桜花賞、ランドプリンスが皐月賞を制するなど、一族の優駿《ゆうしゅん》たちが、日本の競馬史に残る大仕事をやってのけた。この第三ミラの血は、明治、大正、昭和、平成を経て、令和の時代までつながれている。

ミラは「日本競馬史上初の名牝」と呼ばれるようになった。それは、自身の競走成績もさることながら、こうした子孫の活躍によるところが大きい。

ミラを起点とするこの血脈は、「ミラ系」と呼ばれ、大きく枝葉をひろげた。牝系としては栄えたミラ系からはしかし、種牡馬として成功した馬は現れなかった。

それはなぜか。

サラブレッドビジネスに関わる者たちは、みなその答えを知っていた。

ミラが、純粋なサラブレッドではないサラブレッド系種、いわゆる「サラ系(Non Thoroughbred)」とみなされていたからだ。

ミラは、その体形からしても、競走能力からしても、また、子孫に伝えた血の力からしても、ほぼ確実にサラブレッドだった。が、オーストラリアから日本に輸入されたとき、サラブレッドであることを示す血統書が付帯されていなかった。ゆえに、サラブレッドであるとは認定されなかったのだ。

サラ系の馬でも、原則的には、八代つづけてサラブレッドを配合されると、純粋なサラブレッドと認められた。

牝馬の場合は、サラブレッド種牡馬を配合し、生まれた牝馬にまたサラブレッド種牡馬を付ける、ということを繰り返していけば、それでいい。生まれた仔馬《こうま》はいつかはサラブレッドと認定される。

しかし、サラ系の牡馬が種牡馬となった場合、たとえサラブレッド牝馬と配合しても、生まれてくる仔馬はすべてサラ系になってしまう。「純血種」の牝馬が「雑種」の仔馬を産むのだから、濁った血脈に逆戻りするわけだ。

純粋なサラブレッドではないという事実は、「ブラッドスポーツ」と呼ばれる競馬においては、致命的に、産駒の価値を下げてしまうのである。

どんなに競走能力が高く、強い仔馬を出すことがわかっている種牡馬であっても、サラ系であるというだけで、自身のサラブレッド牝馬の配合相手にしようとする馬主や生産者は皆無に等しかった。

祖先に血統不詳の馬が一頭でもいると、サラ系のレッテルを貼られてしまう。それだけの理由で、卓越した競走能力を子孫に伝えることなく「馬生《ばせい》」を終えたミラの末裔《まつえい》が何頭もいたのだ。

サラ系というレッテルが、ミラの血を引く馬たちの運命を変えた。

いや、その馬たちだけの問題ではない。

もし、ミラの血統書が存在し、サラブレッドと認定されていれば、何頭ものミラの末裔が、種牡馬として、また繁殖牝馬として、生産界で重要な位置を占め、多くの良質な配合相手に恵まれていたはずだ。そして、高い競走能力を持った産駒が続々と誕生し、日本の競馬史全体が大きく変わっていただろう。私たちは、今日にしている競馬よりさらに質の高いレースの目撃者となっていたかもしれないのだ。

一枚の血統書さえあれば――。

一九七×年
鮫のような馬

シンザンを超えろ。

一九七〇年代、日本の競馬界では、それがホースマンの合言葉になっていた。

東京五輪が開催された一九六四（昭和三十九）年、シンザンは、春の皐月賞と日本ダービー、そして秋の菊花賞を優勝。一九四一（昭和十六）年のセントライト以来、史上二頭目、戦後では初めての「クラシック三冠馬」となった。

シンザンは、一九六一（昭和三十六）年四月二日、北海道浦河町《うらかわちょう》の松橋吉松《まつはしよしまつ》牧場で生を受けた。父ヒンドスタン、母ハヤノボリ、母の父ハヤタケ。ヒンドスタンはイギリスで生まれ、アイリッシュダービーを制するなど八戦二勝という成績を残し、アイルランドで種牡馬となった。アイルランドでは目立った産駒を出すことはできなかったが、一九五五（昭和三十）年、日本に輸入されると、七度もリーディングサイアーとなるなど、大成功をおさめる。

伯楽として知られる武《たけ》田《だ》文《ぶん》吾《ご》の管理馬となったシンザンは、一九六三年十一月十日の新馬戦から、引退レースとなった一九六五年の有馬《ありま》記念まで、十九戦して十五勝、二着四回という、きわめて高いレベルで安定した戦績をおさめた。

皐月賞とダービーでは、二着馬との差はわずかに四分の三馬身しかなかった。菊花賞こそ二馬身半の差をつけたが、必要以上に大きな差をつけることなく勝ち鞍《くら》を重ねながら、他馬との圧倒的な力の差を感じさせた。

武田は、かつて自身が管理し、一九六〇年の皐月賞とダービーを制したコダマを引き合いに出して、こう言った。

「コダマは剃刀《かみそり》、シンザンは鉈《なた》の切れ味」

シンザンの鉈の末脚《すえあし》に太刀打ちできる馬はいなかった。振り降ろされる分厚い刃《やいば》に、他馬はなす術《すべ》なく蹴散らされた。シンザンが他馬より遅れてゴールした四戦は、どれも調教代わりに使われたレースだった。それとてすべて小差の二着であった。

そんなシンザンが現役を退いてから、五年、六年と月日が流れた。毎年、それなりに強い馬は現れた。しかし、成績のうえでも、存在感においても、シンザンを超える馬は現れそうになかった。

どっしりと落ちついた気性。頑健な脚元と内臓。つねに安定した力を発揮し、大舞台できっちり勝ち切った。そうして人間たちに富をもたらしたシンザンは、まさに理想的な競走馬であった。サラブレッドの見本と言うべき、特別な存在だった。

そんな不世出の優駿を超える馬が簡単に現れるわけがない。

誰もがそう思っていたときのことだった。


一頭の、見栄えのしない若駒が、北海道の牧場から東京競馬場にやって来た。くすんだ黒鹿毛《くろかげ》で、あばらが浮き上がり、後軀《こうく》の肉はそげ落ちている。額には細い流星が走り、三白眼の眼光は鋭い。

馬運車から降ろされ、厩舎《きゅうしゃ》の前庭まで、牧夫らしき男に曳《ひ》かれてくる。歩きながら、四肢を細かく震わせ、二度、三度とつまずいている。

「おいおい、大丈夫かよ」

男から曳き手綱を受け取った大谷晴男《おおたにはるお》は顔をしかめた。ここ松崎欣造《まつざききんぞう》厩舎の番頭でもある厩務員だ。この馬の世話を担当するよう、師匠の松崎に命じられていた。

馬を連れてきた男は、逃げるように去って行った。

長い梅雨が明けた、七月半ばの昼下がりのことだった。気の早いセミの声が、府中《ふちゅう》の森に響いている。

「三歳の牡馬って聞いてたけどよ、こいつ、本当に玉ついてんのか」

晴男が言うと、居合わせた騎手の花村士郎《はなむらしろう》が馬の股間を覗《のぞ》き込《こ》んだ。

「ちゃんとついてるよ」

花村は晴男より十歳近く年下なのだが、敬語を使ったためしがない。

「そうか。腹が巻き上がってガレてるし、牝馬みてえだな」

「いや、この目つきの悪さはどう見ても男馬だぜ。白目があって、人食《ひとく》い鮫《ざめ》みたいだ」

そう言った花村の二の腕に、馬がいきなり嚙《か》みついた。

「何しやがる、この野郎」

花村が拳で馬の胸前《むなまえ》を殴りつけた。すると、馬は威嚇するように目を剝《む》き、後ろ脚で立ち上がった。

曳き手綱を握ったままの晴男は、片腕を持って行かれてひっくり返った。

「バカ野郎、殴るやつがあるか」

立ち上がりながら、晴男は花村を睨《にら》みつけた。

「先に嚙みついてきたのはこいつだぜ」

「ガキみてえなこと言ってんじゃねえ。気の悪い牡馬が嚙みつくことぐらい、三流騎手のお前だってわかってるだろう」

「わかってるけど、男馬を甘やかしすぎたら舐《な》められるぜ。おれだって、女馬には絶対に手を上げねえ」

「いいから、とにかく馬に謝れ。このすっとこどっこい」

と晴男は顔を真っ赤にした。

「お、おう。すまないな、鮫君よ」

しぶしぶ言った花村を、馬はぎろりと睨みつけた。

「こいつ、人間の言葉がわかってんじゃねえのか」

と晴男が嬉《うれ》しそうに言った。

「ははは、それはないよ」

「いや、しかし、こんなガリガリなのに、すげえ力だ。それに、こいつ、本当に賢いかもしれねえぞ」

「この鮫ヅラが？」

「ああ。ただのバカ馬なら、もっと暴れて、おれを踏んづけていたはずだ」

「それはどうかな。ま、せいぜい指を食いちぎられないよう気をつけてくれよ」

花村は自転車に乗って行ってしまった。

入れ違いに、調教師の松崎欣造が戻ってきた。この暑さのなか、チェックのジャケットにハンチング帽という出《い》で立《た》ちだが、汗ひとつかいていない。愛用しているステッキの素材は、最高級のスネークウッドだ。

見るからに温厚な老紳士で、実際、従業員にも、競馬場の職員にも優しい。しかし、その外見とやわらかな物腰に似つかわしくない一面もある。

ここからほど近い府中の盛り場で厩舎の勝ち祝いをしたときのことだった。帰り際、愚連隊に因縁をつけられ、若い厩務員の嫁がさらわれそうになった。すると松崎は、手にしたステッキで、男たちの肩や腕を次々と打ち据えたのだ。もんどりを打つ男たちの親玉のやくざが出てきた。どうなることかと思ったら、相手は、ステッキを持った老人が松崎であることに気づくと、コメツキバッタのように頭を下げ出した。松崎は、裏社会にも顔が利くようだ——。

晴男は馬を馬房に入れて、水と干草を与えた。

馬は、水にも干草にも口をつけず、馬房の奥に引っ込んだ。牧場であまり手をかけられなかったのか、どこか人間を信用していないようなところがある。

晴男は馬房の入口を厩栓棒《ませんぼう》で塞ぎ、しばらく馬の前に立っていた。目つきが悪く、馬体が貧相だからか、目を離すととんでもないことをしでかしそうな危なっかしさと、支えていないと崩れてしまいそうな脆《もろ》さを同時に感じさせる。

いずれにしても、扱いに苦労しそうな馬だ。花村が言ったとおり、牡馬の場合、ときには厳しく接して上下関係をはっきりわからせないと調教を進められなくなるのだが、その時期を誤ると、関係が完全に破綻してしまうかもしれない。

そんな晴男の思いなど知ったことかと言わんばかりに、馬はこちらを振り向こうともしなかった。

晴男は、厩舎の端にある、応接室を兼ねた事務室に入った。

「松崎先生、さっき来た三歳っ子、一番手前の厩《うまや》に入れときました」

「うむ、ご苦労」

「歩様《ほよう》がちょっと危なっかしいし、あの様子じゃ、あまりきちんと馴致《じゅんち》はされてないみたいですね」

晴男はコンロで湯を沸かし、茶を淹《い》れた。松崎は、どんなに暑い時期でも、ひと息つくときは熱い緑茶と決まっているのだ。

「晴男」

松崎に呼びかけられて、晴男は顔を強張《こわば》らせた。下の名前で呼ばれるときは、身内の不幸であったり、厩舎の従業員の不始末に関することであったりと、悪い話になることが多い。晴男は、松崎の妹の息子、つまり、松崎の甥《おい》なのである。それでも、競馬場にいるときは、競馬サークルの慣例に従い、調教師の松崎を「先生」と呼んでいる。

松崎が言葉をつづけた。

「桜木《さくらぎ》さんと山岸《やまぎし》さんの馬を整理しなければならん」

「どういうことですか」

「二人とも本業が苦しいから、馬を持つのをやめるそうだ」

桜木も山岸も、古くから松崎厩舎に所有馬を預けてきた馬主である。鉄工所を経営する桜木も、大手製紙会社の役員である山岸も、金回りはすこぶるよかったはずだ。

「ずいぶん急な話ですね。桜木さんと山岸さんに御祝儀をもらったのは、ついこの間のことですよ」

東京五輪後の「いざなぎ景気」で右肩上がりの高度経済成長がつづいていた。「カー」「クーラー」「カラーテレビ」の「3C」が「新・三種の神器」と呼ばれ、豊かさの象徴となった。ベトナム戦争の激化、公害問題の深刻化、アポロの有人月面着陸、よど号ハイジャック事件など、内外でさまざまな出来事があった。社会が急速に変化し、それが進化であると誰もが疑っていなかった。が、この先、日本は、そして世界はどんな方向に進んで行くのか、みながその不透明さにおののきながらも、あえて目を逸《そ》らし、時代の激流に身を任せていた。

「桜木さんと山岸さんの代わりというわけではないが、運送業で儲《もう》けた人が、新規の馬主さんになってくれたよ」

松崎はそう言って、事務机を顎で指し示した。

机の真ん中に、ひらいたままの管理馬台帳が置かれている。丁寧な筆文字で、馬名や血統、馬主の名前などが記されている。

ホーリーシャーク

サラ系　牡　黒鹿毛　一九六×年四月十五日　静内《しずない》産

父マルーン　母ユウミ
馬主　堀健太郎《ほりけんたろう》
生産者　萩沼辰五郎《はぎぬまたつごろう》
馬名意味　神聖な鮫

この「堀健太郎」という人物が、新規の馬主のようだ。

「ホーリーシャークって、今日入ってきた三歳っ子ですか」

鮫のような目つきからシャークと名付けたのか。

「そうだ」

「名前だけ聞くと、いかにも走りそうですね」

晴男が言うと、松崎は微笑《ほほえ》んだ。

「馬主の堀さんは、最初『ホリケンシャーク』にすると言い張って大変だったんだ。自分は昔から『ホリケン』と呼ばれているから、馬名に付ける冠もそうしたい、と」

「いや、『ホーリー』のほうが、冠として、ずっと洒落《しゃれ》てますよ」

「初めて所有する愛馬だから、えらく入れ込んでな。まだ競走馬になれるかどうかもわからないのに、『これは掘り出し物だ』と大喜びしておる」

ホーリーシャークの貧弱な馬体と、暗く、鋭い目が思い出された。

「この馬、サラ系なんですね。アラブの血でも入ってるんですか」

「そうではない。六代母にミラがいるんだ」

　競走馬は、母方の祖母を二代母、曽祖母を三代母と数えていく。

　ミラが、明治時代に輸入された牝馬で、血統書がなかったがゆえに、サラ系に分類されたことは、晴男も知っていた。

　ほかにも、第二メルボルン、バウアーストックなど、優れた子孫を残しながらも同様に血統書がなかったためサラ系とされた名牝が何頭もいる。

　これらの馬に共通しているのは、オーストラリアから輸入されたことだ。もともとイギリスの植民地だったから競馬と馬産が行われるようになったのだが、血統を重んじるという意識は、本国ほど徹底されていなかったのか。

　それらはかつて「濠《ごう》サラ」と呼ばれていた。登録関係の書類にもそう記されていたのだが、大正時代の末期に血統登録制度が創設されてからは、純粋なサラブレッドとは異なる種類、つまりサラ系として扱われるようになった。呼称も「濠州産洋種」を略した「濠洋」となった。

　日本でサラ系というと、サラブレッドより速力で劣るアングロアラブの血が入った馬を指すことが多い。アングロアラブの血量が二十五パーセント未満だと、アラブ同士のレースに出走できなくなり、アラブでもサラブレッドでもないサラ系に分類される。それもあって、サラ系というだけで、価値を低く見積もられてしまうのだ。もちろん、ホーリーシャークにアラブの血は入っていない。

ふと気づくと、松崎の顔から笑みが消えている。

頭のなかでは銭勘定がなされているのだろう。

馬を手放す二人の馬主の所有馬は十頭。厩舎の経営は、馬主から毎月払われる預託料と、管理馬がレースで稼いだ賞金の一割に相当する進上金で成り立っている。そこから従業員の給料を払ったり、馬具や飼料、厩舎作業に必要な器具を買ったりしているわけだが、今月から、馬十頭ぶんの預託料が入らなくなる。いや、新たにホーリーシャークが加わったから、差し引き九頭ぶんだ。それでも、二十しかない馬房のうち半分近くが空いてしまうのだから、痛い。二、三カ月なら大丈夫だろうが、この状態が半年、一年とつづくと、経営が苦しくなる。

「やはり、人を減らさなきゃならんか」

目を閉じて松崎は言った。

今、この厩舎には、晴男を含めて八人の厩務員がいる。ほかに、調教騎乗を専業とする調教助手が二人。さっきここにいた花村やほかの騎手たちもときどき調教を手伝ってくれる。が、馬の手入れやカイバづけ、馬房の掃除などの厩舎作業は、晴男ら八人の厩務員で行っている。

馬が二十頭いれば、それでも人手が足りないぐらいだが、もうすぐ、人が余るようになる。

晴男は、松崎が不在のとき、代理で馬主を接待したり、管理馬全頭のカイバ食いの様子や、脚元の具合を見たりと、厩舎の番頭として働いている。ほかのほとんどの厩舎では調教助手が番頭となっているのだが、この厩舎の調教助手は二人とも番頭となるには若すぎるので、調教師の甥である晴男がその役を担っているのだ。

馘首《かくしゅ》されるとしたら、ほかの厩務員だろう。給料は高いのに、年を取って動きの鈍くなったベテランに暇を出すか。逆に、安い給料で、ベテラン二人ぶんの仕事をする若い厩務員ならほかの厩舎もほしがるので、彼らの誰かを移籍させるか。

松崎が目を開けた。

「減らすとしたら、ひとり、適当な人間がいる」

晴男の脳裏に老厩務員の姿が浮かんできた。水桶《みずおけ》を運ぶのも休み休みで、馬を洗うのも遅いので、長時間濡《ぬ》れたままの馬がかわいそうになってくる。

「誰ですか」

その男に暇《いとま》を告げる、嫌な役回りを引き受ける覚悟で晴男は訊《き》いた。

すると松崎は、ゆっくり自身の顔を指さした。

「わしだよ」

「え？」

松崎は冗談を言っているような顔ではない。

調教師が辞めたら、ひとりどころか、全員が路頭に迷ってしまう。

その松崎が身を乗り出して言った。

「晴男、お前、調教師になる気はないか」

少しの間、意味がわからなかった。

「伯父《おじ》さん、いや、先生。冗談言っちゃいけねえ」

と晴男は立ち上がり、ひらいた両手を顔の前で振った。

「もちろん、今すぐ厩舎を引き継げとは言わん。秋、調教師免許試験を受けて、来年の春、わしと入れ替わりにこの厩舎の主《あるじ》となればいい」

「ダメダメ、そもそもおれは厩務員だぜ。調教師免許試験を受けるには、その前に調教助手になっておかなきゃならないんでしょう？」

「そんな規程はない。ただ、厩務員から調教助手を経ずに調教師になった前例がないだけだ」

「いやいや、前例がないなら余計にダメです。おれはそんな器じゃねえよ。そもそも、おれの頭で、調教師免許試験なんざ受かるわけがねえ。書ける漢字は名前と住所だけですぜ」

「試験など、わしがどうにでもしてやる」

「どうにでもって……」

「余計な心配はするな」

松崎がステッキで床をどんと突いた。

その振動が足の裏に伝わってきて、自然と背筋が伸びた。

晴男はそのまま腰を下ろした。

長押《なげし》に飾られた賞状や、陳列ケースに入った重賞の優勝レイなどがグルグル回っているように見えた。

射し込む西日が、目に入るすべてのものをきらきらと輝かせている。

是政通《これまさどお》りから、豆腐売りのラッパの音が聞こえてきた。

二〇二×年
タレコミ

その情報は、発信元が「非通知」となっていた一本の電話によってもたらされた。いわゆる「タレコミ」である。

電話をかけてきた男は、情報を伝える相手を指名してきた。

全国規模のスポーツ新聞「東都日報」の競馬面で血統のコラムを書いているから適任と見られたのか。

指名された記者は、受話器を左耳と肩の間に挟み、メモの用意をした。

「お電話替わりました。小林《こばやし》です」

「お宅に、ぜひ、見てもらいたいものが、ある」

男は、低い声で、言葉を区切りながら、ゆっくりそう話した。

「どんなものでしょうか」

記者の小林真吾《しんご》が訊いてから、答えが返ってくるまで、少し間があった。

「古い、血統書」

「いつごろのものですか」

「明治、時代だよ」

「本当に古いですね」

男が満足そうに息を吐く気配が伝わってきた。

「静内の、西ノ宮《にしのみや》牧場。知ってる、か」

「はい、取材したことはありませんが」

何年か前のローカル重賞で掲示板に載った馬の生産者だったはずだ。おそらく、家族経営の小さな牧場だろう。

「牧場主が、借金の、形《かた》に預けた血統書。そのなかに、紛れ込んで、いた」

種付料などを工面するため、生産馬の血統登録証明書を担保に、金融業者などから借金をする生産者がいると聞いたことがある。

「何という馬の血統書ですか」

「エム、アイ、アール、アール、オー、アール」

男の言うスペルを書き取った。

ＭＩＲＲＯＲ
「英語で『鏡』という意味の『ミラー』ですね」

「違う。ミラ、だ」

小林は受話器を耳に当て直した。

「すみません、もう一度、馬名を言っていただけますか」

「ミ、ラ」

「ちょっと待ってください。本当に、ミラですか」

「そう。ミラ、だ」

「ミラという名で、明治時代に日本にいた馬というと、一頭しか思い浮かびませんが、まさか……」

日本で初めての名牝と呼ばれた、あのミラだというのか。

だとしたら、おかしい。ミラは、血統書がなかったがゆえに、サラ系に分類されてしまったのだ。

男は何も言わない。

「もしもし、どうかしましたか」

少し経《た》つと、また男の声が聞こえてきた。

「数字も、書いて、ある。一、八、九、五」

「おそらく、その馬の生まれた年です」

西暦一八九五年は明治二十八年。ミラの時代と一致する。

「長い、横文字が、ある。何だ、これは。ダブリュ、イー、エー、テー、エッチ、イー、アール、ビー、ワイ。あとは、読めん」

WEATHERBY
ウェザビー社。十八世紀から『ジェネラルスタッドブック』というサラブレッドの血統書を出しているイギリスの会社である。『ジェネラルスタッドブック』は、血統書といっても、馬に付帯する一枚の血統登録書とは別種の、分厚い本だ。つまり、競馬用語で言うところの「血統書」は、『ジェネラルスタッドブック』を指すこともあれば、一枚の血統登録書を指すこともあるのだ。

男が「読めん」と言った全体は「Weatherby & Sons」ではないか。さらに「English Stud Book Certificate」と記されているかもしれない。ウェザビー社の『ジェネラルスタッドブック』に祖先が掲載されていることを証明する、という意味だ。「English Stud Book」と「General Stud Book」は同じ意味で用いられることが多い。

「その血統書は日本でつくられたものですか。それとも外国でつくられたものですか」

「日本、だ。右の、とおり、そうろうなり、と書かれている」

「今、どちらから電話をかけているのですか」

「北海道、だ」

「日高《ひだか》ですか」

それには答えず、声を落として言った。

「これには、裏が、ある。事件、が、絡んで……」

「事件？ 失礼ですが、お名前と、ご連絡先を」

男が何も言わないので、小林は話しつづけた。

「もしもし、事件というのはどういうことですか。もしもし」

返事がない。

受話器の向こうで、何かが割れるような音が小さく聞こえた。

そして、プッッと音がして、電話が切れた。

「ち、何だよ……」

しばらく待ったが、電話が鳴ることはなかった。この程度のことで通信記録の開示を求めるわけにはいかないので、待つしかない。

小林はパソコンを立ち上げた。男が口にした「事件」という言葉が気になった。「ミラ」「西ノ宮牧場」「事件」をキーワードにネットで検索したが、何も出てこなかった。

単なるイタズラだったのだろうか。

ひとつ下のフロアの芸能部には、毎日のようにタレコミの電話やメールが寄せられている。そのほとんどが「情報を売りたい」という申し出だ。なかには先払いを要求してくる通報者もいるという。金目当てのタレコミの次に多いのは、個人的な恨みを晴らすことが目的のもので、どちらも大半がガセネタだ。

目的が金だとしても、私怨を晴らすことだとしても、通報者は、何らかのメリットを得ようとして動いている。愉快犯だとしてもそうだ。自分の歪《ゆが》んだ欲求を満たすこと自体が大きなメリットになる。

今電話してきた男は、どうか。

ミラの血統書があることを小林に知らせて、どんなメリットがあるのだろう。

その血統書を売ろうとしているのか。それとも、血統書があるという情報を売ろうとしているのだろうか。

あるいは、「事件」を匂わせることでこちらを慌てさせようとする愉快犯だろうか。

どれも違うような気がした。

人に話を聞いて書く、という作業を日々繰り返していると、嘘《うそ》を吐《つ》く人間と本当のことを言う人間とを自然と見分けられるようになるものだ。メールや、無料通信アプリのLINEなどの文字だけでもわかるし、電話でもわかる。文字なら字面、声なら言葉の発し方といった、意図の向けられ方とでもいうべきものでわかるのだ。

あの男が本当のことを言っているのは間違いないと思う。

何かを真剣に伝えようとする人間の話し方だった。

血統書を金に替えようとするなど、何らかの打算を持ってコンタクトしてきたわけでもないように感じた。

記者の勘としか言いようがないのだが、会ったほうがいい、会うべき相手だという思いが、小林のなかでどんどん膨らんでいく。

会いたい。会って話がしたい。

ただ待っているだけでは落ちつかなかった。

小林はパソコンの「文書」フォルダをひらき、そのなかに入っている「連載」フォルダをひらいた。

あった。数年前に、ミラが走った時代、つまり、日本の近代競馬の黎明期について調べ、東都日報の紙面に短期集中連載をしたのだ。二〇一六年、横浜の根岸競馬場の開設百五十周年に合わせた企画だった。

日本初の本格的洋式競馬場である根岸競馬場は一八六六（慶応《けいおう》二）年の秋に完成。翌年一月からレースが行われた。太平洋戦争の激化により一九四二（昭和十七）年限りで中止されるまで、七十六年間、競馬が開催された。

当初は居留外国人を中心とした横浜レースクラブが競馬を主催していたのだが、それを前身とする日本レースクラブが一八八〇（明治十三）年に設立され、日本人の入会が正式に認められた。名誉会員には宮家、正会員には西郷従道《さいごうつぐみち》、松方正義《まつかたまさよし》、伊藤博文《いとうひろぶみ》、井上馨《いのうえかおる》といった明治政府の重鎮が名を連ねている。同年六月七日から九日まで、日本レースクラブによる初めての開催が施行された。そのとき「The Mikado's Vase Race」

が行われ、明治天皇から優勝馬主賞品として金銀銅象嵌《ぞうがん》銅製花瓶一対が下賜された。これが天皇賞の起源である。

翌年の五月十日には初の天覧競馬が行われた。以降、一八九九（明治三十二）年五月九日まで、明治天皇は、根岸競馬場に十三回も行幸している。

根岸競馬場は治外法権が適用されたため、日本の刑法で禁止されていた賭けが当初から行われていた。イギリスと同じブックメーカー方式や、宝くじのような抽選方式のくじだったと思われる。

そして一八八八（明治二十一）年、現在のように、主催者が賭け金から一定の手数料を差し引いて的中者に配分する「パリミューチュエル方式」の馬券を、日本レースクラブが売り出すようになった。

おかげで日本レースクラブの財政は潤った。その潤沢な資金によって、オーストラリアから洋種馬を輸入し、競走のレベルアップをはかり、さらなる発展を遂げていく。

サラブレッド競馬の本場イギリスやフランスではなくオーストラリアから輸入したのは、馬の価格が安く、輸送時間が短かったからだ。

ミラが輸入されたのは、一八九九（明治三十二）年九月。初めてオーストラリアから馬を輸入してから四年後のことだった。そのとき、日本レースクラブの会頭をつとめていたのは、『一外交官の見た明治維新』などの著書がある、イギリスの駐日特命全権行使、アーネスト・サトウであった。

ミラは、競走馬時代は「ミラー」と表記されていた。電話で男が読み上げたように、「鏡」という意味の「ミラー」と同じスペルを用いた文献もあれば、横浜開港資料館などで閲覧できる明治時代の英字新聞「ジャパン・ウィークリー・メイル」に掲載されたレースの成績表のように「MIRA」と記したものもある。

「ミラ」という表記が浸透したのは、繁殖牝馬となり、ミラ系の枝葉を大きくひろげるようになってからだ。

ミラの競走成績は、調べれば調べるほど、不確かになっていく。『日本の名馬・名勝負物語』(中央競馬ピーアール・センター)には十三戦十勝と記されているのだが、いくつもの資料に当たって小林が出した結論は「十五戦から十七戦ほどして十一勝」というものだ。いずれにしても、競走馬として素晴らしい能力を発揮したことは間違いなく、その名を冠した「ミラ・ステークス」が開催されたほどだった。

それまで根岸競馬場で行われていたレースのほとんどは日本の在来馬と中国産馬によるものだったが、オーストラリア産の馬によるレースが次々とつくられ、日本の競馬は欧米のサラブレッド競馬に近いものになっていく。

デビューから七連勝したミラは、一九〇〇(明治三十三)年十一月七日に初めての敗戦を喫する。そのときミラを二着に抑えて勝ったゼカウントは、馬主がミラを負かすため、わざわざ人をオーストラリアに派遣して輸入した古馬であった。

ミラは足かけ三年の競走生活で一二〇〇メートル、一六〇〇メートル、二〇〇〇メートル、二四〇〇メートルとさまざまな距離のレースを走り、そのすべてで勝利をおさめている。御下賜品《ごかしひん》が与えられた横浜ダービーなど大きなレースも制しており、堀越綾次郎《ほりこしあやじろう》が騎乗したことが記録に残っている。

ミラの毛色は、当時の登録馬名簿によると「赤」となっている。これは英語の「RED」をそのまま訳したものか。のちに新冠御料牧場が同馬を購入したさいの書類には「鹿毛」と記されており、現在の分類に当てはめると鹿毛だったと考えられている。

日本で競走馬の血統に関する意識が希薄だったころは、ミラも、イギリスやフランス、アメリカから輸入されたサラブレッドも同じように分類されていた。しかし、一九一三（大正二）年、イギリスで、その馬の祖先が『ジェネラルスタッドブック』に掲載されていなければサラブレッドとは認められなくなった。

そのため、輸入されたときに血統書がなかったミラは、純粋なサラブレッドではない「サラ系」に分類された。

ミラの子孫も同様に「サラ系」のレッテルを貼られることになった。

まだ電話は鳴らない。電話機を睨みつけたからといって、こちらの気持ちがあの男に伝わるわけはないとわかっていても、苛立《いらだ》ってしまう。やり取りを反芻《はんすう》すると、反省すべきところも出てくる。本当にあの名牝ミラなのか、男の手元の血統登録書に記されている性別を訊くべきだった。男は、横文字が記されていると言い、ウェザビー社のスペルを読み上げた。ならば、どこかに英語で「FILLY（フィリー）」か「MARE（メア）」と記されていたかもしれない。フィリーというのは英語で三、四歳の牝馬、メアというのは五歳以上の牝馬のことだ。

それに、ゆっくりとした話し方ではあったが、何かに追われているかのような切迫感があった。自分の話し方に自分で苛立っているようなところもあったように思う。

エアコンから吹き出される冷風が、小林のデスクに届くまでに生ぬるくなっている。先週、上半期の競馬を締めくくる宝塚《たからづか》記念が行われた。「春のグランプリ」と呼ばれるビッグレースが終わり、ちょっと気が抜けかけていたところに、横っ面を引っぱたかれたような感じで、目が覚めた。

部長の席の向こう側の窓から東京湾が見える。夜になると、光を放つレインボーブリッジが浮かび上がり、幻想的な眺めになる。今、小林がいるこの社屋のあるあたりにも、昔は漁港や海苔《のり》の養殖場があった。昔と言っても、昭和の初めごろまでだ。ミラが生きていたのは、そのさらに前の時代である。

小林はパソコンにミラの写真を表示させた。一九〇一（明治三十四）年に撮影されたとされている、馬体を右横から撮ったモノクロ写真だ。男が両手で曳き手綱を持っている。ミラの額には小さな星があり、優しそうな目に、静かな光をたたえている。その目はどこか遠くを見つめているように思われた。

「先輩、パソコンと睨めっこなんて、珍しいっスね」

後輩記者の高橋《たかはし》が取材先から戻ってきた。

高橋は、ほかの先輩記者のことは普通に「さん」付けで呼んでいるのに、小林のことだけは「先輩」と呼ぶ。同じレース部でこうして机を横に並べて五年以上になるので、ニックネームのような感覚で呼んでいるのだろう。

「実は、ちょっと気になるタレコミがあってな」

「タレコミ？　どんなネタっスか」

男は「事件」が絡んでいると言ったのだから、「タレコミ」と言っていいだろう。

小林が要点を話すと、高橋は腕を胸の前で組んで、首をかしげた。

興味がないのかと思ったら、逆だった。

「もし、それが本当だったら、日本の競馬史を引っくり返す大発見っスよ」

「ああ、ミラの血統書が出てきて、ミラが実はサラブレッドだったとわかれば、あの馬の子孫でビッグレースを勝った馬も、サラ系なんかじゃなくサラブレッドだった、ということになるからな」

「ミラの末裔の種牡馬は、サラ系というだけで冷遇されて、いい配合相手に恵まれなかったわけでしょう。日本の競馬界は知らないうちに大変な損失を被っていた、ということになりますね」

「それにしても、意外だな。お前みたいに若いやつは、この手の古い話には興味を示さないと思っていたよ」

「いやいやいや、歴史は大事っス。それがあるから、ぼくらはこうしてここにいられるわけですし、そこから学ぶ教材でもあり、同じ過ちを繰り返さないための反面教師でもあります。歴史は深いんス」

少し前まで彼女に振られて落ち込んでいたのに、もう立ち直っている。ひょっとしたらと思って、訊いた。

「お前、新しい彼女ができて、その子が歴女とか言うんじゃないだろうな」

寺社仏閣や古い城を巡ったり、特定の武将のプロフィールを掘り下げて研究したりする歴史好きの「歴女」なる女性たちが十年ほど前から急増したが、今も変わらず多いようだ。

「な、何を、いや、そんな、ハハハ……」

「図星か」

「はい。どうしてわかったんスか」

「お前がわかりやすいからだよ」

「いや、まあ、それよりミラですね」

「お前も一枚嚙むか」

「いいんスか⁉　でも、これは先輩のネタでしょう。東都のエースがバーンとやってこそインパクトがあるんじゃないかなあ」

「おれはエースじゃないよ。それに、この手の取材は『特別取材班』にしたほうが動きやすい。これをシリーズにして、連載の最終回に特別取材班のメンバーとしておれたちの名前を載せればいいだろう」

　高橋が嬉しそうに目を輝かせた。

「それ、カッコいいっス」

「まあ、ガセネタだったとしても、それを見極めるべく切り込んでいく面白さを読者に味わってもらえれば、夏場の暇ネタとしては十分以上だろう」

「はい！」

　高橋には、まず、ネットでの情報収集と、国立国会図書館のデータに当たってもらうことにした。明治の末期、「競馬世界」という月刊誌が出版されていた。数号で「馬匹世界」に改題されたのだが、そこには全国各地の競馬場での結果一覧や短評のほか、生産界の情報や海外の競馬事情を紹介する記事なども掲載されている。それを国立国会図書館ロビーの端末で閲覧することができ、必要な部分をコピーしてくればいい。ミラや、そのほかのサラ系の馬に関する記事も多くあるはずだ。

その後も、男から連絡は来なかった。

あの電話で十分に用件を伝えたと思ったのか。それとも、唐突な電話の切れ方からして、何か、連絡ができなくなった事情があるのだろうか。

イタズラかガセネタかもしれないとわかっていても、気になった。

それは、ほかならぬ「ミラ」の血統書に関するネタだったからだ。

自分が血統のコラムを担当していることに加え、小林には、ミラにこだわるもうひとつの理由があった。

入社した翌年だから、今から十四年前のことだ。先輩記者とともに「日本の名牝」というシリーズ企画を担当した。小林は、学生時代からその先輩記者が書いた文章を読んでいた。その記者がいるから東都日報に入ったと言ってもいい。そんな憧れのエースとの初めてのタッグだったので、力が入った。

自分としては、大きく枝葉をひろげるフロリースカップ系やアストニシメント系、フラストレート系などについて書いてみたいと思っていたのだが、先輩に執筆を命じられたのは、ミラ系についてだった。

原稿を書くにあたって、ミラが走っていた根岸競馬場の跡地を初めて訪ねた。敷地内には昭和の初めにつくられた一等馬見所、つまりスタンドが今も残っている。そこからかつてのコースを挟んだ南東にある「馬の博物館」には、近代競馬の黎明期に活躍した人馬に関する資料などが展示されている。ここには国内外の競馬史を研究する複数の学芸員が常駐しており、取材を通じ、彼らの知識の奥深さに驚かされた。その馬の博物館と、東京競馬場内の競馬博物館の展示物――天皇盾や、優勝賞品の金製の鞭《むち》、往年の名騎手が寄贈した鞍や、馬主が提供した勝負服など――を見て、時代の流れのなかでの競馬について考える機会を得たことによって、競馬記者としての視点の方向性が定まったような気がする。

そのチャンスをくれた先輩記者は、先年、自ら命を絶った。

小林は、ずっと目標にし、どんな原稿を書くときでもつねに意識していた大きな存在を失った。

今でも迷ったときや困ったとき、あの人ならどうするだろうと考えることがある。今回のタレコミに関する取材も、先輩――沢村哲也《さわむらてつや》なら、確実に飛びつき、何らかの形にするだろう。

タレコミの電話から一週間が経ち、ようやく、その真偽を確かめるべく、北海道に向から時間を確保することができた。社内での名目は、日本で長きにわたって血がつながれている牝系を、シリーズで紹介するための取材だ。ミラの血を受け継いだ牝馬は今も複数いるので、偽企画というわけではない。

じっくり調査をする時間がほしかったのでシリーズにしたのだが、そのせいで、寄り道が多くなってしまった。一九〇七（明治四十）年にイギリスから輸入された「小岩井《こいわい》の牝系」について取材するため岩手の小岩井農場に行き、その足で、青森の八戸《はちのへ》を訪ねた。一九四三（昭和十八）年に牝馬ながら日本ダービー、オークス、菊花賞の「変則三冠」を無敗で制したクリフジの主戦騎手・前田長吉《まえだちようきち》の親族から話を聞くためだった。前田の馬具や書簡などの遺品が、八戸の生家に残っているのだ。クリフジは千葉の下総《しもうさ》御料牧場で生産され、その牝系の血（元は小岩井の牝系なのだが）は、ミラ同様、今もつながれている。

八戸からは新幹線ではなく、あえて時間のかかるフェリーにした。苫小牧《とまこまい》までの船中で、小岩井の牝系と、クリフジについての原稿を書いた。かなりのボリュームになったので、向こう二週間は〆切《しめきり》から解放され、調査に専念できるだろう。

四年前に離婚してから、自宅にいる時間がますます短くなった。妻と五年間暮らしたマンションに帰ると、今でもどこか落ちつかず、本を読んでいても、風呂に入っていても、眠っているときさえも、疲れが溜《た》まっていくように感じてしまうのだ。こうして東京から離れ、自宅以外のどこかで眠るほうが寝覚めがいいという、風来坊のような体質になってしまった。

苫小牧でレンタカーを借り、日高の馬産地を目指した。サイドウインドウを細く開けると、北の大地特有の乾いた風が入ってくる。ステアリングを握りながら、男とのやり取りを反芻した。

途切れ途切れの話し方は、電話の直後に感じたように、癖というより、何らかの圧力を受けていたせいではないか。それに、今思うと、かなり年を取った男のような気がする。「T」を「ティー」ではなく「テー」、「H」を「エイチ」ではなく「エッチ」と発音していたのも年寄りならではだ。七十代か、八十代か。

男が言った「事件」とは、どんな種類の事件なのか。

ミラの血統書が存在していたとしたら、どのような利害関係が生じるのか。誰が得をして、誰が損をするのか。

はたしてそれは「金のなる木」になるのだろうか。

日高自動車道に乗り、鵡川《むかわ》インターを過ぎたところで高橋から電話が来た。

ブルートゥース接続によるハンズフリーで通話を始めた。

「先輩、面白くなってきましたよ」

声が弾んでいた。

「何かわかったのか」

「はい、その前に、国会図書館で閲覧した『競馬世界』と『馬匹世界』のミラや根岸競馬場に関する記事のコピー、スキャンして、メールしておきました」

「お、サンキュー」

「それは、まあ、参考になる程度なんスけど、意外な収穫があったのは、登録協会の取材なんです」

　高橋の言う「登録協会」とは「公益財団法人競走馬血統登録協会」のことだ。そこには、小林から、顔なじみの職員に電話を入れておいた。取材の趣旨を伝えると、数日間待ってほしいと言われた。時間が必要なのは、小林が、明治時代か大正時代の血統登録書が保存されているのなら見せてほしいとリクエストしたからだ。「どこかにあるはずだが、倉庫の奥を探すことになる」ということだった。返答をもらえるのは、小林が東北経由で北海道取材に向かう時期と重なってしまうので、その取材を高橋に任せたのだ。

　高橋が話をつづけた。

「話を聞いた国際業務部の矢代《やしろ》さん、獣医師でもあるって、知ってました?」

「ああ、登録部にいたとき、当歳馬《とうさいば》の血統登録でたてがみを採取する仕事なんかもしていたはずだ。おい、まさかそれが収穫って言うんじゃないだろうな」

「違いますよ。聞いてください。もし、ミラの血統書が出てきたら、今からでも、あの時代まで遡って、ミラがサラブレッドだと国際血統書委員会に認められる可能性がある、と矢代さんは言うんスよ。となると、ミラの子孫もサラブレッドだと認められますよね」

つまり、ミラの名が『ジェネラルスタッドブック』に掲載される可能性がある、ということだ。

「それはすごい話だな」

「でしょう? ただし、問題があるんスよ。仮に、血統書が見つかったとしても、それと、実物のミラとを結びつけるものが必要だというんです。今は、流星なんかの白徴《はくちょう》の入り方やDNA鑑定で照合していますよね。それに代わる方法で、この血統書はこの馬のものだ、と証明できる何かが」

「古い血統書は、よく、写真とセットにして保管されているな」

「そうですか。今の科学力なら、その写真がどの時代に撮影されたものか判定できますよね。ただ、あとから誰かが別の馬の写真とすり替えたんじゃないかと言われたら、反証できないっスよね」

「確かにそうだな」

「矢代さんは、例えば、ミラとどんな種牡馬が配合したのかを記した台帳と、その血統書に割印が捺《お》されていて、両者が合致すれば、証拠として十分だろうと言ってました」

「なるほど、よくわかった。けど、それと、矢代が獣医だということと、どういう関係があるんだ？」

「そうそう、血統書と馬とを結びつけるもの。例えば、今の血統登録と同じように、誰かがミラのたてがみを保管して、それと一緒に血統書が見つかったとしたらどうかと訊いてみたんです。ミラの末裔のそれとのＤＮＡ鑑定ができるでしょうか、と」

「ああ、今もミラの十世代あとや十一世代あとの馬がいるからな」

　現時点で小林が把握しているだけでも、静内の生産牧場に、繁殖牝馬を引退して功労馬として過ごしている馬が一頭いて、その娘二頭が競走馬となっている。

「矢代さんは、十世代ぐらいの離れ方なら、ＤＮＡ鑑定で子孫かどうか、かなりの確率で判定できるはずだと言うんです。獣医の発言だけに、説得力があると思いません？」

　そんな都合のいいものが見つかれば苦労はないと思ったが、高橋は、褒めたほうが力を出すタイプだ。

「なかなか面白いな」

「ね、ねっ、そうでしょう」

「で、矢代さんの様子はどうだった」

「様子って？」

「このネタに興味を持って、乗ってきたかどうかってことさ」

「そりゃあ、大変でしたよ。『コバちゃんの調査はどこまで進んでるんだ』って逆取材されちゃいました」

　矢代は各国の主催者代表が集まるアジア血統書委員会の事務局長でもある。矢代にとっても大きなネタになる可能性があるのだ。

「高橋、このネタ、化けるかもしれないぞ」

「今さら何言ってんスか。当たり前でしょう」

「そうだな。じゃ、互いに動きがあったら連絡を取り合おう」

　高速道路の両側に、サラブレッドの生産牧場や調教施設が現れては消える。

　日高自動車道が門別《もんべつ》まで延びたとき、札幌や新千歳《しんちとせ》空港からの時間距離が一気に縮まって感激したものだが、今はその先、地図で言うと右下に、さらに二つのインターチェンジができている。

　終点の日高厚賀《あつが》インターで高速を降りて、海沿いの国道二三五号線を進んだ。

　少し走ったところにあるレストラン「ベンチマーク」に入った。三頭の馬を描いた壁画の下にある小洒落た店だ。苫小牧港からここまで一時間ほどで着いた。

　レジ脇のブックスタンドに、馬産地情報を中心に扱うフリーマガジン「月刊うま便り」が十冊ほど置かれている。同誌のコワモテ編集長、浜口《はまぐち》は昔からの友人だ。浜口は、馬産地情報と血統、特に生産者にとって大切な知識となる牝系について詳しい。この件に関して日高に来ることはすでに伝えてあるのだが、今は高知や佐賀など地方の競馬場を回っているらしい。

カレーの匂いにつられて焼きカレーを注文した。食後にコーヒーを飲みながら西ノ宮牧場に電話をかけた。呼び出し音は鳴るのだが、十回、二十回と鳴らしつづけても応答がない。先週からずっとこうだ。「競走馬のふるさと案内所」に問い合わせても、連絡先に変更の届け出はないという。登録協会が運営する馬や牧場の検索サイトで調べたところ、数頭の繁殖牝馬を繋養《けいよう》し、今年も仔馬が生まれていることがわかった。牧場主は、西ノ宮善行《よしゆき》という名前らしい。

凪《な》いだ海原が、快晴の空を映して輝いている。もう少し海を眺めながらコーヒーを飲んでいたいところだったが、小林は、車を南東に走らせた。国道を静内郵便局の手前で左折し、海を背にして静内の街中を走り抜ける。しばらく行くと、道の左右に牧場が多くなる。この道と並行した北西を、花見の名所の二十間《けん》道路が走っている。

静内川に沿ってさらに車を走らせた。左手には独立行政法人家畜改良センター新冠牧場がある。あるというより、一帯すべてがその敷地だ。ここはかつて、繁殖牝馬となったミラが繋養されていた新冠御料牧場だった。今でもかなり広いのに、明治時代は、現在の行政区の新ひだか町のほとんどが敷地だったのである。

さらに山側に車を走らせ、カーナビに入力した住所が近づいてきたところで速度を落とした。ナビが目的地周辺であることを告げた。

――あれ、おかしいな。

しばらく走っても牧場らしきものがない。このままだと静内川の支流に架かる橋を渡って、どんどん山のほうに行くことになる。

Uターンして、ナビが示す目的地周辺に戻る途中、海に向かって左側に小さな脇道があることに気がついた。

――こっちに行ってみるか。

少し進むと舗装が途切れて砂利道になった。

左手に一軒家が見えてきた。

表札がある。「西ノ宮」となっている。

車を降りて、呼び鈴を押した。しかし、応答がない。玄関の脇に置かれた鉄製の花瓶にユリやリンドウが生けられている。

また西ノ宮牧場に電話をかけてみた。スマホを持ったまま、裏庭のほうに回り、窓に耳を近づけると、電話のベルの音がした。スマホを切った。ベルの音も消えた。

間違いない。ここが西ノ宮牧場だ。が、人の気配がない。

家の裏に厩舎の建物が見える。

ここから静内川の川べりまでが放牧地だろうか。そうなのかもしれないが、採草地かと思うぐらい草丈が伸びている。

蛇が目の前を横切った。ぎくりとしたが、毒のないアオダイショウだ。

厩舎のなかを覗いてみた。中央の通路の両脇に五つずつ、合わせて十の馬房があるが、馬は入っていない。

――参ったな。どうしたんだろう。

小林は厩舎の前に立ち尽くした。

雲がゆっくりと山のほうへと流れていく。

近くの牧場だろうか、馬の嘶《いなな》きが聞こえてきた。

一九七×年
野生児

厩務員の大谷晴男が、師匠であり、所属厩舎の長である、伯父の松崎欣造調教師から厩舎を継ぐよう言われてから一週間が経とうとしていた。

午前中の仕事を終えた晴男は松崎に呼ばれ、厩舎の事務室に入った。

晴男が茶を淹れると、松崎が切り出した。

「晴男、お前いくつになった」

「今年三十五歳になります」

「その年齢で、独り者のまま調教師になるのでは、格好がつかないな」

言いながら、晴男に二つ折りの台紙を差し出した。

お見合い写真だろう。三十代半ばの男とお見合いしようなんていう女は、大年増か、とんでもない不細工か、何かしら訳ありの女に決まっている。

松崎は、本当に今年度限りで調教師を辞め、この厩舎を晴男に継がせるつもりなのだろうか。

晴男は、松崎のデスクとは反対側の隅に置かれた小机に、見合い写真の入った台紙を置いた。そして、それに背中を向ける格好で腰掛け、茶をすすった。ここが松崎と仕事の話をするときの定位置になっている。

先週、調教師になるよう言われた、いや、命じられたときには気づかなかったことがある。松崎は、「八大競走」と呼ばれる皐月賞、ダービー、菊花賞、桜花賞、オークス、春秋の天皇賞、有馬記念を勝ったことこそないが、伝統ある重賞の目黒《めぐろ》記念を連覇したり、中山記念を三勝したりと、伯楽として知られている。その松崎が、二人の馬主がいなくなっただけで、四十年近く守ってきた厩舎を手放してしまうのは解せなかった。確かに、当面の経営は苦しくなる。それでも、松崎の実績と人脈を考えれば、新たな馬主を少しずつ増やすことは不可能ではないはずだ。

体の調子でも悪いのならともかく――と、そこまで考えて、まさかと思った。

「先生、どこか体の調子でも悪いんですか」

松崎はすぐには答えず、まっすぐ前を見つめている。

晴男は、気まずさを紛らすように、お見合い写真の台紙をひらいてみた。

驚いて、息が止まりそうになった。

「綺麗《きれい》な人だろう」

松崎はニヤニヤしている。

「は、はい」

淡いブルーのドレスを着て、体を少し斜めにして微笑んでいる。艶のある黒髪が肩ぐらいまで伸び、小作りの顔をやわらかく包んでいる。

女優でもこれほどの美人はそういないのではないか。

「堀さんのお嬢さんだよ」

「堀さんって、ホーリーシャークのオーナーの？」

「そうだ。お嬢さんは、お前のことを知っていると言っていたぞ」

「え、どうしてですか」

「オーナーと一緒に厩舎に来たとき、見かけたそうだ。だから、先方は了解済みと考えていい」

そう言われても、晴男には覚えがない。ホーリーシャークが入厩した翌日と、その二日後、堀が厩舎に馬の様子を見に来ていた。そのとき一緒だったのだろうが、これほどの美人がいれば気づくはずだし、噂《うわさ》にもなるだろう。

それよりも、大事な話の途中だった。

「先生、本当にお体は大丈夫なんですか」

「何を、そんなあらたまって」

そう言ったきり押し黙り、しばらく経ってからつづけた。

「晴男。すまんが、近々、府中第一病院に行ってくれんか」

「ぼくが、ですか」

「うむ。消化器内科の長谷川《はせがわ》先生に言われたんだ。家族の誰かと話をしたいとな」

胸を鈍器で殴られたような痛みを感じた。

松崎には娘が二人いる。晴男の従姉妹《いとこ》にあたる彼女たちのひとりは大阪、もうひとりは九州に嫁いでいる。今は、晴男が、ここから歩いて十分ほどの松崎の家に住み、彼女たちが使っていた部屋で寝起きしている。松崎の妻も、松崎の妹、つまり晴男の母も、おっとりした人なので、望まざることを告げられそうな、こうした役回りには向いていない。

「先生は、そのお医者さんから、どのように言われているのですか」

少し間を置いて松崎が答えた。

「肝臓がよくない、とだけ言われとる」

肝臓癌《がん》なのだろうか。本人に告知しないのは、末期だからなのか。

「先生、お酒はやめたと言っていましたよね」

「まあ、そうなんだが、体の調子が悪くなったからやめたんだよ。覚悟はできとる。後継者もできたし、まずまず幸せな調教師人生だった」

「そういう言い方はやめてください。お医者さんが何て言うか、まだわかんないじゃないですか」

「わしの話はもういい」

「そんな……」

「それより、どうする」

松崎は、晴男が手にしている見合い写真を顎で指し示した。

「断るか」

「いえ」

晴男は思わず立ち上がっていた。

「よし、では、明後日の午後六時、なごみ亭に来られるな」

なごみ亭は、松崎が贔屓《ひいき》にしている府中の割烹《かっぽう》料理店だ。

松崎は「来られるな」と訊いてきたが、もちろんこれは「来い」という命令だ。晴男のために縁談まで決めてくれたことは嬉しかったが、師匠の病気のことを思うと、弾むような気分にはなれなかった。

松崎は、周囲に実質的な「引退宣言」をしていた。厩舎の従業員、レースでしばしば起用する騎手、馬を預けてくれている馬主たち、ほかの調教師や競馬会の職員、そして、出入りする新聞記者にも、ことあるごとに、大谷晴男を後継者にすると伝えていたのだ。

そして、二人のベテラン厩務員を辞めさせた。松崎は、彼らに退職金のほかにかなりの金を持たせたうえに、ひとりには警備員、ひとりにはビルの清掃員と、次の仕事の世話までした。関東でも関西でも厩務員組合が強力で、労使問題がこじれることも珍しくないのだが、おかげですんなり片づいた。

晴男にとってはありがたかった。辞めた二人は自分よりずっと経験があり、こちらを下に見ていた。晴男が調教師になっても、指示に従うわけがなかった。

彼らが抜けたおかげで、戦力になる若い厩務員が残ってくれた。しばらく馬房が空いたままになったとしても、この程度の頭数と、このくらいの従業員のほうが、晴男の身の丈に合った厩舎経営ができる。

競馬会の年度替わりは三月一日。今年の秋の調教師免許試験に合格すれば、来年三月から新規調教師として、ここで大谷厩舎を開業する予定だ。予定といっても、松崎がひとりで絵図を描いているだけなのだが、競馬会の担当理事も、それを既定路線として認めているらしい。

しかし、開業するまでの晴男は厩務員だ。これまでと同じように、二頭の担当馬を世話しながら、馬糞《ボロ》掃除や寝藁《ねわら》上げなどの厩舎作業をこなし、松崎の業務を手伝う。もともと番頭として、馬主の会社を訪ねて管理馬の現状報告をしがてら預託料を受け取ってくるなど、調教師の業務を代行してきた。変わったことといえば、師匠やお客さんの靴磨きを若い者にやらせるようになったことぐらいだ。

仕事はおおむね順調に進んでいるのだが、ひとつ、頭の痛い問題があった。二頭いる担当馬のうちの一頭、ホーリーシャークの暴れっぷりが、相変わらずひどいのだ。

毎朝、頭絡《とうらく》をつけて馬銜《はみ》を噛ませ、背中に鞍を載せて腹帯を締めて固定する、といった馬装《ばそう》をするときも大暴れする。噛まれたり、鼻先で殴られたりせずに馬装することができれば万々歳といった調子だ。馬房から出すと、人間ばかりか、ほかの馬にまで噛みつこうとする。さらに、見かけない人間が近づいてくると尻を向け、後ろ脚で蹴ろうとするのだから、恐ろしい。

飼い犬のなかに一頭の野犬がまじっているようなものだ。

ひとつだけ、人間にいくらか馴《な》れたとも成長したとも取れる変化があった。それは「シャーク」という呼びかけに反応するようになったことだ。ホーリーシャークと名付けられたことを知ってから、晴男は、水やカイバを与えるときも、ただ馬房の前を通るだけのときも、決まって「シャーク」と声をかけるようになっていた。

なごみ亭で晴男の見合いが行われる日の朝のことだった。

ホーリーシャークが厩舎の前庭で立ち上がろうとしたとき、晴男は、「シャーク！」と叱って曳き手綱に力をこめた。すると、ホーリーシャークは前脚を少し浮かせただけで、駐立の姿勢に戻った。またすぐ首を大きく振って暴れ出したが、制止の指示を初めて受け入れたのだ。

しかし、午後の乗り運動のときには、元の暴れ馬に戻っていた。一進一退だ。

その乗り運動にしても、扱い慣れている晴男以外の人間を乗せたことがない。ほかの人間を乗せようとすると大暴れして、その場に寝転がったこともあった。晴男が乗っているときも、何度も尻《しり》っ跳《ぱ》ねをしたり、急に前脚を折り曲げたり、首を勢いよく上げて晴男の顔に当てようとしたりと、一瞬たりとも気を抜くことができない。

ただ、洗い場につなぐときや、馬房に戻すときはそれほど暴れない。狭いところが好きなのだろうか。

今はまだいいが、競走馬になるには、調教馬場に出て、一ハロン（二〇〇メートル）を十五秒のペースで走る「十五‐十五」という稽古を繰り返し、四肢と全身の筋肉と心臓、肺を鍛えていかなければならない。そして、競馬に使う日取りが決まったら、そこから逆算して、最低でも五本は追い切りをかけたい。追い切りというのは、十五‐十五よりも速い時計を出し、実戦に近い速度で走らせる調教のことを言う。それをするのは、厩務員ではなく、調教助手か騎手になる。つまり、晴男以外の人間を背中に受け入れることができなければ、競走馬になることすらできないのだ。

ホーリーシャークの馬体を洗った。水道を止め、汗こきという、柄の先に丸い鉄の輪がついた道具で首差しから背中、腹と手早くこすり、水を切る。

「気持ちよさそう」

甲高い声が聞こえた。

洗い場の前に、黒い野球帽を被《かぶ》り、ジーパンを穿《は》いた少年が立っている。中学生ぐらいだろうか。

晴男は額の汗をぬぐい、手招きした。

「顔、撫《な》でてみるか」

「嚙まない？」

「おれが口を押さえていれば大丈夫さ」

少年はそっと近づき、右手をホーリーシャークの鼻先に差し出した。そして、細い流星に沿って、ゆっくりと鼻面を撫でた。

嚙みつこうとしたらすぐに力を入れる準備をして曳き手綱を握っていたのだが、ホーリーシャークは全身の力を抜いて、じっとしている。

「この馬、カッコいい顔してるね」

少年は頰にえくぼをこしらえ、笑顔を見せた。

「そうか。褒められて、こいつも嬉しそうだぜ」

「そんなことわかるの」

「ああ、こいつは人間の言葉がわかるんだ」

「ふうん」

「お前、巨人が好きなのか」

少年の帽子にはオレンジの「G」の文字の刺繍《ししゅう》が入っている。

「うん」

「へえ、おれもだ」

「お仕事中に、ありがとう」

そう言って駆けて行った。

ずいぶんしっかりした口を利く子だ。どこかで見た顔のような気もする。厩舎地区か、近くに住んでいるのだろうか。

厩舎作業を急ぐうちに、少年のことは頭のなかから消えていた。

今日は、一張羅を着てくるよう松崎に言われている。

夕刻から、人生で初めての見合いが始まる。

松崎から相手の写真を見せられたあとに知ったのだが、写真というのは修整することができるらしい。確かに、よく見直すと、鼻筋や顎の線などが不自然な気がした。

――まあ、贅沢《ぜいたく》言っちゃいけねえ。

師匠が紹介してくれた人が、嫁に来てくれるだけでもありがたい。

新規馬主の堀オーナーとのつながりをつくるための政略結婚なのかもしれないが、それでも構わない。

――いや、待てよ。まだ、一緒になるって決まったわけじゃないのか。

もし、今日の見合いでヘマをやったら破談になるかもしれない。

そう考えると、急に緊張してきた。


約束は午後六時だった。

師匠は何でも早めにやりたがる性格なので、五時半に府中の割烹料理店、なごみ亭の暖簾《のれん》をくぐった。

「いらっしゃい。奥の部屋にお連れさんが来てますぜ」

店の主人がニヤリとした。晴男の見合いがあることを知っているようだ。

赤くなった顔を隠すように奥へと進み、左手の沓《くつ》脱《ぬ》ぎの前で立ち止まった。

「お連れさん」ということは、堀夫妻と、その娘が来ているのだろうか。

咳払《せきばら》いをしてから襖《ふすま》に手をかけた。

「失礼します」

部屋に入った瞬間、動きが止まった。

奥に娘がひとりで座っている。

彼女も戸惑っているようだ。

間違いない。堀美知代《みちよ》、晴男の見合い相手だ。縁談が進めば、いずれ大谷美知代になる。いや、晴男が婿入りして堀晴男になるかもしれないのか。

やはり、見合い写真は修整したのだろう。

実物のほうが幼く見える。が、ずっと綺麗だ。見合い写真を撮ったあと、髪を切ったのか、横や後ろの髪が肩につくかどうかの狼《おおかみ》カットだ。白いブラウスに、麻のベージュのジャケットを羽織っている。さすがに馬主の娘だけあって、高そうな服を着ている。あまりじろじろ見るのは失礼だと思っていても、目を逸らすことができなかった。どのくらい突っ立っていただろう。店の引き戸が開く音と、主人や女将《おかみ》の声が聞こえて我に返った。そろそろ師匠と馬主夫妻が来るかもしれない。

「こんばんは、はじめまして」

美知代の正面に座り、挨拶した。

「こんばんは」

うつむき加減のまま美知代が言った。

二十歳《はたち》と聞いているが、女学生のように見えるのは、線が細いからか。どうやったらこんな色になるのか不思議なほど、肌が白い。

顔の大きさは晴男の三分の二ほどしかないように見える。肌が白いぶん、長くて濃い睫毛《まつげ》の黒と、艶やかな唇の紅が目立つ。それほど化粧には慣れていないことが、多くの女性を知っているわけではない晴男にもわかった。

こういうとき、何を話したらいいのか、まったくわからない。

慣れないネクタイに首が締められて苦しい。

女将が茶を持ってきた。何か言われたような気がするが、その声は耳を素通りした。

しばらくすると、何人かの客が入ってきたのがわかった。コツ、コツと杖《つえ》が床を叩《たた》く音が聞こえる。師匠の松崎だ。

襖が開き、松崎夫妻と堀夫妻が入ってきた。

美知代が肩の力を抜いたのがわかった。美知代は、松崎と堀、そして晴男のグラスにビールを注《つ》いだり、箸置きを綺麗に並べたりと、女将にしなくてもいいと言われても、何かすることがあるのが嬉しそうに動き回っている。

何もすることがない晴男は、硬いままだった。

特に互いを紹介するわけでもなく、松崎と堀は、競馬の売上げが伸びていることや、横綱大鵬《たいほう》の引退、田中角栄《たなかかくえい》の「日本列島改造論」などについて話している。夫人同士も顔なじみらしく、友人とボウリング場に行ったとか、銀座《ぎんざ》で五木《いつき》ひろしを見かけたとか、他愛《たわい》のない話をして笑っている。

美知代は、ほかの誰かのグラスや皿が空になると、飲み物を注いだり、料理を取り分けたりと、ずっと手を動かしている。

腹もくちくなり、そろそろおひらきかなと思っていると、それまで松崎と談笑していた堀があらたまった口調で言った。

「大谷君、いつもホーリーシャークに手をかけてくれて、感謝しているよ。初めて持った馬だから、可愛《かわい》くてね。庭先で五百万円と言われたときは高いと思ったんだが、松崎先生がすぐに元を取れるというので買ったんだ」

あの馬の売買価格が五百万円だったことを、このとき初めて知った。血統と馬体のわりには高い。「庭先取引」と呼ばれる、生産者との直接の売買取引では、ちょっとしたことで大きく値が変わる。取引に立ち会った松崎が「すぐに元を取れる」と言ったというが、新馬戦や未勝利を勝つだけでは五百万円を回収するのは無理だ。少なくとも二勝以上して、何度か着《ちゃく》を拾わなければ、馬代金と預託料にはならないだろう。

堀はつづけた。

「私が松崎先生と出会ったのも何かの縁だと思うんだ。先生は新しい馬主を探していた。私は、夢を求めていた。事業とは別の、投機的なスリルがあって、なおかつ、時代の波に乗っているものをね。日本中央競馬会の売上げは、一九六〇年代には二百億から三百億円台だったが、一九七〇年には四百億円を突破した。この勢いで行けば、一兆円を超えるのも夢ではないだろう」

売上げが伸びたぶんはレースの賞金に還元される。「競馬の祭典」と呼ばれる日本ダービーの一着賞金は、一九六七（昭和四十二）年は一三〇〇万円、一九六八年は一八〇〇万円、一九六九年は二〇〇〇万円、一九七〇年は二三〇〇万円と、右肩上がりで高くなっている。

丸い眼鏡《めがね》をおしぼりで拭く堀は五十歳ぐらいだろうか。髪は真っ黒で、まったく薄くなっていないし、肌艶もいい。何度か厩舎で話したことはあったが、晴男が作業中だったので、立ち話程度だった。こんなに話し好きな男だとは思わなかった。

「大谷君、私はね、こうして馬主になって、今まさに発展中の競馬という産業に関わることができて本当に嬉しいんだ。借金して買ったトラック一台から始めた運送業は、どうにか軌道に乗った。私は、走るものが好きなんだなあ。娘はもっぱらプロ野球なんだがね。なあ」

堀が言うと、美知代は小さく頷《うなず》いた。

急に美知代の話になったので、何か訊かれたらどうしようと思っていたら、また堀が話をつづけた。

「四人きょうだいで、上が三人とも男だったから、この子は小さいころから、お手玉やままごとより、キャッチボールや三角ベースに夢中でね。ところが、私がホーリーシャークを買ってから、急に競馬に興味を持ち出したんだよ」

「ホーリーシャークの名付け親も、お嬢さんなんだ」

と松崎は笑った。

「私と一緒に厩舎に馬の様子を見に行くうちに、馬だけじゃなく、大谷君の仕事ぶりが、えらく気に入ったみたいでね」

美知代が来ていたことに気づかなかったとは言えず、黙っているしかなかった。

「どうした、困ったような顔をして」

松崎に言われ、慌てて首を振った。

「いや、嬉しいです」

「もしかしたら、大谷君は、娘が一緒に厩舎に行っていたことに気がついていなかったのかな」

晴男が言葉を返せずにいると、堀がニヤリとして、つづけた。

「無理もないか。もっと女らしい服装にするよう何度言っても、ジーパンと野球帽で遊びに行ってしまうのだから。美知代、さっきも彼に会ってきたんだろう?」

美知代がこくりと頷いた。

晴男は唖然《あぜん》とした。

「あ、いや、じゃあ、あの子が……」

「はい、大谷さんも巨人ファンで、よかったです」

美知代が言った。

晴男以外は、堀夫妻も、松崎夫妻も、そして美知代も、みな笑っていた。


それからは早かった。

結婚式は盛大で、三百人以上の招待客のなかには、競馬会の理事や与党の政治家までいた。式を境に、厩務員仲間や、年齢の近い騎手たちの、晴男に対する見方と接し方が明らかに変わった。調教師として仕事をするには、このほうが好都合なのだろう。その意味で、派手なお披露目をしたことには意味があったのかもしれない。

答えを聞くのが怖くて、何だかんだと自分で理由をつけて先延ばしにしてきたのだが、九月の初め、府中第一病院に行ってきた。消化器内科の長谷川医師から、松崎の病状について話を聞くためだ。

ほぼ想像していたとおりだった。肝臓癌が、ほかの臓器にも転移しているという。

「余命が三カ月や四カ月ということはありませんが、一年は保証できません」

そう告げられたとき、驚いて、涙も出なかった。

「本人にも伝えるべきでしょうか」

「お任せします。終末を知ったうえで覚悟を決めたほうがいい人なのか、薄々気づいていても、そこから目を逸らしたほうがいい人なのか、私たちよりご家族のほうがおわかりでしょうから」

肝臓癌そのものは痛みを伴うことは少ないのだが、転移したほかの臓器から痛みの症状が出ることがあるという。

家に帰る足がこれほど重く感じられたことは今まで一度もなかった。

晴男と美知代は、松崎の家の二階で暮らしていた。

晴男は、一階の松崎夫妻に今戻ったことだけを告げて二階に上がった。病院に行ったことは話さなかった。

美知代は、だいたいのことを察しているようだった。

自分にはもったいないほど、よくできた嫁だ。

言われなくても晴男の好みの味で料理をつくるし、服の汚れや、ズボンのほつれなど、細かなところによく気がつく。それでいて、晴男の仕事には立ち入らないようにしている。妻なのだし、馬主の娘でもあるのだから、特にホーリーシャークに関しては、いろいろ思っていることを言ってもいいと晴男は思っているのだが、こちらから話を振るまでは何も言わない。

松崎の病気に関してもそうだ。ものすごく心配しているはずなのに、ただ晴男のそばにいて、暗くなりすぎることも、無理に明るく振る舞うこともない。

「先生の病気、よくないらしい――」

晴男は、医師の見立てを美知代に伝えた。

「そうなんだ」

洗濯物を畳む手を止めて、美知代は向かいに腰掛けた。

「先生に伝えたほうがいいと思うか」

美知代は首を横に振った。

「先生は、言われなくてもわかっていると思う。だって、お医者さんが家族にだけわざわざ伝えるなんて、悪い話に決まってるじゃない」

「まあ、そうだけどさ」

「なのに、あなたから余命を宣告されるなんて、残酷だよ。私は、先生から訊かれるまでは、黙っていたほうがいいと思う」

美知代がここまではっきり自分の考えを言うのは珍しい。

「そうだよな。先生は自分が長くないことをわかっていたから、おれに結婚を勧めて、厩舎を継がせることを決めたわけだからな」

「何かできる治療はあるの」

「いや、痛みが出てきたら、それを抑えるぐらいしか、できることはないらしい。特効薬はないってよ」

「癌が不治の病じゃなくなる日って、いつか来るのかな」

美知代の目から大粒の涙がこぼれた。

ホーリーシャークは相変わらず気が荒く、晴男も生傷が絶えなかった。

それでも、少しずつカイバの食いがよくなり、馬体がふっくらしてきた。それにつれて、気性面の角も、いくらか取れてきたような気がする。

ここに来たとき、脚を引きずっているように見えたのは、そういう歩き方が癖になっているからのようだ。左前脚が若干内向しているせいかもしれない。当歳のうちに削蹄《さくてい》をしながら歩き方を教えれば矯正できたかもしれないが、今になってあれこれ言ってもどうすることもできない。

日本では、伝統的に、馬齢は生まれた年が当歳、次の年が二歳、その次が三歳、クラシック競走を走る年が四歳と、数え年が用いられている。欧米では人間と同じで、生まれた年、つまり当歳が〇歳で、次の年が一歳と数える。日本でも欧米でも、年が明けたら誕生日によらず、一斉に馬齢がひとつ上がることになっている。

ホーリーシャークは三歳である。ということは、二年以上、左前脚の内向を矯正する機を逸してきたわけだ。この馬が生まれた萩沼牧場は、肉牛や羊などの生産が中心で、馬の生産は片手間でやっているらしい。いい加減な馴致しかされていなかったのも頷ける。離乳してからは、放牧地に出しっぱなしにされ、ほとんど世話をされることがなかったようだ。

そのせいで扱いづらい馬になったわけだから、最初はとにかく恨めしかった。が、この馬の扱い方に慣れてくると、少し見方が変わった。ほとんど手をかけられなかった野生児だからこそ、三歳馬とは思えないパワーがあり、ほかの馬には見られない、独特の体のやわらかさがあるのではないか、と。

洗い場につながれたホーリーシャークが、後ろ脚を外に回すよう伸ばして、晴男の脇腹を蹴ろうとしたことがあった。幸い、シャツにかすった程度で済んだが、普通なら絶対に届かない位置まで離れて作業をしていただけに、驚いた。

背中もやわらかく、乗り味は抜群にいい。

晴男がホーリーシャークに跨《また》がって繰り返してきたのは、「調教」というより「馴致」というレベルの乗り慣らしだった。

そこから先、馬場に出て、キャンター（駈歩《かけあし》）や、十五－十五などの調教をするのは、厩務員ではなく、馬乗りが専門の調教助手や騎手の仕事だ。

松崎厩舎にいる二人の調教助手は、最初はホーリーシャークに乗るのを嫌がった。普段のひどい暴れっぷりを見ていたからだ。

しかし、一度馬場に出て走らせてからは、「次はおれが乗る」と奪い合いになった。

そのくらい、背中の感触が素晴らしいのだ。常歩《なみあし》でもやわらかな乗り味が、キャンターになると、脚にバネでも仕込んでいるのではないかと思うほど弾むようになる。さらに速度を上げ、十五ー十五になると、脚のさばき方が流れるようになり、雲の上を滑るような乗り心地になってくるのだという。

全力で走らせたら、どんな乗り心地になるのだろう。自分で味わうことはできないにしても、想像するだけで胸が躍った。

まだ、松崎から、新馬戦に使う時期を伝えられていない。だからこれまで一度も時計を出していないのだが、この馬を、実戦と同じ速度で走らせる日が楽しみで仕方がなかった。

が、その一方で不安もあった。晴男は、馬を下で扱う技術、例えば、手早く馬を洗ったり、曳き手綱で暴れる馬を御したりすることには自信があるのだが、馬乗りは、けっして上手《うま》いほうではない。馬乗りの巧拙は、もっとも遅い常歩でも如実に表れる。それに、体重が七十キロ近くあるので、脚元に弱いところのある若駒には、あまり乗るべきではないように前から感じていたのだ。

だから、毎日の乗り運動も、できればほかの誰かに任せたかった。

別の人間を乗せたい理由がもうひとつある。繊細な牝馬や、牡馬でも、ホーリーシャークのように気性的に難しい馬は、下で可愛がる人間と、上で鞭を振るっていじめる人間とを別にしないと、人間に対して不信感を抱き、指示に従わなくなったり、走ることに拒絶反応を示したりするようになるのだ。

そろそろ、レースでの鞍上《あんじょう》も決めたほうがいいだろう。人馬が互いに理解するのに、ある程度時間があったほうがいい。ホーリーシャークの場合は、特にそうだ。


松崎から新馬戦の時期を告げられるのが先か、騎手が決まるのが先か。

九月半ばになると、朝晩は寒く感じる日もあった。

北海道や新潟、福島などを舞台とする夏競馬が終わり、中央場所での秋競馬が開幕した。まず、関東では中山競馬場、関西では阪神競馬場でレースが行われる。

十月になれば、ここ東京競馬場に開催場所が移ってくるのだが、その時期、晴男は、大切な職務、いや、挑戦をこなさなければならない。

調教師免許試験である。十月下旬に行われる第一次試験では、競馬法や調教に関する専門知識、馬学や飼養管理などに関する筆記試験と身体検査が行われる。それに合格すれば、翌年一月の二次試験に進むことができる。二次試験は面接だ。口頭試問のような形で学力と専門知識をテストされる。

教材となる文献は厩舎事務室の書庫に揃《そろ》っている。付け焼き刃でも、やらないよりはましだ。生まれて初めてまじめに勉強した。毎日が眠気との闘いだった。

そうこうしているうちに、松崎に、ホーリーシャークの使い出しの予定を告げられた。

十月十七日、東京芝二四〇〇メートルの三歳新馬戦。それがホーリーシャークの初陣となる。

まだひと月ほど時間がある。十分に仕上げられる。

そろそろ調教を強くし、十五－十五より速いところをやりたい。

秋晴れの朝、調教を終えたホーリーシャークの馬体を洗っているとき、聞き慣れた声に呼びかけられた。

「よお、鮫公のデビュー、決まったらしいな」

声の主は、ホーリーシャークが入厩したとき一緒にいた、騎手の花村士郎だった。

「こいつにはホーリーシャークっていう、立派な名前があるんだよ」

「そりゃ失礼した」

晴男が松崎の厩舎を引き継ぐことが決まると、調教師免許試験に通ってもいないのに「先生」とごまをする関係者もいるなか、この男だけは、以前と変わらず、年下のくせに生意気な口を利く。

「何の用だ。うちの厩舎には三流ジョッキーを乗せる馬はいねえよ」

憎まれ口を返してくると思ったが、花村は黙っている。晴男はつづけた。

「どうした、腹の調子でも悪いのか」

花村は、意を決したように言った。

「なあ、こいつの新馬戦の乗り役は決まったのか」

乗り役とは騎手のことを言う。

「いや、まだ決めてねえよ」

「おれじゃあ、ダメか」

「は？」

「おれを、ホーリーシャークに乗せてくれ、頼む」

花村は右手に鞭を握ったまま、頭を下げた。

この男にこんな頼まれ方をされたのは初めてだった。

「おい、やめろ。頭を上げろよ」

「え、乗せてくれんのか」

「バカヤロー。誰もそんなことは言ってねえ。そもそもお前、シャークのこと小バカにしてたじゃねえか」

「それは悪いと思ってる。取り消すよ。謝れって言われたら、千回でも二千回でも謝ってやる。こいつは化ける。あんたが言ってたとおり賢くて、すごい馬かもしれねえ」

「お前に馬の能力を見極める力があんのかよ」

「わからねえ。ただ、間違いないのは、このままここの助手がこいつに乗りつづけてたらダメだってことだ」

「どういう意味だよ」

「あいつら、この馬で十五－十五をやるとき、馬の背中をずっと伸ばし切って乗ってるじゃないか。あんな走り方ばかりさせていたら、ゲートから流れに乗れない馬になるし、背中や腰を傷めるかもしれねえぞ。あんたの乗り運動もなってねえ。常歩で歩いてるときだって、体の縮め方を教えられるんだぜ」

馬というのは、全身の筋肉を収縮させながら走っており、縮む動きをしてこそ、大きく伸びて、メリハリのある走りができるようになる。と、頭ではわかっていても、晴男の技術では、これが限界だった。花村の言っていることは、確かに正しい。

厩舎の引き戸が開く音がした。

事務室から杖をついた松崎が出てきた。二人のやり取りが聞こえていたはずだが、何も言わずに厩舎地区出入口へと向かって行く。

その背中が笑っているような気がした。

「よーし、そこまで言うんなら、乗ってみな。そのかわり、きっちり乗りこなせなかったらすぐに降ろすぜ。お前を背中に迎えるかどうかを決めんのは、テキでもオーナーでもおれでもねえ。シャークだってことを忘れんなよ」

テキというのは「調教師」を意味する厩舎用語だ。「騎手」を逆にした「手騎」が語源だと言われている。

「お、おう。よろしく頼むぜ、シャーク」

花村が差し出した左手に、ホーリーシャークは噛みつこうとした。素早く手を引っ込めた花村は、顔をしかめながらも、嬉しそうだった。

二〇二×年
生産者

人も馬もいない。

もぬけの殻となった西ノ宮牧場の敷地に立った小林真吾は天を仰いだ。

こういう形の空振りは想定していなかった。

放牧地の草の伸び方からすると、人と馬がいなくなってから、しばらく時間が経っていそうだ。

「あんた、そこで何してんのさ」

眼鏡をかけ、蚊トンボのように痩せた中年の女に呼びかけられた。トレーナーもズボンもぶかぶかだ。前髪が乱れ、睨むようにこちらを見ている。

「この牧場の人に会いに来たんです」

「西ノ宮さんにかい」

「そうです。今はここに住んでいないのですか」

女はその問いには答えず、じっと小林の顔を見ている。

そして「あっ」と声を上げた。

「あんた、コバちゃんでしょ。そうだ、東都のコバちゃんだべさァ。トレパラ、いっつも見てるよ」

ぱっと表情を明るくし、右手を差し出した。

軽く握り返した手を、女はなかなか離そうとしない。

小林は、三十万世帯ほどの競馬ファンや関係者が加入している、テレビの競馬専門チャンネルにときおり出演している。女が言った「トレパラ」というのは、数千頭の競走馬が調教されている東西のトレーニングセンターを舞台に、週末の出走馬を紹介する「トレセンパラダイス」という番組のことだ。小林は、今年から準レギュラーのコメンテーターとして出演している。

それを見ているということは、生産牧場の人間なのか。女は、小林の手を握ったまま話をつづけた。

「西ノ宮さん、首吊《つ》っちゃったのよ」

「え？」

「一家心中さァ。東京じゃニュースになんなかったのかい」

「はい、今初めて知りました」

「そっかァ。ここらじゃ知らない人はいないけどね」

玄関の花は死者に手向けられたものだったのか。

「競走馬のふるさと案内所では何も言ってなかったけどなあ」

「ああいうところは、届け出のあった情報ばファンに伝えるのが役目だから。廃業しましたって届けが、まだ行ってないんだべさ」

「西ノ宮さんが、その、亡くなったのは、いつですか」

「一週間ぐらい前。そう、ちょうど先週の今日だべさァ。この道に、警察の車が一杯停《と》まってたんだから」

先週の今日ということは、男から、ミラの血統書が見つかり、何らかの「事件」に関係があるというタレコミの電話があった日だ。

男は、西ノ宮が血統書を借金の形にし、そのなかにミラの血統書があったと言った。

これはどういうことなのか。

あの電話と、西ノ宮一家の心中とは、何か関係があるのだろうか。

「ちょっとコバちゃん、いつまで手ェ握ってんのさァ」

女が顔を赤らめ、眼鏡をうっすらと曇らせた。

「あ、すいません」

女の話に聞き入ってしまい、握手したままであることを忘れていた。

離した右手をズボンのポケットに入れ、訊いた。

「一週間で、こんなに草が伸びるものなんですか」

「そりゃそうよ。雨降ってピカッて晴れて、また雨降って、ほれ、今日みたいに天気がいいと、ボーボーさァ」

「西ノ宮さんは、何人家族だったんですか」

「死んだのは、旦那さんと奥さんと、おばあちゃんの三人。おじいちゃんはずいぶん前に亡くなって、息子は札幌でサラリーマンやってるのさ」

「息子さんの勤め先はわかりますか」

「どこだったべか。何とかっちゅう、コマーシャルをつくる会社じゃなかったべか」

札幌の広告代理店だとしたら、「月刊うま便り」編集長の浜口に訊けば、候補を絞り込めるかもしれない。

「心中の原因は？」

「これさァ」

女は親指と人指し指で「金」のサインをつくった。

「西ノ宮さん、ずいぶん借金があったんですか」

「そりゃ、あんた、ここらの牧場で借金しないでやってるとこなんてないよ。それより、立ち話もなんだから、うちに来るかい。すぐそこだから」

女は返事も聞かず、自分の軽トラックに乗り込んだ。

小林はレンタカーでついて行った。

北海道の人の「すぐそこ」はあてにならないと聞いていたが、本当だった。後ろから見ていて心配になるぐらいスピードを出し、静内川を渡ってから川に沿って上流へと十分ほど飛ばして着いた。

丸福《まるふく》牧場という、西ノ宮牧場と同じぐらいの規模の生産牧場だった。

居間兼牧場事務所に通され、名刺を交換した。

福田とか福原という名字で、福の字を丸で囲ったマルフクかと思ったら、女の名字が丸福だった。

丸福美月《みづき》というのが、女の名だった。肩書は「代表」となっている。

美月はコーヒーを淹れ、洒落た器に載せた洋菓子と一緒に出してくれた。モリモトという北海道のメーカーのもので、小林の好きな菓子だった。

「コバちゃん、西ノ宮さんを取材しに来たのかい」

「ええ、まあ」

小林は、取材の趣旨を話すべきか迷いながら答えた。馬産地は広いようで狭い。小林がミラについて調べていることが次々とほかの生産者に伝わり、マスコミ関係者にまで知られてしまうと都合が悪い。北海道に来る前、他社の記者たちにそれとなく探りを入れたところ、タレコミの電話を受けた記者はほかにいないようだった。このまま東都日報の独占で取材を進めたい。

　洋菓子に手を伸ばすと、美月がおしぼりをくれた。その手つきは、クラブのホステスのようだった。ずっと年上だと思っていたが、こうして見ると案外若く、自分と同世代の三十代後半か、もっと下かもしれない。

「西ノ宮さん、賭けに出たのさ」

「というと？」

「あそこ、繁殖が三頭しかいなくて、みんな自馬だったんだけど、去年、三頭全部にクールガイアを付けたのよ」

　繁殖とは繁殖牝馬、自馬とは生産者が自分で所有する馬、そして、クールガイアというのは種牡馬の名前だ。先年世を去ったディープインパクトの後継種牡馬候補で、確か、去年も今年も種付料は六百万円だった。

　こうしたサラブレッド生産牧場で繋養されているのは繁殖牝馬である。種牡馬は、種牡馬だけを集めた種馬場にいる。「〇〇スタリオンステーション」という名称のところが、そうだ。

　生産者や、繁殖牝馬を牧場に預けている馬主は、種馬場に種付料を払い、自分の繁殖牝馬と交配させる。生産者は、そうして生まれた仔馬を売却し、その利益で生活しているのだ。ほかに、生産馬がレースで稼いだ賞金額に応じた生産者賞や繁殖牝馬所有者賞などもも牧場の収入になる。

「あの規模で全部にクールガイアとは、ずいぶん思い切りましたね」

「だから賭けって言ったのよ。三頭とも受胎したんだけど、二頭が死産で、あとの一頭が腰フラさァ」

腰フラは「腰萎《ようい》」とも呼ばれ、頸椎《けいつい》の形態異常による症状を言う。脊椎の神経が損傷を受け、脚を引きずったり、高く上げて叩きつけたりという歩き方になる。自力で寝起きすることができなくなり、予後不良、つまり、安楽死処分になる馬も多い。

「その種付料を工面するために借金をしたんですね」

三頭ぶんで千八百万円だ。

「そういうこと」

「借入れ先は、農協や銀行ですか」

「うん、普通はね。たぶん、西ノ宮さんのとこ、土地も建物も抵当に入ってるだろうから、そのうち競売にでもかかるんでないかい」

「血統書を担保に金を借りることもあるんですよね」

「あるけど、農協や銀行じゃ担保に取ってくれない」

「じゃあ、金融会社とか」

「そう。いわゆる街金《まちきん》だね。あとは、個人かな」

「個人って、無届けで金貸しをしている人のことですか」

「違う違う、馬主さァ。種付料のぶんだけ貸して、仔っこが生まれたら、その血統書を担保に取って、売れたら利息も一緒に回収するって人がいるの」

競走馬を所有する人間が、必ずしも夢とロマンだけを追い求めて投資しているわけではないとわかってはいても、こういう話を聞くと、気が滅入《めい》ってしまう。

小林はため息まじりに言った。

「血統書は、生産者にとって、最後に残された財産でしょう。それと引き換えに、同じホースマンが融資をするっていうのはシビアだなあ」

「うちらにしてみたら、ないと困るものだから、金ば貸す業者や馬主さんからすると、いい担保ってことになるんだべさ」

タレコミ電話の男が話していたように、ミラの血統書が担保に取られたものだとしたら、それに価値を見いだした貸金業者なり馬主がいたということか。

「もし西ノ宮さんが血統書を担保に借金していたとしたら、どの馬の血統書を相手に渡したんでしょうね」

「そこまではわかんないなあ。街金なら、繁殖の血統書でも当歳の血統書でも、かたっぱしから持ってくんでないかい」

美月には、妙なことを訊かれているという意識はないようだ。

小林は、まどろっこしい言い方をやめ、ストレートに訊くことにした。

「丸福さん、ミラって知っていますか」

「車のミラかい」

「いや、馬のミラです。明治時代に日本に入ってきた牝馬」

「ああ、そのミラね。そりゃ知ってるわよ。私だって生産者の端くれなんだから」

美月は小林を軽く睨むような目をした。

「失礼しました」

「何、コバちゃん、ミラのこと取材してんの？」

「そうです」

「それで西ノ宮牧場を調べてたのかい」

「ええ、まあ、そうですけど……」

どうして美月は「それで」と言ったのだろう。やはり、ミラと西ノ宮牧場には何かつながりがあるのだろうか。だが、出発前にデータベースを遡って調べた限りでは、西ノ宮牧場の生産馬にミラ系の馬はいなかった。

「ちょっと待ってね」

美月はデスクからタブレットを取り上げ、また小林の向かいに座った。

そして、タブレットを手に、せわしなくタップとスワイプを繰り返す。さらに書棚からファイルを取り出してひろげ、息をついたり唸《うな》ったりしているうちに十分ほど経っていた。

美月が顔を上げた。頬が上気し、額に汗が浮かんでいる。

「これでわかるかな。西ノ宮さんの牧場、前は萩沼牧場だったの」

「萩沼牧場？」

「聞いたことないかい」

そう言って、美月はひろげたファイルを小林に差し出した。

競走馬のふるさと案内所で発行している、日高地区の牧場地図だった。昭和四十五年版となっている。毎年改訂版が発行されており、美月は、それをほぼ二年置きに保管しているようだ。

「なるほど、新しい牧場ができたり、潰れたり、名義が変わったりしても、こうして古い地図を見ればわかるようにしているんですね」

「うん。昔はそんなに出入りはなかったんだけど、ここ十年、いや、二十年ぐらいだべか。出入りがどんどん激しくなってんのさ。ほれ、バブルで調子こいて投資に失敗したところが二十年ぐらい前から潰れ出して、十年ぐらい前からは千歳グループの買収が進んだしょ。あのころから、日高じゃ、馬の数より牛の数のほうが多くなったさァ。そのあとのコロナショックで、馬を持ち切れなくなった馬主さんがたくさん出てきたのも痛かったね」

美月はそう言って、現在の静内地区の地図を表示させたタブレットを小林の前に滑らせ、つづけた。

「インターネットって便利なんだけど、どんどん上書きしてくべさ。だから、前に何があったかってわかんなくなるのよね。ほれ、ここ。あんたがさっきいた西ノ宮牧場、わかるよね」

「はい、でも、ネットの地図の西ノ宮牧場と、この牧場地図の萩沼牧場は、ちょっと場所が違うみたいだけど」

「係の人が地図に適当に印つけたんだべさ」

「じゃあ、家と厩舎は昔のままなんですね」

「家は建て替えたんじゃないべか。厩舎はどうだかわかんないけど」

美月はコーヒーを淹れ直してくれた。

小林は訊いた。

「萩沼牧場も生産牧場だったんですよね」

「まあ、そういうことになるね」

「おかしいな。ネットで検索しても、何も出てこない」

「そりゃそうだべさ。記録には代表の名前で残ってんのよ」

美月はタブレットに一頭の競走馬のプロフィールを表示させた。

ホーリーシャーク
サラ系　牡　黒鹿毛　一九六×年四月十五日　静内産
父マルーン　母ユウミ
馬主　堀健太郎
調教師　松崎欣造　↓　大谷晴男
生産者　萩沼辰五郎
馬名意味　神聖な鮫

小林は、心拍数が急激に高まるのを感じた。

血統表の「詳細」ボタンをタップして、血統表を表示させた。

六代母にミラがいる。

「萩沼牧場は、ホーリーシャークの生産者だったんですか」

美月は頷いた。

「昔はこのへんからいっぱい名馬が出てたんだから」

「で、この萩沼辰五郎さんが、萩沼牧場の代表だったんですね」

「うん、そうだよ」

「つまり、さっきぼくたちがいた、あの土地で、ホーリーシャークは生まれたのか」

「そういうこと。萩沼さん、馬の生産が本業じゃなかったんだって。馬より牛や羊のほうがたくさんいて、じゃがいもとかタマネギとか、米もつくってたんじゃないべか。馬は片手間だったみたい」

「ちょっと変わった人だったんじゃないですか」

「どうだべか。私、まだ生まれてなかったからわかんないよ。全部、人から聞いた話さァ」

「萩沼さんはあそこを西ノ宮さんに譲ってから、別の場所に牧場を移したのかな」

「いや、牛も馬も米づくりも、全部やめたって聞いたよ」

「ホーリーシャークほどの馬をつくったのに、どうして」

「なしてだべか。いたましいよね」

美月の言う「いたましい」は、北海道弁で「もったいない」という意味だ。

「やっぱり、金銭問題かな。ホーリーシャークが走ったのは一九七〇年代前半の、ちょうどオイルショックで景気が悪かった時期だから」

「でも、苦しかったのは、みんな一緒だべさ。萩沼さんがどんな人だったかは知らないけど、自殺しちゃった西ノ宮さんはすごくいい人だった」

「代表の西ノ宮善行さんはおいくつぐらいの人だったのですか」

「五十代だべね。六十歳にはなってなかったと思う。奥さんも、牧場の仕事しながら、一生懸命おばあちゃんの面倒みてさ」

「何だか切ないですね」

小林がため息をつくと、美月は壁に掛かった時計を見た。

三時になるところだった。

「私、そろそろ仕事に戻らないばなんないから」

馬房の掃除などの厩舎作業のあと、馬たちに夕カイバ、つまり、飼料を与えたりと、牧場の一日は忙しい。

小林はファイルを閉じて立ち上がった。

「長々とお邪魔して、すみませんでした。すごく面白い話を聞かせてもらったので、時間を忘れてしまいました」

「あら、それならいかったわ」

「今度、お礼に食事でもご馳走《ちそう》させてください」

小林が言うと、美月は手のひらで小林を叩く仕草をした。

「やだ、コバちゃん、こったらとこで口説かないでよォ」

言いながら眼鏡を外し、ティッシュで拭きはじめた。

口説いたつもりはなかったのだが、眼鏡を取った美月の印象があまりに大きく変わったので、すぐには言葉を返せなかった。

黒目勝ちの切れ長の目と、すっと通った鼻筋が知的な印象を与えている。驚くほど肌が白く、しみひとつない。

少し顔を斜めにしてこちらを見る彼女と目が合った。

さっき初めて会ったばかりなのに、どこか懐かしく感じる。

誰に似ているのか、すぐにわかった。

それだけに、複雑だった。

別れた妻だ。髪形も体形も身のこなしもまったく異なるが、表情が動いているとき、ほんの数瞬、同じ目で小林を見るのだ。

「あのう……また、連絡します」

小林が言うと、美月は黙って頷いた。

一九七×年
人馬一体

東京競馬場の調教馬場でホーリーシャークに乗り、十五－十五の稽古を終えて戻ってきた、騎手の花村士郎は青ざめていた。

ホーリーシャークは何度も後ろ脚で立ち上がったり、尻っ跳ねをしたり、馬場に顔がつくまで首を下げたりするなど、鞍上の花村を振り落とそうとしていた。

スタンド前で出迎えた厩務員の大谷晴男は、ホーリーシャークの頭絡に曳き手綱をつないだ。

「よく落ちないで回ってきたな」

「お、おう」

馬場でそう答えた花村の握る手綱がかすかに震えている。

「どうした、怖《お》じ気《け》づいたのか」

ホーリーシャークが馬道《うまみち》を数歩進んでから、花村は答えた。

「いや、そうじゃねえ。なあ、大谷さんよ。こいつは、あんたが思っている以上にすごい馬かもしれねえぞ」

「おいおい。まるで、おれがどのくらいシャークを評価してんのか、わかってるみたいな言い方じゃねえか」

「あんたの見積もりは、上手く行けば三、四勝して、馬主に損はさせねえ。そんなところだろう」

「バカヤロー。もっとだよ。でけえ声で言うのは恥ずかしいけど、やり方次第では、クラシック戦線に送り出すこともできると思ってる」

花村は黙っている。

松崎厩舎が近づいてきた。

花村が、右手でホーリーシャークのたてがみを撫でながら口をひらいた。

「こいつは、皐月賞やダービーを勝っても不思議じゃない馬だ。おれは、クラシックを勝つような馬には乗ったことはないけど、さっき思ったんだ。いや、わかったんだ。クラシックを勝つのはこういう馬だってな」

「お前がそんなに馬を褒めるなんて珍しいな」

「今まで、褒めたくなるような馬に乗ったことがないから、仕方ないだろう」

そう言って飛び下り、もう一度ホーリーシャークの首筋を撫でてから歩いて行った。

入厩したときから気にかけている自分の担当馬、それも、岳父がオーナーという馬をここまで褒められて、嬉しくないわけがない。

しかし、この世界は、評判倒れで終わる馬のほうが圧倒的に多い。

クラシックを何勝もしている調教師や騎手が大きな期待をかけ、周囲にもタイトルを総なめにすると豪語していた馬が惨敗を繰り返し、やっとのことで未勝利を勝ったら、重度の骨折や、不治の病と言われる屈腱炎《くっけんえん》で引退、ということもある。

どの厩舎も、デビュー前は期待馬だらけなのである。

師匠で、管理調教師の松崎欣造にも、オーナーの堀健太郎にも、新馬戦の乗り役は花村でいきたいと伝え、了承を取りつけた。

松崎は、花村がホーリーシャークに乗りたいと申し出てきたときから事情を知っていたし、普段から調教を手伝ってくれる花村に目をかけているので黙って頷いた。しかし、堀は、少しの間、思案するような顔をした。不満なのかと思ったら、どうやら、ただ花村の名前を知らないだけのようだった。

「すべて晴男君に任せるよ。私に対していちいち何かを相談したり、伺いを立てたりする必要はない。報告さえしてくれればいい」

金は出すけど、口は出さない。

理想的な馬主である。

翌週から、ホーリーシャークは時計を出すようになった。つまり、十五―十五より速い調教をするようになった。

調教の強度が高まるにつれ、普段から威勢がよく、晴男に憎まれ口ばかり叩く花村の口数が少なくなってきた。

「おい、そんな調子じゃあ、お前の緊張がシャークに伝わって、余計に抑え切れなくなるぞ」

晴男が言っても、花村は顔を強張らせるだけだった。

馬は五百キロの気持ちの塊と言ってもいい生き物だ。背中に乗っている人間の気持ちを敏感に察知し、同調したり、反発したりする。

ホーリーシャークはもともと神経質な性格だったが、晴男がやっとの思いで手なずけ、どうにか普通に曳き運動や乗り運動ができるようになってから、暴れ方が少しずつましになってきた。

ところが、花村が乗るようになってから、またカリカリすることが多くなり、カイバの食いが落ちてきた。

ゲートのなかで駐立し、前の扉が開いたら素早く飛び出す練習もこなした。そのときは、意外なほど従順に指示どおりの動きをした。

これなら、レースでもスムーズにゲートを出てくれそうだ。

そのころから、晴男は、ホーリーシャークの性格について、ひとつの確信を抱くようになっていた。

ホーリーシャークは、三白眼で目つきが悪く、人間を噛もうとしたり、蹴ろうとしたり、ほかの馬に襲いかかったりする。

当初、それは、攻撃的な性格ゆえのことだと思っていた。実際、恐ろしく凶暴で、肉をやれば食うんじゃないかと思う野獣のような馬もいる。

しかし、ホーリーシャークは違う。

この馬は、臆病なのだ。人間も、ほかの馬も、怖くて仕方がないのだ。だから、自分から攻撃を仕掛ける。人間や他馬を支配しようとしているわけではなく、単に遠ざけようとしているだけなのだ。

妻の美知代に対しても、ほかの厩務員の子供が来たときも、ホーリーシャークは噛もうとしたり蹴ろうとしたりはしなかった。どの馬も、女性や子供を攻撃することはほとんどない。それは、馬にとって、恐ろしい相手ではないからだ。

ホーリーシャークに限らず、競走馬は総じて臆病だ。恐ろしい捕食動物から逃げて生き延びようとする本能が、走る力となる。

臆病だから、人を見る。自分にとって危険なのか、そうでないのか、と。

臆病だから、学習能力が高くなる。その場所が危険なのか、安全なのかを慎重に見極め、危険だとわかったら絶対に近づこうとしない。

臆病なことは、けっして、悪いことではないのだ。

ただ、ほかの馬をひどく怖がる馬は、レース中であっても、近くに馬が来ると前脚を突っ張ってブレーキをかけたり、馬群のなかに入ると首を上げて恐慌状態になったりする。

それでも、その恐怖を克服し、馬群に揉《も》まれた状態から抜け出したとたん、凄《すさ》まじい脚を使う馬もいる。

臆病であればあるほど、その爆発力は大きくなる。大きな恐怖心を、大きな破壊力に転換させるのだ。

――これを、花村に伝えたほうがいいのだろうか。

いや、あいつはおそらく気づいている。

気づいているどころか、ホーリーシャークと一緒になって怯《おび》え、震えている。

花村が悪ぶって虚勢を張るのは、本当は気が小さいからだ。

弱い犬ほどよく吠《ほ》える。

ホーリーシャークと花村は似た者同士なのだ。

吠えるだけの弱い犬で終わるか。

それとも、恐怖心を克服して弾《はじ》けるか。

恐怖心の人馬一体。怯えも、弾ける強さも、共鳴して、二倍、三倍になる。大きな賭けだ。

が、賭けてみる価値はある。いや、賭けに勝たなければ、すべてのホースマンが渇望するクラシックを勝てるわけがない。

どうなるかを想像すると、胸が早鐘を打ちはじめる。

こんなに新馬戦を楽しみにするのはいつ以来だろう。

十月十七日、東京芝一四〇〇メートルの三歳新馬戦が待ち切れなかった。

ホーリーシャークの調整は順調に進んでいた。

しかし、一週前追い切りを前日に控えた水曜日、ホーリーシャークが左前脚を痛がるような仕草をした。

もともと左前脚が全体的に少し内側に曲がっていた。調教が強くなると、一部に大きな負荷がかかって傷めやすいことはわかっていた。

触ってみても、腫れていたり、熱を持っていたりはしない。

現時点では獣医に診《み》てもらうほどの症状ではない。が、あくまでも、現時点では、だ。

晴男は松崎に報告した。

そして、厩舎の前でホーリーシャークを曳き、歩様を見せた。

松崎はホーリーシャークの脚元にかがみ込み、左前脚を上から下まで指先でつまんで検分し、次に、胸前と、鬐甲《きこう》と呼ばれる首の付け根を揉むようにし、最後に手のひらでホーリーシャークの首筋をぽんと叩いた。

「おそらく、当歳のとき、骨端《こったん》が出たのを放っておいたんだろう。また痛がるかもしれんが、今日のところは焼酎でもぶっかけとけば大丈夫じゃ」

骨端は、成長期の若駒によく見られる、骨の異常な成長である。多くの場合、体全体が成長するにつれて症状が出なくなる。

晴男は、口に含んだ焼酎を左前脚の球節に吹きかけ、包帯を巻いた。こうして湿布をするための焼酎が厩舎に置いてあるのだ。

「明日の追い切りはどうしましょう」

「大事を取って、曳き運動だけにしとけ。日曜日に終《しま》い強めに追って、来週木曜日の本追い切りで八割方仕上がるだろう」

八割方でいいのだろうか。

不安はあったが、調教をやりすぎるよりはいい。

調教不足は前日追いをするなどしていくらでも挽回《ばんかい》できるが、やりすぎた場合は取り返しがつかない。

翌朝、厩舎に行くと真っ先にホーリーシャークの馬房を覗いた。

尻の穴に体温計を入れて検温し、左前脚の包帯を外して確かめた。もう痛がっていない。腫れもないし、熱もない。

これなら速い時計を出しても大丈夫そうだが、松崎は、こうして回復していることを見越したうえで曳き運動を指示したのだから、従うべきだ。

鞍をつけず、頭絡に曳き手綱をつないだだけで馬房から出した。

自分の馬房の近くでは、あまり暴れなくなってきた。花村が乗るようになってから苛々するようになったので警戒していたのだが、ここには自分を脅かす敵がいないことを理解したのだろうか。

鞭を持った花村がやって来た。

一週前追い切りに乗るつもりでいるからだろう、いつも以上に顔が強張っている。

「今日は乗らなくていい。昨日、少し左前を痛がったから、大事を取る」

心配して泣きそうになるかと思ったが、逆に、ほっとした表情を見せた。ホーリーシャークに乗ること自体が大きな重圧になっているようだ。

「元気そうに見えるけど、そんなに痛がってたのか」

「いや、ちょっとだけだ。テキは、当歳のときに出た骨端のせいだろうって」

「悪い。乗ってて、まったく気づかなかった」

いつも横柄な口を利く花村がこんな言い方をしたのは初めてだった。

「お前、大丈夫か」

「ん、何が」

驚いたような顔をする。

自分の硬さを自覚していないのか。

晴男が次の言葉を発する前に花村は背中を向け、歩いて行った。

日曜日に終いの三ハロン（六〇〇メートル）だけ強めに追う調教をしたあとも、レース週の木曜日に実施した本追い切りのあとも、ホーリーシャークは左前脚を痛がる素振りをしなかった。

何とか持ちこたえてくれた。

正直、もう一本、速いところをやりたい体つきに見えたが、松崎の「八割方仕上がるだろう」という言葉が思い出されて、当日追いはしないことにした。

十月十七日、日曜日。東京第四レース、芝一四〇〇メートルの三歳新馬戦の出走馬十三頭がパドックに現れた。

どの馬も初めての実戦を前に落ちつきがない。

なかでも、暴れ方がひどいのがホーリーシャークだ。

これだけ大勢の人間の前に出るのは初めてだし、列をなしてパドックを歩くのも初めてなので、不安なのだろう。

「ほーら、シャーク、大丈夫だ」

晴男が何度声をかけても興奮はおさまらない。

立ち上がったり、尻っ跳ねをしたり、隙を見て寝転がろうとしたりと、こんな調子では、ゲート入りする前に力を使い切ってしまう。

曳き手綱を抑える晴男は汗びっしょりになっていた。強風のなかで凧揚《たこあ》げをするようなもので、腕がパンパンになり、手に力が入らなくなってきた。

こういう暴れ馬は、ひとりで曳くのではなく、左右に分かれて二人で曳き手綱を持つ「二人曳き」にするといいのだが、ホーリーシャークの場合は、今でも一部の人間しか近づくことを許さないので、仕方がない。

騎手が整列し、係員が騎乗命令を出した。

「止まーれー！」という係員の号令がかかると、ホーリーシャークはさらに興奮していななないた。つられるように、ほかの数頭もいななないた。

パドックを囲む観客から失笑が漏れた。

花村が近づいてきた。

「おい、早くこいつに乗ってくれ」

晴男は花村の膝を抱え、馬上へと送り出した。

ホーリーシャークがツル首になり、小走りで前に行こうとする。

口から泡を吹き、三白眼の白目が血走っている。

もう一周パドックを回らなければならない。はたして腕がもつだろうか。

晴男は、自分の右肩をホーリーシャークの胸前に押し当て、制御しようとした。

そのとき、ふっと力が抜けた。

花村が腰を浮かし、手綱を持ち直したのだ。

ホーリーシャークが小走りをやめた。まだ気合を抑え切れず、馬銜《はみ》を噛む口元を細かく動かしてはいるが、せわしなくあたりを見回していた目が、今はまっすぐ前だけを見つめている。

馬道を歩くうちに、少しずつ晴男の疲れが癒えてきた。

秋の風が首筋を撫でていく。

このときになってようやく、どこかで妻と岳父、つまり、この馬のオーナーが見ていることに思い当たった。

馬主席ではなく、一般の観客席に、妻と岳父の姿を見つけた。

普段はトレーナーにジーパンという男のような格好をしている妻が、今日は、見合いのときに着ていたようなワンピースでおめかしをしている。

芝コースの上で、ホーリーシャークの頭絡から曳き手綱を外した。

花村を背にしたホーリーシャークが、常歩からキャンター、そしてギャロップと、徐々に速度を上げ、遠ざかって行く。「返し馬」と呼ばれるウォーミングアップである。

ここから先、晴男にできるのは、祈ることだけだ。

——とにかく、無事に馬場を回って、またここに戻ってきてくれ。

結果はどうでもいい。

ほんの一瞬、内向した左前脚を両手で包み込むように触ったときの感覚が、両方の手のひらに蘇《よみがえ》り、そこを痛がってコース上で左前脚を持ち上げたり、馬場に叩きつけたりするホーリーシャークの姿が脳裏に浮かびかけたが、首を強く振って、頭のなかから追い払った。

ファンファーレが鳴り、出走馬がゲート入りを始めた。

あれだけ人の指示に従わないホーリーシャークも、ゲート練習のときだけは素直に従った。今日もスムーズに入り、なかでじっとしている。

ゲートが開いた。

一頭、立ち上がって、大きく出遅れた馬がいた。

ホーリーシャークだ。

——な、何をやっているんだ。

ゲート練習でおとなしかったのは、たまたまだったのか。

どうにか体勢を立て直し、花村が手綱をしごく。ホーリーシャークは口を割り、高く上げた顔を左右に振りながら走りはじめた。

ほかの十二頭は綺麗な隊列を組んで走っている。

ホーリーシャークは大きく離された最後尾だ。先頭との差は二十馬身ほどか。

一四〇〇メートルという短距離戦でこの出遅れは致命的だ。晴男はその場に座り込みたい気分になった。

馬群が三、四コーナーを回り、直線に入った。

そのとき、スタンドがどよめいた。

外埒《そとらち》に両手を置いて見ていた晴男は、思わず身を乗り出した。

一頭だけ四コーナーを大回りし、外埒近くまで振られた馬がいる。

——バカヤロー、日本一のヘタクソ野郎め。

晴男は心のなかで花村を罵った。

先頭の馬は最短距離の内埒沿いにいる。二、三番手の馬もその近くを走っているのに、ホーリーシャークだけが大外《おおそと》を走っているのだ。それも、外埒のすぐ近くを。馬場の真ん中あたりならまだしも、こんなに外を走る馬など見たことがない。

——あれ？

東京競馬場では左回りと右回りの両方でレースが行われているのだが、このレースは左回りコースを使用している。

つまり、スタンドを背にした晴男の左側から出走馬がゴールを目指して近づいてきている。

馬は鞭で叩かれた側と逆のほうに進もうとする。ゆえに、左回りのコースで外に膨れたくなければ、外側にあたる右側を叩く。

ところが、今、花村は鞭を左手に持っている。

ということは、わざと外埒沿いまでホーリーシャークを誘導したのだ。怖がりな性格を考え、他馬との距離を大きく取ろうとしたのか。

手綱と鞭を一緒に握り、馬の肩を完歩《かんぽ》に合わせて軽く叩いている。いわゆる「肩鞭《かたむち》」を入れているのだが、そのホーリーシャークの姿が、どんどん大きくなる。

先頭を行く騎手の動きが急に激しくなった。

大きな動きで首を押し、何発も鞭を入れて叱咤《しった》している。

後続の騎手たちも同様だ。みな手綱をしごき、一発、二発と鞭を入れる。

騎手たちの「ハッ」という掛け声と、鞭の「ピシッ」という音が響き、それが歓声に飲み込まれようとしている。

晴男は、もう一度ホーリーシャークの姿を確かめ、すぐにあとずさった。

鼻先をかすめるぐらいの近さを、ホーリーシャークが駆け抜けて行った。

花村は手綱を持ったままだ。

鞭も入れていない。

ホーリーシャークが、前の馬をまとめてかわし、一着になった。

怖がりで、暴れん坊のホーリーシャークが、新馬戦を勝ったのだ。

戻ってきたホーリーシャークに曳き手綱をつなぎ、花村に声をかけた。

「さすが三流だ。一流なら、あんな外を回らねえから、勝てなかったかもな」

しかし、花村は返事をしない。

目が泳いでいる。ホーリーシャークを曳きながら、晴男はつづけた。

「おい、聞いてんのか。慌てて鞭を入れなかったことも褒めてやるぜ。新馬をあんまり叩くと、競馬が嫌いになっちまうからな」

「あ、何だって?」

ようやく我に返ったようだが、まだ口が開いたままだ。

優勝馬の関係者による口取り撮影が行われた。妻の美知代は馬主の家族章をつけていたが、口取りには加わらなかった。馬主の娘であることより、厩務員の妻であることを優先したのだ。厩舎村は狭い。もし澄まし顔で父と並んで口を持ったりしたら、どんな陰口を叩かれるかわかったものではない。

撮影が終わると、花村は下馬して、外した鞍を持って検量室へと歩き出した。その肩を、オーナーの堀健太郎が何度も叩いた。

「いやあ、心臓が止まるかと思ったよ。あんなに大回りして、ほかの馬より五〇メートルは長く走ったんじゃないか、え?」

堀は豪快に笑っている。

「あ、どうも。おめでとうございます」

おぼつかない足どりで、花村は答えた。

「何を言ってるんだ。面白い騎手だねえ。おめでとうと言われるべきは君だよ。なあ晴男君、なかなかいい騎乗だったよな」

「は、はい」

「初めて持った馬の初陣で勝つ馬主というのも珍しいんじゃないかね。いやあ、私は運のいい男だ。いやあ、よかった」

まだ話したそうな堀とスタンド前で別れ、晴男は、ホーリーシャークを厩舎のほうへと曳いて行った。

そして、思った。本当に堀は運がいい。

「ダービー馬のオーナーになるのは、一国の宰相になるより難しい」

二十年ほど前までイギリスの首相をつとめ、馬主でもあったウインストン・チャーチルがそう言ったと伝えられている。

「皐月賞は速い馬、ダービーは運のいい馬、菊花賞は強い馬が勝つ」

これは日本の格言だ。

堀に見初められたこの馬も、幸運を持っているのだろうか。

毎年五月の終わりか六月の初めに「競馬の祭典」日本ダービーは行われる。

新馬戦を勝っただけでダービーを意識するなど、プロのすべきことではない。わかっているのだが、どの厩務員も、今の自分と同じ気持ちになるものだ。

見るのは勝手なのだから、どんどん夢を見てやろう。

「シャーク、次も、その次も、夢を見せてくれよ」

馬道の先に美知代が立っていた。

厩舎を指さし、口の動きだけで何かを言っている。

「お・べ・ん・と・う」だ。

あの外出着のままつくったのだろうか。

晴男は手を振って応え、ホーリーシャークを厩舎へと曳いて行った。

二〇二×年
新冠御料牧場

小林真吾は静内川の左岸にある丸福牧場を出て、「家畜改良センター新冠牧場」へとレンタカーを走らせた。

道沿いの放牧地で母馬に体を寄せた仔馬がこちらを見ている。初夏の北海道は梅雨がなく、一年でもっとも気持ちのいい季節だ。馬産地に来て、愛らしい仔馬たちを眺めているだけで幸せな気分になる。

一週間前、東都日報にタレコミの電話をかけてきた男は何者なのか。

一家心中した西ノ宮牧場の代表、西ノ宮善行だった可能性はあるだろうか。男が西ノ宮だとしたら、命を絶つその日に連絡してきたことになる。ゆっくりした語り口でありながら、差し迫ったものを感じさせたのはそのためか。いや、男が西ノ宮自身だったら、あのように第三者として見たような言い方はしなかったはずだ。男は嘘だけは吐いていないという思いは、小林のなかで確信に近いものになっている。また、西ノ宮の五十代という年齢も、電話の男からかけ離れているような気がした。

西ノ宮牧場をかつて所有していた萩沼辰五郎という可能性はどうか。生産馬のホーリーシャークが走っていたころ三十代か四十代だったとしたら、今、八十代か九十代だ。年齢は、電話での印象と合致するが、いかんせん、それ以外の情報がなさすぎる。

そのほかの人間である可能性も捨て切れない。

気になるのは、電話の男が口にした「事件」という言葉だ。

それは、西ノ宮牧場の一家心中を指しているのだろうか。

ほかにどんな事件が考えられるのか、見当もつかない。

競馬において特徴的なのは、巨額の金が動く、ということだ。馬券の年間売上げは、ピークだった一九九七（平成九）年には四兆円を突破した。その後、景気後退とともにゆるやかに減少したが、東日本大震災が発生した二〇一一（平成二十三）年の二兆二九三五億七八〇五万三六〇〇円を底にまた上昇に転じ、三兆円に迫ろうとしている。

世界一の売上げを背景として賞金も高額になり、日本ダービーの一着賞金は二億円、ジャパンカップや有馬記念のそれは三億円となっている。その高額賞金と名誉を得るべく、優秀な血統をもつ若駒のマーケットも当然活発になっている。苫小牧のノーザンホースパークで毎年七月、二日間にわたって行われる当歳馬と一歳馬のセリ市「セレクトセール」では、二〇一九（令和元）年、二日間の売上げが二百億円を超えた。最高落札価格も凄まじい。一歳馬は三億六千万円、当歳馬は四億七百万円。平均価格でも一歳馬が四千八百万円強、当歳馬が五千万円強という高さだ。

金絡みの事件が起きても不思議ではない。

だが、それに血統書が関わってくるとなると、どんな利権が絡んでくるのか。

例えば、仮に、西ノ宮が「賭け」に出て配合した種牡馬のクールガイアの血統書が悪意のある人間の手に渡ったとしたら、どうか。

問題は、血統書がなくても、その馬がクールガイアであることを証明できるかどうかだ。今の科学技術なら、血統書があった時点、つまり、その馬がクールガイアであることが確実だった時点のたてがみなどがあれば、ＤＮＡ鑑定で同一の個体かどうか判定することができる。産駒たちとの親仔判定によっても可能だろうから、血統書を再発行すれば済むだけのことだ。つまり、血統書を入手した人間にとって、その価値は、コレクターアイテムとしての価値ぐらいしかないと考えていいだろう。

だが、それが、今から百二十年以上前に輸入されたミラの血統書なら、どうか。

輸入されてから間もない明治時代や大正時代に見つかっていたら、新冠御料牧場が買い上げた金額はさらに跳ね上がっていただろう。いや、そもそもオーナーが手放さなかったかもしれない。一流種牡馬を配合して生まれた仔馬を高額で売却することもできただろうし、所有馬として走らせ、賞金と名誉を同時に得ることもできただろう。

同じことが、一九七〇年代にも言える。ホーリーシャークなど、ミラの末裔が活躍したあの時代に見つかっていたら、サラ系であるというだけの理由で、種牡馬としては虐げられていた馬たちの価値は、爆発的に高くなっていたはずだ。

家畜改良センター新冠牧場に着いた。とっくに敷地内に入っていたのだが、考え事をしながら事務所を探しているうちに、大回りしてしまったようだ。

ここは、かつて新冠御料牧場だったところだ。

新冠御料牧場は、北海道で初めての大規模洋式牧場である。

小林は、以前、新冠御料牧場について調べたとき、北海道にはもともと野生の馬はいなかった、ということを初めて知った――。


江戸時代にニシン漁が盛んになり、荷物を運ぶため、東北から北海道に南部馬が連れてこられた。それが野生化して道産子《どさんこ》になった。本州に近い松前《まつまえ》では、十五世紀には士族の乗用や水産物の輸送に馬が使われていた。が、現在、日本最大の馬産地となっている日高に馬が入ってきたのは十八世紀になってからだった。一七九九（寛政《かんせい》十一）年、蝦夷《えぞ》地は江戸幕府の直轄となり、南部馬六十頭、牛四頭が、日高を含む地域に送られた。やがて民間でも馬の飼育が認められるようになり、飼養頭数が増えていく。一八五八（安政《あんせい》五）年ごろには浦河馬牧が設置されて馬産が盛んに行われるようになり、一八六八（明治元）年には五百頭以上の馬がそこにいた。

そして一八七二（明治五）年、開拓使長の黒田清隆《くろだきよたか》らが日高管内の静内・新冠・沙流《さる》の三郡に及ぶ約七万ヘクタールもの広大な土地を購入。新冠御料牧場の前身となった新冠牧馬場を開設した。翌年、厩舎や牧柵、監守舎などの建設に着手し、日高各郡に散在していた野馬二二六二頭を集めて放牧した。

場名が正式に「新冠牧馬場」と定められたのは、一八七七（明治十）年。アメリカの技術者で、開拓使雇《やとい》のエドウィン・ダンの意見を取り入れ、近代的な洋式牧場に整備されていく。

同年、アメリカからダブリン、キングリチヤードという二頭のサラブレッド牡馬を輸入。これらが、新冠御料牧場におけるサラブレッド種牡馬のルーツとなった。ダブリンの血を引く同名の雑種馬ダブリンは、一八八一（明治十四）年、第二回内国勧業博覧会で、日本人馬主第一号として知られる西郷従道に六百円で買い上げられた。翌年春、根岸競馬場で初出走し、三年間で二十一戦五勝と活躍。種牡馬として軍馬局に四百円で購入されたが、直後に死亡してしまった。

一八七九（明治十二）年には、洪水のため新冠牧馬場の三万坪以上の耕地が流出。一八八一年には、大発生したバッタに草を食われ、狼に襲われた数十頭の馬が死亡する被害を受けた。また、一八八五（明治十八）年の大火により六十七頭の馬が焼死するなど、災難がつづいた。

馬匹の改良は、トロッター種を在来馬と交配させることが中心だった。ここでは、馬の生産、育成のほか、大麦、大豆、タマネギ、馬鈴薯《ばれいしよ》、牧草などの栽培も行われていた。一八八二（明治十五）年に開拓使が廃止された。新冠牧馬場は農商務省の直轄となり、一八八四（明治十七）年には宮内省の所管になる。その前年、のちに小岩井農場の監督となる宮内省侍従の藤波言忠《ふじなみことただ》を御用掛《がかり》としている。

一八八八（明治二十一）年、新冠牧馬場は宮内省主馬寮《しゆめりよう》の所管となり、「新冠御料牧場」と改称。下総御料牧場の場長でもあった新山荘輔《にいやまそうすけ》が場長に任じられた。

御用掛の藤波は、種牡馬を求めてイギリスに渡り、ゼバイカウント、スプーネーを購入。スプーネーはドイツ馬政長官レーンドルフも購入を申し出ていたが、その交渉が始まる前に藤波が六百ポンドで購買を即決した。これもサラ系であった。

スプーネーは、一八八八年から新冠御料牧場で繋養され、道内の洋雑種合わせて三八五頭と交配された。代表産駒には、一八九〇（明治二十三）年に生まれた第二スプーネー、一九〇二（明治三十五）年産のスイテンなどがいる。

第二スプーネーは、種牡馬として、ミラと複数年にわたって交配した。この二頭の間に生まれた第二ミラの子孫に初代ダービー馬のワカタカ、第三ミラの子孫に二冠馬ヒカルイマイなどがいる。

スイテンは「日本競馬の父」と言われた安田伊左衛門《やすだいざえもん》が所有した芦毛《あしげ》の名馬として知

られている。一九〇九（明治四十二）年にはロシアのウラジオストックで行われた日露大競馬に出場。五戦五勝というパーフェクトな戦績をおさめた。このスイテンによる勝利が、記録に残る日本馬による海外初勝利である。

新冠御料牧場にスプーネーとミラがいなければ、初代ダービー馬も、海外で日本馬として初勝利を挙げた馬も別の馬になっていたのだ。

一八九一（明治二十四）年、のちに宮内省の依頼で種牡馬トウルヌソルをイギリスから購入してくる獣医学博士の丹下謙吉《たんげけんきち》が主馬寮技師として就任する。

このように、新冠御料牧場には、日本の競馬史において重要な役割を果たした多くの人馬が集まっていた。

なお、「御料」とは、皇室で使われる食料や衣類、器物などのことを言う。つまり、「御料牧場」は、皇室におさめるための穀物や野菜、乳製品、食肉、畜産加工物、家畜などを生産する「皇室の台所」なのだ。さらに、皇族のための馬車馬や御料乗馬、そして競走馬の生産が行われていた。

ワカタカ、クリフジなど、数々の名馬を送り出した千葉の下総御料牧場では、一九六〇年代まで競走馬の生産がつづけられていた。下総御料牧場は一九六九年に閉場し、栃木の高根沢町《たかねざわ》に移転した。

一方、同じく宮内省の所管だった新冠御料牧場は、一九四七（昭和二十二）年、農林省の所管となり、新冠種畜牧場と改称された。そして一九九〇（平成二）年から、「農林水産省家畜改良センター新冠牧場」となっている。

小林は、新冠牧場の駐車場に車を停め、事務所に入った。

玄関でスリッパに履き替え、右手の受付で用件を告げた。玄関の簀子《すのこ》や下駄箱、受付のカウンターのガラス戸、左右に延びる廊下、正面の階段などのつくりは、学校のそれを思わせる。

二階の会議室に通された。

取材のアポを入れたとき、「新冠御料牧場がミラを購入した日付や価格などが記された資料を見せてほしい」とリクエストしておいた。

会議室の机に、茶色い厚紙の表紙の右端を皮紐《かわひも》で綴《と》じた事業記録が置かれていた。付箋が数カ所につけられている。あらかじめ、ミラに関するところをチェックしておいてくれたようだ。

表紙の左端には「新冠御料牧場　明治卅四年　事業録」とタイトルが記された縦長の紙が貼られている。「明治卅四年」、つまり、明治三十四年は一九〇一年だ。そして、表紙の中央部には「永久保存」とスタンプを捺された紙が貼られている。東都日報でも、プロ野球の日本シリーズ終了後に「永久保存版」と銘打ったグラビアのムック本などを出すことがあるが、それとは意味合いがまったく異なる。こうした記録の保存年限は国によって定められており、人事に関するものは永久保存、出役簿などは三十年とか十年なのだという。普段は鍵のかけられた保管庫に収納されているだけあって、百年以上経っているとは思えないほど保存状態がいい。

農機具やストーブ、南京錠といった物品の購入費や、月ごとの「馬匹死亡明細」などさまざまな記録が残されていることに驚きながら事業録をめくり、付箋のあるページに行き着いた。

そのページには、「明治三四年一二月二八日」の日付で、牧場長、主馬頭《しゆめのかみ》、主馬助《しゆめのすけ》、主馬属、牧場掛それぞれの印鑑が捺されている。

そして、「種牝馬購入臨時費支出伺」という名目で、二ページにわたって、牝馬の馬名と価格が、次のように記されている。

一　洋種　流星鹿毛廿八年生　牝馬　ブルンハイルド号

此價格　金五百円也

一　仝　鹿毛廿八年生　牝馬　ミラ号

此價格　金千五百円也

「廿八年」は明治二十八年のことだ。ほかの二頭は明治二十九年生まれの牝馬で、ミッソーリー号は六百二十五円、メリーソート号は五百五十円。

合計は三千百七十五円。四頭のなかで、ミラがずば抜けて高い。

合計価格のあとに付記がある。現代文に訳すると、こうなる。

「当牧場に繫養されている洋種の牝馬はきわめて少ない。これでは種牡馬を養成することが難しいので、前記四頭を繁殖牝馬として購入したい。許可してもらえるのなら、牧場臨時費雑費をもって支出にあてたい」

さらに事業録をめくると、職員や牧夫の給与を記したページがあった。

職員、場雇、牧夫の順に記され、最初に書かれている職員の月給は四十円。次の職員は三十五円、三十円、二十円とつづく。場雇は十七円五十銭。牧夫は、最も高い者で十三円七百二十銭、低い者は九円百八十銭。

「万」をつければ、現在の価値に近づくのではないか。だとすると、ミラは千五百万円ほどということになる。サラブレッドではない「洋種」の繁殖牝馬としては、かなり高額と言っていいだろう。

事業録の巻末近くに主立った出来事が列記されており、「十二月中事業摘要」の「十日」のところに「横濱ニ於《おい》テ購入ノ洋牝馬四頭着場ス」と書かれている。これは、ミラが一九〇一年十二月十日に新冠御料牧場に到着したことを示す「マザー」の資料と言える。

その先の「十二月牽入馬匹調」のミラを含む四頭の牝馬の「事由」の欄に、「十一月横濱ニ於テ購入」とあるので、売買契約は十一月になされたのだろう。また、ミラの「毛色」の欄に「鹿毛」のほか「星」と記されている。数少ない外観の特徴のひとつである。

「一日」のところには「盗伐人××ヲ尋問シ調書ヲ作ル」とあり、「四日」のところには「柴田、古川両場雇い盗伐取調ノ為メ元神部ニ出張ス」とある。この時代にも不届者はいたようだ。

小林は、対応してくれた職員に礼を言って、事務所を出た。

敷地内の未舗装の道を北西に少し行くと、かつて皇族や政府高官が滞在した「龍雲閣《りよううんかく》」という、一部が二階建ての貴賓舎がある。一九〇九（明治四十二）年に竣工《しゆんこう》した、御殿造りの木造建築だ。完成から二年後、一九一一（明治四十四）年の九月八日から十一日まで、皇太子だった大正天皇が行啓したときも、この龍雲閣に滞在したのだろうか。

若いころから日本中を回り、多くの優れた漢詩を残した大正天皇は、「新冠牧場」と題した七言絶句を詠んでいる。

良駒駿馬逐風行　氣爽秋來毛骨成

喜見雄姿適軍用　馳驅山野四蹄輕　――『大正天皇御製詩集』より

意味は、次のようになる。

「駿馬の群れは風を追って走る。爽涼なる秋の気配を受けて、毛並みもよく、骨格逞《たくま》しく成長した。その雄姿を見れば、軍用にもっとも適当と考えられる。四肢の蹄《ひづめ》も軽く、山野を駆けめぐる」

自然の地形をそのまま生かした広大な放牧地を若駒が一団となって駆けるシーンに心を動かされたのか。

大正天皇は、このとき三十二歳。翌年の七月三十日、明治天皇の崩御を受けて皇位を継承する。

現在、龍雲閣の室内には伊藤博文の絶筆や狩野探幽《かのうたんゆう》の絵屏風《えびょうぶ》、皇族が使った家具、食器、馬具などが所蔵されており、桜の季節だけ一般にも開放されている。この牧場の管轄が宮内省から農水省に変わってからも、二〇〇六（平成十八）年に天皇と皇后、つまり、現在の上皇夫妻が足を運ぶなど、皇族が訪ねてくることがあるのだという。

龍雲閣がつくられたのは、ミラが新冠御料牧場に来た八年後だ。ミラの没年は不詳だが、一九一〇年代なかごろまで仔を産んだことは記録に残っている。ミラがここにいる間につくられたことは間違いない。大正天皇が前出の「新冠牧場」を詠んだときも、ミラはここにいたのだ。

龍雲閣の近くに、一九二〇（大正九）年につくられ、今は使われていない木造の牧場事務所が残されている。さっき小林がいた事務所が一九七〇（昭和四十五）年に新築されるまで、そこが事務所として機能していたのだという。

一九二〇年というと、ミラは二十六歳。生きていた可能性がある。サラブレッドの国内最長寿記録は四十歳二カ月二十日だ。二〇一九年に世を去ったシャルロットという馬が、シンザンが持っていた三十五歳三カ月十一日という記録を更新した。

かつての新冠御料牧場は広大だったので、繁殖牝馬の厩舎や放牧地はこの近くにはなかったのかもしれない。それでも、ミラがここにいた時代から、龍雲閣は大切なシンボルとして、牧場事務所は機能の中枢として、ここにあったのだ。

そう思って眺めると、牧場事務所の和洋折衷の意匠が、最初に見たとき以上にハイカラな印象に思えてくる。

そして、豊かな緑のひろがる場内が、また違って見えてくる。

今の季節、龍雲閣を囲うフェンスの門は閉ざされているが、牧場事務所は、なかに入ることこそできないものの、手の届くところまで近づくことができる。

資料用にとスマホで牧場事務所の外観を撮影しているとき、窓際にファイルが重ねて置かれていることに気がついた。

――まさか、あのなかに古い血統書があったりはしないよな。

さらに近づいて目を凝らし、ファイルの背に書かれた文字を確かめた。

ガラス越しなので、角度によっては光って見えにくい。ガラスに息がかかるほど近づくと、「平成一〇年度」と書かれていることがわかった。それらを束ねているビニールの紐も、今の時代のものだ。

草いきれに軽くむせながら、小林は苦笑した。

車に戻り、目を閉じて両手の親指を後頭部に押し当てた。耳の後ろの「風池《ふうち》」と呼ばれるツボのあるところだ。先輩記者の沢村がよくそうしていたのでまねてみた。こうすると、取材後や執筆中に感じる頭痛がすうっと引いていくのだ。

はたして自分は百二十年のときを遡り、名牝ミラに近づきつつあるのか。まだ実感を得ることはできなかった。

事業録

一九七×年
馬の声

十月十七日の新馬戦を快勝したホーリーシャークは、二戦目、十月三十一日に東京芝一六〇〇メートルで行われた二百万下も、十一月二十一日に東京芝一八〇〇メートルで行われたオープンも勝ってしまった。新馬戦から距離を一ハロンずつ延ばしながら、無傷の三連勝をやってのけたのだ。三戦とも、道中はぽつんと離れた最後方につけ、直線で大外に持ち出して差し切った。

内向した左前脚に爆弾を抱えているようなものなので、世話をする大谷晴男は、毎朝祈るようにして湿布の包帯を換えていた。球節を触っても痛がらず、腫れも、熱もないことを確かめると、自分の心拍数が下がっていくのがわかった。

新馬戦から二戦目は中一週、次は中二週という、比較的詰まった間隔で出走させることを決めたのは、管理調教師の松崎欣造だ。

晴男には、それが解せなかった。松崎は、どちらかというと、レース間隔を長めに取って使うことが多い。レースを調教の代わりに使うために平場のオープンなどが存在しているのだが、パドックで大勢の客の前に出て、馬場入りで歓声にさらされ、ゲートのなかで緊張を強いられる実戦は、たとえ全力で走らなかったとしても、馬の心身、特に精神面に対する負荷が大きくなりすぎると考えているからだ。

――それなのに、どうして先生はシャークをこんなに詰めて使うのだろう。

夕カイバをつけて事務所に戻った。

松崎はデスクで書き物をしていた。その手を止めて、言った。

「ホーリーシャークの脚元はどうだ」

「大丈夫です。痛がってないし、歩様も普通です」

「これで年内は休ませる」

「は、はい」

頷いたものの、納得できなかった。今のホーリーシャークならもっと勝てる。もう少し間隔を空けたうえで年内にもう一戦し、来年のクラシックの出走権を確保しておくべきだ。クラシックの出走馬は、指定されたトライアルレースで上位に入った馬のほか、獲得した賞金額の順で決まっていく。早めに賞金を稼いでおけば、出走権獲得のために無理にレースを使うことなく、馬の体調に合わせて調整していくことができる。

「何だ、不満か」

「ええ。年内に距離をさらに一ハロン延ばしてもう一戦したほうがいいと思います。そうすれば来年、楽なローテーションを組めます」

「なるほど、もう一戦か。よほど強い相手とぶつからない限り、勝てるだろうな」

「はい」

「そのかわり、それが最後の勝利になるかもしれん」

「どうしてですか」

「ひとつ、覚えておけ。三歳のうちは、状態がピークのときに競馬を使うな。使うのは、ピークがまだ先にあると思ったときだけにしろ」

言われてようやく気がついた。

「そうしないと、壊れるからですか」

「うむ。かなりの確率でな。特に、脚元に不安のあるホーリーシャークの場合、腱や関節の強度を超えた走りをしてしまう恐れがある」

「気をつけます」

「お前、車は好きか」

唐突に訊かれて驚いた。

「はい、いつかマイカーを買いたいと思っています」

今はもっぱら松崎が所有するクラウン・スーパーサルーンを運転している。

松崎は自動車に関しても造詣が深く、親交のあるカーレーサーと撮った写真が事務所に飾られており、内燃機関や車体の構造などについての分厚い本が、馬の本と並べて置かれている。

「ドイツの自動車メーカーの創設者が言った、『シャーシはエンジンよりも速く』という言葉を知っているか」

「いえ、初めて聞きました」

シャーシというのは、車体を載せている骨格のことだ。

「車体の性能は、つねにエンジンのパワーを上回っていないとダメなんだ。そうでなければ限界を超えて事故になる。馬にも同じことが言えるのは、わかるな」

確かに、今のホーリーシャークは、エンジンばかりが強くなっている。

松崎はつづけた。

「もうひとつ。ああいう癇《かん》のきつい馬は、いいときが長つづきしない。ひと月もつづけばいいほうだろう」

「それで間隔を詰めて使ったんですね」

「ちょうど今が休ませどきだ。休ませて成長を促せば、次に来る好調のピークを、もっと高いところに持って行ける」

「成長を促す、ですか」

初めて聞く表現だった。

「そう。馬づくりというのは、どれだけ待てるかが勝負になる。待てば、あの馬は化けるかもしれん」

「放牧に出しますか」

松崎は即座に首を横に振った。

「それは、お前がわかってなければいかん」

「どういうことですか」

「今、あの馬をお前から引き離すべきではない。お前が丁寧に扱っているおかげで、ようやく人間に馴れてきたところだ。そんなときによそに連れて行かれ、お前がそこにいなければ、また人間を信用しなくなる。それでは大人になれない。精神的に安定してこそ、体も健康に育つのだから」

「わかりました」

「使い出しをいつにするかは、お前が決めろ」

「どうしてですか」

「来年の三月一日から、この厩舎を束ねるのはお前なのだから、当たり前だろう」

胃がきゅっと痛くなった。

息が苦しくなり、何も言葉が出てこない。

そのとき、ふと思った。

松崎が「三月一日から」と言ったのは、自分にヒントを与えてくれたのかもしれない。もうひとつ、今しがた言われた言葉を思い出した。

――どれだけ待てるかが勝負になる、か。

年明け初戦は、三月以降のレースにしよう。

となると、三月五日の弥生《やよい》賞か、翌々週のスプリングステークスか。

そこから四月十六日のクラシック第一弾、皐月賞に向かう。

「三歳のときはピークで使うな」という教えはすなわち、クラシック本番こそピークで使え、ということでもあるはずだ。

前哨戦《ぜんしょうせん》は負けてもいいから、皐月賞がピークになるように持っていきたい。

しかし、そうなると、クラシック三冠の第二弾で、「競馬の祭典」と呼ばれる日本ダービーまでピークがつづかなくなる。

ダービーは五月二十八日だ。皐月賞から中五週。ピークを保つには間隔が長すぎるし、一度馬体をゆるめてからつくり直すには短すぎる。

皐月賞かダービーの、どちらかひとつに狙いを絞るか。

二つとも狙いにいくにはどうすべきか。ピークを少しでも長く保てるよう、ホーリーシャークが成長し、なおかつ、自分をはじめとする陣営が、丹念にホーリーシャークの心身をケアしなければならない。

いずれにしても、厳しく、難しい闘いになる。

そもそも、クラシックの土俵に上がることができるかどうかも、現時点では定かではない。

自分の机に向かって考え事をしているうちに、いつの間にか、松崎は事務所からいなくなっていた。

今日だけで、ずいぶんいろいろなことを教わった気がする。

これまで、松崎は、馬づくりに対する考え方を、今日のように言葉にすることはほとんどなかった。

自身の終末が近いことを静かに覚悟していることが伝わってきて、つらかった。

晴男は、十月末に行われた調教師免許の一次試験に合格した。二次試験は来年なのに、周りは晴男がもう調教師になったかのように接してくる。

しかし、自分はまだ調教師になってはいけないような気がした。

晴男にそう思わせたのは、松崎と自分との間にあるホースマンとしての知見の大きな差がひとつ。

もうひとつは、ホーリーシャークの存在だった。

三連勝したあと楽をさせ、カイバに栄養価の高いアメリカ産の燕麦《えんばく》を混ぜた。そのうえで、晴男が曳き運動を丹念にしてから、花村が跨って、十五－十五を長めに乗るようにした。そうして、脂肪をつけすぎずに体を増やすことを主眼に調整するうちに、気性面での激しさも、少しずつましになってきた。

松崎の言ったとおり、競走馬というのは、心と体が一緒に成長していく。精神面だけ大人になることもなければ、体だけ大きくなることもない。

年が明けた。一月の終わりに調教師免許の二次試験が行われた。一次の筆記試験で何点取って合格したのかは知らされていないし、二次の面接も、途中からホーリーシャークについての歓談のようになった。松崎が「試験などどうにでもなる」と言っていた意味がわかった。

二月の中旬、調教師免許試験の合格発表が行われた。掲示板に貼り出された合格者のなかに自分の名前を見つけても、それが現実のことは思えなかった。

夢心地で実感がなかった、というわけではない。ただ、自分には早すぎるという思いが強く、心から受け入れることができなかっただけだ。

弥生賞から始動するなら、ホーリーシャークの調教の強度をそろそろ上げていかなければならない時期になっていた。

調教コースへと向かう馬道で、ホーリーシャークの背に乗った花村が、曳き手綱を持つ晴男に言った。

「なあ、曳いていて感じないか」

「何を」

「こいつが大きくなったことさ。背も伸びたし、踏み込みも大きくなっただろう」

確かに、去年よりも、常歩で曳くとき、晴男の歩みが速くなっている。

「そうだな」

「この短い間に、こんなに大きく変わった馬は初めてだ」

「そりゃいい。レースでは三流のお前も、攻め馬だけは数多く乗ってるから、馬を評価する目は肥えてるもんな」

「本当に、いいこと……なのかな」

呟《つぶや》くように花村が言った。

「どういう意味だよ」

「三連勝したときとは、背中にいるおれの両脚のひろがり方も、尻に伝わってくる背中の感触も、まるで変わっちまっているんだ」

「褒めているようにしか聞こえねえけど、そのどこが不満なんだ？」

「たいしたことなかった馬が、ここまで大きく変わったんならいいと思う。でも、こいつは違う。もともと、あれだけよかった馬が、こんなに変わっちまうと、大丈夫かなって心配になるんだよ。いいところまでなくなっちまったんじゃないか、って」

「お前、そんなに後ろ向きな性格だったか。さらによくなった、とは思えないのか」

「ここんとこ、十五－十五に乗ってて、ひとつだけ断言できることがある」

「何だよ、言ってみな」

「三連勝したときと同じレースはできない、ってことだ」

　驚いて、花村の顔を見上げた。

「おいおい、主戦騎手がそんな弱気じゃあ困るぜ」

　花村は何も言わずに腰を浮かし、調教コースに入って行った。

　曳き手綱を肩にかけ、ホーリーシャークの調教を見守った。人馬の呼吸はぴったり合い、素晴らしい動きだ。去年のように、花村の指示に反して顔を左右に振ったり、口を割ったりすることもなく、走りに集中している。

　戻ってきた花村が言った。

「大谷さんよ。変化と成長って、同じだと思うか」

　その言葉を聞いて、花村が何を気にしているのか、ようやくわかった。

「お前にしては、珍しく難しいことを言うな。変化と成長か。もちろん、同じこともあれば、違うこともあるだろう。ただ、こいつの場合は、間違いなく同じだ。成長して、変化したんだよ。いや、変化しながら成長したのかもしれない」

「確かに体は成長した。飛びもずっと大きくなった。ただ、上手く言えないけど、ボクサーが筋肉をつけすぎたらどうなると思う？　今のホーリーシャークは、ボクシングよりレスリングのほうが強そうだぜ」

　そう言って、ホーリーシャークの背から飛び下りた。

　この世界では、馬の体の大きさのことを「馬格」と言う。馬格があればあるほど、激しくぶつかり合うこともある牡馬クラシックにおいては有利だと言われているが、花村は、そうは思っていないらしい。

　調教後の運動のため、ホーリーシャークを曳きながら晴男は言った。

「怖がりなところは、どうだ。相変わらずか。それとも、変わったか。乗っててどう感じる？」

　隣を歩く花村はため息をついた。

「そこには気づいてたんだな。ま、変わらず、かな。ただ、前と違って、怖がっても暴れるのを我慢できるようになった。だから、肝が据わってるように見えるかもしれないけど、埒の下にネコがいたら横っ飛びしそうになるし、馬場からカラスが飛び上がったらビクッとするしと、怖がりのままだよ」

「お前はどうなんだ」

質問の意味がすぐにはわからなかったらしい。

花村は少しの間黙って下を向き、苦笑した。

「おれもだ。何も変わってないよ。馬に乗ることも、レースに出ることも怖いし、こいつの強さも恐ろしくて仕方がねえ」

「なあ、前から不思議だったんだが、どうしてお前は騎手になったんだ」

それに対する答えは早かった。

「これしかできないからだよ」

年に十勝できるかどうかの三流で、稼ぎも悪い。ホーリーシャークに乗るようになってから、いくらかほかの馬でも勝つようになってきたが、自分より若い騎手にどんどん追い越され、負けてばかりでつらくないのだろうか。

花村はつづけた。

「育ちも頭も悪いけど、体が小さくて、運動神経だけはよかったから、親戚に勧められて騎手になった。自分でも笑っちゃうのは、ゴルフをやってもボウリングをやってもおれがジョッキーで一番上手いのに、唯一ヘタクソなのが馬乗りなんだ」

「それにしては楽しそうにやってるじゃねえか」

「ああ。どうしてこんなに楽しいのかは、自分でもわかんねえけどな」

「そりゃあ、競馬と馬が好きで、それと……」

「それと、何だよ」

「諦めてねえからだろう。本当は、てっぺんに立ちたいと思ってるんだろう」

花村は答えなかった。

厩舎に戻って、ホーリーシャークを洗い場につないだ。

「なあ、花村。こいつに乗ってるときは、苦しいか」

花村は頷いた。

「ああ、泣きたくなるぐらい苦しいよ。でも、こいつの背中にいるとき、騎手になってよかったって、初めて思ったんだ。こいつはおれの恩人だ」

「恩人か。人じゃねえけどな」

「いや、人間みたいなもんだ。こいつがおれに競馬を教えてくれたんだから、あんたにとっての松崎のテキと一緒だよ」

「おいおい、初めてこいつに会ったときとはずいぶん違うじゃねえか。それに、恩人とまで言うんなら、こいつの変化が、また何かを教えてくれるかもしれねえぞ」

「だから、それが怖いんだよ。もしかしたら、競走馬が終わるときはこうなる、ってことをおれに教えようとしているかもしれないんだぞ。なあ、おっかねえだろう」

「じゃあ、もう乗るのをやめるか」

「いやいやいや、バカ言うんじゃねえ。誰が降りるなんて言った」

「そう言ってるようにしか聞こえねえよ」

「もし、もしだぞ。これだけ筋肉がついて、脚も胴も伸びて、完歩がこんなに大きくなって、それで去年と同じフォームで走ることができたら、こいつは誰にも負けねえ」

そう言った花村の唇が震えていた。

翌日、花村を背にしたホーリーシャークは、久しぶりに時計を出した。終いだけさっと追って、一マイルを一分五十秒で回ってくるよう指示を出した。

一ハロンを十四秒平均で回ってきたら一分五十二秒だ。が、最初から最後まで同じペースで走るのではなく、前半の四ハロンを十五ー十五で来て、後半の四ハロンを、十四秒ー十三秒ー十二秒ー十一秒でまとめると、一分五十秒になる。

久々に速いところをやるという花村の緊張感がホーリーシャークに伝わったのか、前半はやや行きたがっている。騎手が手綱を抑えているのに、指示に反して前に行きたがることを「掛かる」と言うのだが、以前は、稽古でもレースでも、掛かり気味になったことはなかった。

四コーナーを回って直線に入った。花村は追っていない。やや手綱を引き、軽くブレーキをかけている。手綱を少しずつ緩めることによって速度を上げ、馬上で水平にした背中をまったく動かさず、晴男の前を通り抜けて行った。

晴男はストップウオッチを押した。一分四十七秒。意外だった。レースではたびたびミスをしても、調教で失敗することのない花村が指示より三秒も速く回ってきたのは、これが初めてだった。

「おい、時計、三つも速かったぞ」

晴男が言うと、花村は眉を「ハ」の字にした。

「嘘だろう。おれは逆に、ちょっと遅いかと思っていたんだ。こいつの完歩が大きいから、腹時計が狂っちまった」

「腹時計じゃなく、体内時計だろう」

「お、おう、それだ。ともかく、こいつは並じゃねえ」

「並じゃないことは前からわかっていただろう」

「ああ、だけど、もっとすごくなってる。去年よりずっと強い。あんた、さすがだな。こうなるのがわかってて休ませて、体を大きくしたんだろう。あんた、あれだ。何だっけ、ダービーを勝った調教師のこと」

「ダービートレーナーか」

「そう、それだ。あんた、ダービートレーナーになれるぞ」

ということは、そう話している花村がダービージョッキーになるわけだが、興奮しすぎて、そこに考えが及ばないようだった。

花村を見て笑っていた晴男は、ふっと笑みを消した。

ダービートレーナーという言葉が、胸の奥でもやもやしていたものを吹き飛ばした。

晴男は腹を括《くく》った。

夕刻、事務所で松崎に切り出した。

「先生、引退をもう一年、延ばしてください」

「急に何を言い出すんだ」

「お願いです。ダービートレーナーになってください」

「まったく、バカなことを」

と松崎は困ったように笑った。

「ホーリーシャークなら可能性があるって、先生が誰よりわかっているはずです。先生が休ませることを決めたから、あいつはあれだけ成長した。そして、ダービーを狙える馬になった。おれの判断で調教して競馬に出していたら、今、こういう話をすることはできなかったに決まっています。ダービートレーナーになる資格があるのは、おれじゃなく、先生なんです。狙ってください。これが最後の――」

思わず「最後」と言ってしまい、そこから先は何も言えなくなった。

力が抜けて、背もたれに寄り掛かった。

「最後、か」

「すみません」

「謝ることじゃない。確かに、最初で最後のチャンスだろう」

松崎はゆっくり茶をすすって、微笑んだ。そしてこう言った。

「お前の言うとおり、お前が調教師では、勝てん」

「はい」

「あの馬を曳くのはお前じゃなくてはならんからな。パドックでも、馬場入りしてからも、お前が曳き手綱を持って寄り添ってやらないと、あの馬は平常心を保てない。だから、厩務員のままじゃなくてはならんのだ。わしもうっかりしとったわ」

「それに、クラシックに向けての馬のつくり方を、まだ先生に教えてもらっていません」

「どうして教えていないか、わかるか」

「いえ」

「それは、わしも知らないからだ」

と松崎は笑い、事務所の壁を指さした。その奥に馬房が並んでいる。

松崎はつづけた。

「教えてくれるのは、馬なんだよ。どこが痛いのかも、何を食べたらいいのかも、どう走ったら一番速くゴールできるのかも、全部馬が教えてくれる。馬は、いつもわしらに訴えている。ただ、そういう馬の声をわしらが聴けていないだけだ」

「馬の声……」

「そう。ホーリーシャークはずっと前から、お前と一緒にいたいと訴えている。あの馬の声、聴こえていたか」

晴男は首を横に振った。

「聴こえていませんでした」

こちらの指示を理解させようと話しかけてきたので、自分の名前と「よし」「こら」といった言葉は覚えさせることができたようだ。が、逆に、向こうの声なき声には、あまりきちんと耳を傾けてこなかった。

「空耳だと思っても、何かが聴こえたら、足を止めて馬と向き合う。調教師の仕事は、それだけだ」

柱時計が七時を告げた。

松崎が帰宅したあと、晴男はホーリーシャークの馬房の前に立った。

ホーリーシャークは水桶から顔を上げ、脚元の藁を口に銜《くわ》えた。そして、長い顔をこちらに突き出した。

口の両端から藁がはみ出している。

「何だよ、その藁、おれにくれるのか」

そう言って手を差し出すと、鼻先で押し退《の》けられた。

「なあ、シャークよ。お前、本当におれと一緒にいたいと思ってんのか」

ホーリーシャークはまっすぐこちらを見つめている。

しばらくじっとして鼻筋を撫でさせたが、飽きたのか、顔を横に向けた。こうすると白目がはっきりとわかり、急に精悍《せいかん》になったように見える。

——この馬、カッコいい顔してるね。

妻の美知代の言葉が蘇ってきた。

「お前、カッコいいってよ。おい、聴いてるか」

ホーリーシャークは晴男をぎろりと睨み、二、三歩下がって、少し首を下げた。目を開けているのだが、置物のように動かない。こうなると、もうダメだ。眠いのか、機嫌が悪いのかわからないが、ニンジンを差し出しても、青草を食わせようとしても、まったく反応しなくなる。

「じゃ、また明日な。おやすみ」

厩舎の灯を落とし、外に出る前にちらっと振り返ると、ホーリーシャークがこちらを見ていた。

二〇二×年　サラ系

新冠牧場の取材を終えた夜、小林真吾は、「北星《ほくせい》スタリオンステーション」事務局長の徳山《とくやま》と、静内で食事をした。

血統に関する記事を書くとき、徳山にコメントを求めるようになってから十年以上になる。事務局での取材や電話インタビューでは通り一遍のことしか言わないのだが、一滴でも酒が入ると、とたんに饒舌《じょうぜつ》になる。

「コバちゃん、なしてサラ系のことなんて調べてんのさ」

徳山は、マツカワガレイの刺身をビールで流し込み、げっぷをした。

小林の返事など聞かず、徳山は綺麗に禿《は》げた頭を撫で、つづけた。

「おれらにとってサラ系って言ったら、あれさ、アラブの血量が二十五パーセントを切ったやつのことだな。昔、フランスのサラブレッドの血統書を偽造して、『これは血量百パーセントのアラブだ』って持ってきたやつがいたのよ。で、それを日本のサラブレッドの牝馬にかけたら、生まれてくる仔馬の血量は、名目上五十パーセントってことになるべ」

「でも、実際には百パーセントのサラブレッドですよね」

「そう。それをまたサラにかけたら、名目上は二十五パーセントのアラブってことになるべさ。二十五パーセントならアラブのレースに出ることができるから、ほれ、総なめさァ」

「いわゆる、テンプラ、というやつですか」

「そうそう。結構いたらしいのよ」

日本でも、かつてはアングロアラブ種による競馬が盛んに行われていた。アングロアラブというのはアラブとサラブレッドの混血で、サラブレッドより総じて体は小さく、速力は劣るが、丈夫で、パワーがある。

一九四〇年代の終わりから五〇年代初めにかけて活躍したタマツバキ、一九五七年のセントライト記念を勝ち、アラブとして唯一、サラブレッドの出るJRA重賞を勝ったセイユウのように、レース名にもなったアラブの名馬もいる。

しかし、JRAでは一九九五年限りでアラブのレースは廃止された。二〇〇〇年代になっても、金沢や益田《ますだ》、姫路、園田《そのだ》、福山《ふくやま》などの地方競馬ではアラブのレースが行われていたが、二〇〇五年の福山を最後に消滅してしまった。

「やっぱり、サラブレッドとアラブじゃ馬格が違ったし、タイム差もあったから、廃れるのはしょうがないべさ。でも、ほれ、凱旋門賞《がいせんもん》の日には、今でもロンシャンでアラブのGIがあるんだよな」

「アラブの血量が二十五パーセントを切ったサラ系は、サラブレッドのレースに出るしかなかったんですか」

「そうそう。『準サラ』とも言ってな。ただ、その言い方は一九七〇年代になくなって、サラ系に含まれるってことになった。おれがスタリオンで仕事ば始める、何年か前のことよ。で、何の話だっけ」

「ミラです。サラ系の」

「おお、そうだったな。あの馬、オーストラリアから来たんだよな。今でこそ、ほれ、メルボルンカップやコックスプレート、コーフィールドカップあたりに日本の強い馬が行って盛り上がってるけど、おれが若いころは、オーストラリアやニュージーランドは結構バカにされててよ。オセアニアから来た馬の五代血統表を見ても、よくわかんない馬が入ってたりして、血統に対する考え方がルーズだったんだべな」

徳山は、そこまで言ってからカニシューマイとツブ貝のバター焼きを店員に注文し、今度は焼酎を飲みはじめ、話をつづけた。

「本当に、オーストラリアでは、どう見てもサラブレッドなのに血統不詳という馬が多くてな。自然交配してるんじゃないかって言われてたんだ。撒《ま》き馬《うま》って知ってるか。牝馬の群れのなかに、一頭の種馬を放しておくのよ。そのまま放っておけば、勝手に全部の牝馬に種付けしてんのさ」

「今でも羊なんかはそうしてるんですよね」

「ああ。羊ならいいけど、馬でそれは、あんまりだよな」

「一九七〇年代でも血統に対する考え方がそんな調子だったなら、ミラの時代に、血統書なしで外国に売られるのも当然、という感じですかね」

「だべな。もし今の時代、牝馬の血統書ば紛失したりしたら大変だけどな。ただ、種付証明書をもらうときだとか、仔馬の当歳登録のときとかも必要だから、ずっと生産者の手元にあるわけじゃないのよ。あっち行ったりこっち行ったりしてるから、なくしても不思議じゃないのさァ。種馬の血統書はまた違って、年一回の種畜検査のとき以外は、持ち主の金庫のなかに入れとくのが普通じゃないかな」

「一九七〇年代って、日本の生産界でも、血統に対する考え方は、今ほど厳密ではなかったんですよね」

「一応こだわってはいたけど、ほれ、今と違ってごまかしが利いたから、適当っちゃ適当だったわ。今は、馬体に埋め込んだマイクロチップやDNA鑑定で個体確認がきっちりできてるべ。けど、昔は、悪いやつが、馬をすり替えようと思ったら、できるような隙があったのさ。今いるサラブレッドの五代血統表に入ってくる馬ぐらいなら大丈夫だと思うけど、もう少し遡ったところの馬は、本当は、そこに書かれているのとはぜんぜん違う馬ってことも、結構あるんじゃないべか」

五代血統表とは、当該馬の父方、母方両方の祖先すべてを五代前まで掲載した血統表のことだ。一代前は父と母の二頭、二代前は父方の祖父母と母方の祖父母の四頭、三代前は八頭、四代前は十六頭、五代前は三十二頭と、合計六十二頭の馬の名が載っている。その六十二頭がすべて異なる馬であることもあれば、重なっていることもある。同じ馬が重なっていることを「クロス」と言う。例えば、父方の四代前と母方の三代前にAという馬のクロスがあれば、「Aの四×三」と表現する。名種牡馬の四×三が、強い馬をつくるための理想的な血量という説もある。

しかし、徳山の言ったことが本当なら、血統の価値を支える大前提が崩れ、血統をもとに馬づくりをすることの意味がなくなってしまう。

「何か、怖いというか、嫌な話ですね」

「これを言っちゃあお終いなんだが、五代血統表に載っているほとんどの馬の血統に少しずつ嘘があるって馬もいると思うなあ。ただ、そう思ってたら、おれらスタリオンの人間はなーんもできなくなるから、信じるしかないのよ」

徳山はサケのハラス焼きとシシャモの炙《あぶ》り焼きを追加で注文し、つづけた。

「ここんとこ、日本で古くからつながれている牝系が途絶えるケースが多いべさ。一九九〇年代にサンデーサイレンス旋風が吹き荒れたっしょ。んで、内国産の一流種牡馬のほとんどにサンデーの血が入るようになって、それと配合する繁殖牝馬もサンデー系だらけになって、日本の生産界はサンデーの血の飽和状態になったのは、コバちゃんもわかるよな。それを何とかしようと、ヨーロッパから非サンデー系の繁殖牝馬ばドバッと輸入したせいで、日本の古い牝系が淘汰《とうた》されたんだべな」

「それは、いいことなのでしょうか。それとも、憂うべきことなのでしょうか」

「うーん、いいか悪いかはわかんないな。仕方がないとしか言えないべさ。ほれ、今は種牡馬も繁殖もサンデー系だらけになって、それら同士は配合できないからダメだ、困ったたって言ってるけど、何とかアウトブリードばつづけて、あと五年、十年経てば、それらの馬でサンデーの四×四とか四×三とかばつくれるようになるんだよな。ただ、ほとんどの生産者には、そうやってつないでいくだけの体力がないのよ。だから、そうやって、途中でコケて大損こいても、十年後、二十年後に大物が出ればいいという体力のある千歳グループの一人勝ちになっちゃうのさ」

アウトブリードとは血統が重ならない馬同士を配合することで、四×三などの近い血を配合することをインブリードと言う。

「中小の生産者は、毎年生まれる仔馬がそれなりに売れてくれないと困るから、何十年も先を見据えた牝系づくりをするのは難しいですよね」

「そったら余裕があれば苦労しないわな。ほんと、難しいわ。日本で廃れた牝系の起点になった馬の近親がヨーロッパにいて、そこから一流馬が何頭も出る、なんてこともあるからな。日本と向こうでその牝系が同時に栄えるんならいいけど、タイムラグがあるからどうにもならん」

「徳山さん、ミラ系の種牡馬を扱ったり、北星スタリオンにいた種牡馬をミラ系の牝馬に付けたりしたことはありますか」

「どうだべか。ミラ系の種牡馬を扱ったことはないなあ。ミラ系の牝馬に付けたことはあるんだろうけど、ほれ、牝馬の血統を見るっていっても、だいたい五代血統表しか見ないべさ。おれが仕事を始めたころなら、まだそこにもミラがギリギリ載ってたかもしれないけど、今はもう、十代とか十一代とか先だべ。それば知りたいんなら、先にミラ系の牝馬でどんなのが残ってんのか調べて、それらにどんな種牡馬ば配合したかを見ていくほうが早いと思うぞ」

「ちょっとこれを見てもらえますか」

小林は、ミラからつらなるミラ系の系図をタブレットに表示させ、徳山が箸を伸ばしたホッキ貝の皿の横に置いた。

ミラ系の主立った馬を小林がピックアップし、簡略化した系図だ。ひと文字下がったところに表示される馬は、一世代あとであることを意味する。

ミラ（牝／一八九五／父不詳）
シノリ（牡／一九〇四／父第二スプーネー）
第二ミラ（牝／一九一一／父第二スプーネー）
種信（牝／一九一八／父イボア）
ハッピーチヤペル（牡／一九二八／父チヤペルブラムプトン）
ワカタカ（牡／一九二九／父トウルヌソル）
第三ミラ（牝／一九一二／父第二スプーネー）
種康（牝／一九一七／父ウイリアム）
マツミドリ（牡／一九二二／父ポートランドベー）
竜玉（牝／不詳／父チヤペルブラムプトン）
安俊（牝／一九三九／父月友）
セイシユン（牝／一九五四／父ヴイーノピユロー）

ヒカルイマイ（牡／一九六八／父シプリアニ）

第七ウキリアム（牡／一九一五／父ウイリアム）

春暁（牝／一九一六／父イボア）

種春（牝／一九二六／父チヤペルブラムプトン）

ハルミ（牝／一九三六／父トウルヌソル）

キヨミ（牝／一九四七／父ステーツマン）

ユウミ（牝／一九五七／父ライジングフレーム）

ホーリーシャーク（牡／一九六×／父マルーン）

種牡馬名や繁殖牝馬名をタップすると五代血統表が表示される。徳山は、しばらくの間「ほう」とか「なるほど」とか呟きながら見入っていた。

「コバちゃん、これは悲劇だよ」

「どういう意味ですか」

「ここに出ているワカタカにしてもヒカルイマイにしてもホーリーシャークにしても、

血統や競走成績からして、日本の種牡馬の頂点に君臨していてもおかしくない馬ばかりだべ。だけど、サラ系というだけの理由でソッポを向かれた。ヒカルイマイやホーリーシャークが種牡馬になったときには、もうおれはスタリオンで働いていたんだけど、評判すら聞かなかったさ。ひどいもんだ」

「種牡馬としての需要があるとしたら、さっき徳山さんが話してくれたような、血量が百パーセントか五十パーセントのアラブの配合相手となることぐらいだったのかもしれませんね」

「ああ。強い仔を出す可能性があんのに、種付料は安いからな。アラブの牝馬ば持ってた人は、付けたがったべさ。だとしても、金のなる木にはならなかったと思うよ」

「アラブのレースの賞金は知れてますものね」

JRAでアラブのレースが行われたラストイヤーとなった一九九五年、天皇賞や有馬記念の一着賞金が一億三二〇〇万円だったのに対し、アラブのレースの最高峰であるセイユウ記念やタマツバキ記念のそれは一七〇〇万円だった。

徳山は、また血統表を見つめている。

「うーん、でも、サラ系だから下に見られたことを差し引いても、軽く扱われすぎではあるよな。だって、ヒカルイマイなんて、皐月賞もダービーも、直線だけで前ばぶっこ抜いて圧勝だべ。ダービーは二十八頭も出ていたのに、あっさりだもん。で、親父《おやじ》はシプリアニか。シプリアニのダービー馬っていうだけで、配合する価値があると考えた生産者がいてもおかしくないと思うんだけど、なしてかな」

「一九七八年には種付け頭数がゼロになって、その後、鹿児島の牧場に移っています」

「想像だけど、サラ系っていうだけじゃなく、ほかの問題もあったんでないかい。例えば、所有形態が悪かったとか。今でも狭い世界だし、昔は浦河と静内の生産者に強い対抗意識があったりしたのよ。だから、あいつの馬なら付けるのやめとこうか、ということになったのかもな。当時の広告とかあれば所有形態がわかるかもしれないよ」

徳山に見せた系図には入っていないミラ系の馬だけでも、ヤマヤス（一九三二年帝室御賞典・横浜）、キングセカンド（一九三二年帝室御賞典・福島）、アサヤス（一九三二年帝室御賞典・阪神）、ナンコウ（一九三五年帝室御賞典・小倉《こくら》）、アラワシ（一九五四年中山大障害・秋）、シマユキ（一九五五年中山大障害・秋）、シーエース（一九六七年桜花賞）、ランドプリンス（一九七二年皐月賞）といった大レースの勝ち馬がいる。

ヒカルイマイのダービー優勝を報じた月刊誌「優駿」一九七一（昭和四十六）年七月号に「日本産サラブレッド／ミラ系の血」と題した特集があり、こう記されている。

「ミラは最初サラブレッドとされていたのであるが、のちに血統不詳ということで、サラブレッド系種として登録されたのである。ミラを輸入した新冠御料牧場に多年奉職していた岩淵真之技師は、これについて、『宮内省の馬籍簿によると、ミラははじめサラブレッドになっていたのです。その時代は、血統証明書は本省で保管していたのですが、どこを探してもそれが見当たらない。おそらく、私の推測では、ミラは証明書つきで輸入されたと思うのですが、見つからなかったのですから、仕方ありません』」

ミラを輸入したのは根岸競馬場で競馬を主催していた日本レースクラブなので、そこは事実と異なっているが、この文章からも、ミラがサラ系とされたことに対する疑念と憤りに近い感情が伝わってくる。

もちろん、ミラ系以外のサラ系の名馬も多く、ハセパーク（一九三八年天皇賞・春）、スゲヌマ（一九三八年日本ダービー、一九三九年天皇賞・春）、カイソウ（一九四四年日本ダービー）、ブラウニー（一九四七年桜花賞、菊花賞）、キタノオー（一九五六年菊花賞、一九五七年天皇賞・春）、キタノオーザ（一九六〇年菊花賞）、ヒカリデユール（一九八二年有馬記念）、キョウワサンダー（一九八四年エリザベス女王杯）といったGⅠ級レースの勝ち馬がいる。

こうして列挙すると、徳山の言うように、これらの血の多くがつながれなかったことは本当に悲劇であることがわかる。

小林は徳山に訊いた。

「ミラは血統書がなかったからサラ系とされたわけですけど、もし、ミラの血統書が見つかって、ミラが実はサラブレッドだったと国際血統書委員会に認められたら、どうなると思います？」

血統登録協会の矢代が、明治時代まで遡って認められる可能性があると話していたことも伝えた。

「どうなるって、今出てきたとしても、生産界にとってはたいした問題にはならないべな。だって、今残ってるミラ系の馬は、何代もサラブレッドをかけて、全部とっくにサラになってるんだべ」

「じゃあ、もし、一九七〇年代に見つかったとしたら」

徳山は、口につけかけた焼酎のグラスをテーブルに戻した。

「いや、それは大変だべ。ちょっと待て、ええっと」

徳山はまたタブレットの系図を吟味しはじめた。

眉間にしわを寄せ、五分以上経ってから、また口をひらいた。

「この系図に出てる、ミラが産んだ仔のうちの三頭、シノリ、第二ミラ、第三ミラの親父は第二スプーネーだべ。これもサラ系だな。だから、その子孫のワカタカやヒカルイマイは、ミラの血統書が出てきただけじゃ、サラブレッドだと認定されないのか」

第二スプーネーの父スプーネーは、一八八七（明治二十）年、新冠御料牧場がイギリスから輸入した馬だ。血統に対する意識が高かったイギリスでサラ系とされていたのだから、これはミラと違い、血統書があってもなくてもサラ系のままだろう。

「第三ミラの半弟の第七ウヰリアムは種牡馬になったようですね」

馬は母親が同じ場合のみ「兄弟姉妹」と表現する。父も同じなら「全兄」「全弟」「全姉」「全妹」で、母だけが同じ場合は「半兄」「半弟」「半姉」「半妹」と言う。「〜の上」は兄や姉、「〜の下」は弟や妹を意味する。

「ああ。こいつの親父のウイリアムはサラブレッドだから、もしミラがサラブレッドだったということになれば、種牡馬としての扱いがまるで違ってたべな。ただ、こいつは一九一五年の生まれだべ？　父系としては一九七〇年代には途絶えていたと思うから、ミラがサラだったとわかったとしても、どうにもできなかったべさ。そう考えると切ないけど、しょうがないよ」

その第七ウヰリアムの父であるウイリアムは、一九〇六（明治三十九）年にオーストラリアから輸入されたサラブレッド種牡馬だ。

そして、第七ウヰリアムの半妹である春暁の父イボアは、一九一〇（明治四十三）年にイギリスから三万円で輸入されたサラブレッド種牡馬で、歴代トップの二十三頭もの産駒が帝室御賞典を制している。

「じゃあ、第七ウヰリアムの下の春暁からつらなるラインはどうですか」

「こっちは代々サラブレッドばかり配合してるから、ミラがサラブレッドだと認められたら、子孫も自動的にサラブレッドになるべな。ということは、ホーリーシャークもサラブレッドだった、ってことになるのか。まあ、もしミラの血統書が見つかれば、ということだけどな。何、コバちゃん、ミラの血統書を見つけたのか」

「いや、そうじゃないんですけど――」

こう見えて、徳山は口が堅い。

小林は、タレコミ電話の件を徳山に話した。

胸の前で腕を組む徳山に、小林は訊いた。

「ホーリーシャークが走っていたのは一九七〇年代前半ですよね。あの馬の現役時代から引退後、つまり一九七〇年代のなかごろに、日高で何か『事件』と言えるようなことが起きたか、覚えていませんか」

「事件か。おれが仕事を始めたばかりのころだべ？　事件、事件……あっ、そういえば、ひどいのがあったわァ」

徳山は、焼酎のグラスを一気に空にした。

そして、ひとりの女を〝主犯〟とする、凄惨な事件について話しはじめた。

一九七×年
弥生賞

ホーリーシャークは明け四歳になった。

調教師の松崎欣造の指示で、年明け初戦は三月五日の弥生賞に決まった。

騎手の花村士郎を背に最終追い切りを終えたホーリーシャークを、大谷晴男が曳いている。晴男は調教師免許を取得したのだが、厩舎を持たない技術調教師として、引きつづき厩務員業務をこなしていた。

馬道を厩舎に向かって歩きながら、晴男は言った。

「ここんとこ、時計を間違えなくなったじゃねえか」

花村は、レースではそれほど多くの騎乗を依頼されないが、調教での騎乗依頼が多く、「攻め馬の名手」というありがたくないニックネームをつけられている。そのニックネームのとおり、例えば、一マイルを一分四十五秒で回ってくるよう指示されたら、プラスマイナス〇・五秒か一秒ほどにおさめる腕がある。

ところが、ホーリーシャークは完歩が大きく、滑るように走るので、乗っていてもあまりスピードが出ていないように感じるらしい。それで、指示より一、二秒速い時計を出してしまうことが多いのだが、先々週も、先週の一週前追い切りも、そして今日も、ほぼ指示どおりに回ってきた。

普段は口数の多い花村が、珍しく黙っている。

「おい、花村。どうしたんだ。何か気に食わねえことでもあんのか」

花村は声を落として言った。

「なあ、こいつがひどい怖がりだってこと、誰かに言ったか」

「いや、言ってねえよ。わざわざ自分の馬の欠点を知らせる必要はねえからな」

「そうか。おれもだ。誰にも言ってねえ」

「それがどうした」

「どうしたも何も、大事な話なんだよ。じゃあ、こいつが怖がりだってことを知ってんのは、おれとあんただけなんだな」

「いや、もうひとりいる。うちのテキだ。口に出したことはねえけど、気づいてないわけがねえ」

「そうだな。テキにはむしろ、知っておいてもらったほうがいい。ま、よその厩舎の連中にしてみれば、こんな鮫みたいな顔の馬が怖がりだとは思わないか」

「大事な話って、それか」

「いや、次のレースの乗り方のことだ」

「お前に任せるよ。たぶん、いや、絶対に、テキも同じことを言う」

「ならいい。約束してくれ。当日になって、パドックで急にああしろこうしろとか言わないでくれよ。こいつに乗ってるとな、発走の時間が近づいてくればくるほど、頭のなかが真っ白になって、わけがわかんなくなるんだ」

「ということは、お前、いつも戦術を考えないで乗ってんのか」

「たぶんな」

「たぶんって何だよ。お前のことを訊いてんだぞ」

「いや、考えてんのか考えてないのかも、わかんなくなっちまうんだ」

そう言って、花村はホーリーシャークの背から飛び下りた。


晴男が松崎から厩舎を引き継ぐのを一年延期したのは、クラシックに参戦するホーリーシャークの管理調教師は、自分ではなく師匠の松崎のほうがふさわしいと思ったからだ——と新聞記者に話したら、それが思いのほか大きく報じられた。おかげで、いちいち説明して歩く手間が省けた。

三月五日、弥生賞当日は快晴だった。が、前日までの雨を吸った芝は稍重《ややおも》と発表されていた。弥生賞の前に行われたレースでは道中のめっている馬が多く、特に、馬が殺到するインコースは踏み荒らされて、走りづらそうだった。

十二頭立てとなった弥生賞で、ホーリーシャークは最内《さいうち》の一番枠を引き当てた。パドックでホーリーシャークを曳きながらオッズ板を見ると、単勝七倍台の三番人気だった。一番人気は、昨年の朝日杯三歳ステークスを制して三歳王者となったヒコハヤト。二番人気は前走の京成杯を楽勝したムーンプリンスで、単勝十倍を切っているのはホーリーシャークを含め、これら三頭だけだった。

ゲートを出たなりで進み、他馬に囲まれて馬場の悪い内を走らされると、最後の直線に入るまでにエネルギーを消耗してしまう。そうならないよう、ゲートを出たらいったん思い切って下げ、ほかの馬たちを先に行かせてから外に出るしかなさそうだ。が、この少頭数だと流れが遅くなり、外に出し切るまでに時間を要するだろう。弥生賞は三冠競走の皮切りとなる皐月賞より一ハロン短い中山芝一八〇〇メートルだ。スタートからゴールまでコーナーを四度回り、直線が短い。後ろのほうで外に蓋をされたままだと、コーナーを回るごとに置いて行かれ、差し届かなくなってしまう。一コーナーに入るまでにスムーズに外に出られるかどうかが勝負を分けるだろう。

ホーリーシャークは気持ち悪いぐらい落ちついている。

成長して、競馬がどういうものであるかとか、パドックの意味などを理解したのか。それとも、やる気がないだけなのか。装鞍所でもおとなしかったので、疲れているわけではない。

騎乗命令がかかってホーリーシャークに乗った花村は、青い顔をして黙っている。

——無理なく外に出し切る手綱さばきをこいつに期待するのは、酷かな。

ここで二着以内に入ってくれれば収得賞金が加算されるので、皐月賞でもダービーでも除外されずに済む。そうなると、予定どおり、叩き二戦目の皐月賞で九割か九割五分の状態に持っていき、三戦目のダービーでピークになるよう仕上げることができる。が、もし三着以下になれば、出走権を得るためもう一戦しなければならなくなる。普通、前哨戦では本番に向けての課題をあぶり出すことが第一で、結果は二の次なのだが、この弥生賞では結果も同時に求めたかった。

芝コースに入ったところで曳き手綱を放し、返し馬を見守った。首を大きく使い、前脚でかき込むような走り方をしている。あのフォームなら、水分を含んでぬかるんだ、こういう馬場もこなせるだろう。

弥生賞のゲートが開いた。

ホーリーシャークは、これまででもっとも速いスタートを切った。ここからグーンと手綱を引いて、外の馬たちを前に行かせる——と思っていたら、花村は手綱と鞭を一緒に握った左手をひねるようにして肩鞭を入れ、気合をつけている。

ホーリーシャークが首、体半分、一馬身と、少しずつ他馬より前に出て、正面スタンド前で完全に抜け出し、単騎逃げの形に持ち込んだ。そこから少しずつ馬場のいい外に出て、二番手に二馬身ほどの差をつけて一コーナーに入って行く。

——あいつ、ハナを切りたかったから、指示をするなと言ったのか。

ホーリーシャークは、ゲートを出てからしばらくの間は背中を伸ばし気味にして走り、いいリズムで全身を伸縮させるまでに時間がかかる。だから、これまでの三戦は、後方待機策を取ることになった。そういうレースしかできなくなった責任の一端は、馬が体を伸ばしたまま十五－十五や常歩での運動を繰り返していたことに気づかなかった晴男にある。

しかし、花村が調教で乗るようになってから、少しずつ走り方が変わり、体を上手く使えるようになってきた。それでも、ゲートを出てから最初の一、二完歩は、けっして速くない。こうしてスムーズにハナを切ることができたのは、この弥生賞がスローペースになりやすい少頭数だからだろう。

ホーリーシャークが二番手との差をじわじわひろげ、三馬身ほどのリードを取った状態で向正面《むこうじょうめん》を進んで行く。

二番手は、「名手」岡本文雄《おかもとふみお》を背にしたムーンプリンス。三番手は「闘将」と呼ばれる羽賀武士《はがたけし》が騎乗するヒコハヤト。有力馬が前に集まっている。

ホーリーシャークは、実戦での距離を新馬戦の一四〇〇メートルから一ハロンずつ延ばして使われ、三連勝目の前走は今回と同じ一八〇〇メートルだった。皐月賞はここより一ハロン長くなる。さらに二ハロン長くなるダービーでも、道中、騎手の制止の指示を受け入れて折り合い、暴走しないようにするには、それまでのレースの道中で、抑えた走りを教え込まなければならない。

皐月賞よりもダービーを狙いに行くなら、ここからあまりペースを上げず、後続を引きつけて「溜め逃げ」をし、追い出すタイミングをギリギリまで遅くすべきだ。そのためには手綱を長く持って馬銜《はみ》を外し、馬の行く気を削《そ》がなければならない。

逆に、ダービーより皐月賞を獲《と》りに行くなら、淀《よど》みのないラップを刻みつづけ、後続になし崩しに脚を使わせ、流れ込むレースをしたほうがいい。本当は、ダービーの二四〇〇メートルや菊花賞の三〇〇〇メートルなどでもそうしたレースができれば無敵になるのだが、それには化け物以上のスタミナがなければならない。

花村はどうするか。

長手綱にするつもりはないらしい。さらに二番手との差をひろげて行く。

――そうか、それでいい。

晴男も、どちらかひとつを狙うとしたら、皐月賞だと思っていた。ホーリーシャークはスピードに乗るまで時間がかかるし、スタミナもあるので、ダービーでこそよさが出るように思えるのだが、そうしたことより、約二カ月後のダービーまでいい状態を維持できるかどうかのほうが問題だった。

今日のホーリーシャークの出来は、八割か八割五分といったところか。それを皐月賞で九割か九割五分に持っていくと、ダービーでは十割ではなく、また八割に戻るか、下《へ》手《た》をすると七割か六割に落ちてしまうかもしれない。だったら、皐月賞できっちり十割に仕上げたほうがいい。師匠をダービートレーナーにしたいという気持ちはもちろん捨てていないが、現実を見ることも必要だ。

先頭のホーリーシャークが三コーナーを回って行く。二番手との差は六、七馬身にまでひろがっている。

スタンドがざわめき出した。

四コーナーに入っても、ホーリーシャークと二番手以下の差が縮まらないどころか、さらにひろがっていくからだ。

ひとり旅をつづけるホーリーシャークが直線に入った。

二番手との差は十馬身ほどか。

――おいおい、これならそこから歩いたって勝てるぜ。

花村の手はまったく動いていない。

手綱を持ったままで中山名物の急坂を駆け上がり、ゴールを目指す。

このまま流してゴールすれば、疲れを残すことなく皐月賞に向かうことができる。

――花村にしては、よくやったじゃねえか。

そう思って緩めた晴男の頰が、次の瞬間、引きつった。

突如、花村が手綱を短く持ち直して馬銜を詰め、さらに、左の逆鞭を二発、ホーリーシャークの尻に叩き込んだのだ。

――な、何をしやがる。

晴男は二番手以下の位置を確かめた。遥《はる》か後方でもがいている。

もう追う必要はない。いや、追わないほうがいい。追ってはいけない。

しかし、花村は手綱を緩めることなく追いつづけた。

ホーリーシャークは二着に大差をつけてゴールを駆け抜けた。

競馬では十馬身より大きな差はすべて「大差」として記録に残るのだが、今日は、二着のムーンプリンスを十五、六馬身は突き放したはずだ。

「バカヤロー。あんなにチギるやつがあるか」

スタンド前に戻ってきたホーリーシャークに曳き手綱をつないだ晴男は、花村を怒鳴りつけた。

花村は何も言わず、ただうつむいている。

そして、この馬のレースに乗ったあとはいつもそうなのだが、手が震えている。

考えてみれば、これが花村にとって初めての重賞勝ちだ。騎手になってから十年以上、

「三流」だの「ヘタクソ」だの「逆噴射野郎」だのと、さんざんコケにされるだけだったのに、クラシックにつながる重賞を勝ったのだから、感極まって当然か。

晴男は馬上にいる花村の腿《もも》を軽く叩いて言った。

「ま、いいや。ともかく、おめでとう。泣くんじゃねえぞ」

すると、花村は驚いたように顔を向けた。目は潤んで……ない。

「まだまだ泣けないよ。こいつはすげえ馬だ」

「わかってるって。すげえ馬だから弥生賞を圧勝したんだろう」

「いや、あんたはわかってない」

そう言って花村は下馬した。

どういう意味か訊こうとしたら、調教師の松崎と馬主の堀夫妻が近づいてきた。優勝馬の口取り撮影に加わるためだ。妻の美知代は来ていない。晴男が、今日は負けるかもしれないと言ったら、ホーリーシャークが負けるところを見るのはつらいからと、家に残ることにしたのだ。結果を知ったら怒るだろう。

「晴男君、この賞金で馬を買って、君の開業祝いにするよ」

そう言って笑う堀は上機嫌だった。

「じゃあ、皐月賞を勝ったら、もっと高いのをもう一頭買ってください」

「ワハハ、それはいい」

撮影が終わると、晴男は、次のレースに乗るため走り出した花村の腕をつかんだ。

「おい、さっきのはどういう意味だ。おれがわかってないって」

「わかってないからそう言っただけだよ。あんた、後ろをチギったからって怒ったじゃないか」

「当たり前だ。疲れが残るし、脚元を傷めたら困るじゃねえか。確実に勝てるときは、最小限の着差で勝っときゃいいんだよ」

「そいつが疲れてると思うか」

確かに、戻ってきてすぐ呼吸が戻っていたし、今はほとんど汗をかいていない。

花村はつづけた。

「あれでも、そいつは溜めてたんだよ」

「え？」

「おれは道中ずっと手綱を抑えてた。あんた、気づかなかったのか」

「あ、ああ」

「じゃあ、ほかの騎手にもバレてないな。ほら、もう腕がパンパンだよ」

「ゴール前で急に追ったのはどうしてだ」

「軽くおっ放したらどうなるか、見てみたかったからだ。それに、キャリアの浅い若駒は、ゴールを強めに追って通過させないと強くならないって羽賀さんに言われたんだ」

そう言って、花村は走って行った。

羽賀のヒコハヤトは、二着のムーンプリンスから二馬身遅れた三着だった。

あの気難しい羽賀が、花村に助言したというのは意外だった。成績に大きな差がありすぎて、ライバルになり得ないと見ているからか。そもそも、若駒はゴールを強めに追って通過させないと強くならないというのは本当なのか。案外、自分がクラシックを狙ううえで邪魔になりそうなホーリーシャークを潰そうとして、そう言ったのではないか。

その答えが、数日後、意外な形でわかった。

さすがに強い相手に大差勝ちしたあとだけに、翌週、ホーリーシャークはカイバの食いが落ちるなど、多少の反動が出た。

しかし、気になった左前脚に異常はなく、疲れは数日でほぼなくなった。

花村を背に、軽いキャンターで馬場を一周半したあと、鞍を外した状態で晴男が馬道を曳いて体をほぐし、松崎厩舎に戻ったときのことだった。

事務所の前に、騎手の羽賀武士が立っていた。

ヘルメットをかぶっていても、濃い眉がつり上がっていることがわかる。大きな目で晴男を睨むように見据え、言った。

「次は皐月賞に直行か」

「はい」

「乗り役は決まったのか」

「決まったも何も、こいつの主戦はずっと花村です」

「おれを乗せる気はないか」

羽賀は今年四十歳になるベテランだ。デビュー三年目で早くもリーディングジョッキーとなり、落馬で大怪我《おおけが》をして休んだ年を挟み、七度もその座についた。数多く勝つだけではなく、大舞台でも無類の勝負強さを発揮している。天皇賞を三勝し、有馬記念を二勝したほか、桜花賞、オークス、日本ダービー、菊花賞と、ほとんどすべてと言える大レースを制している。

「闘将」と呼ばれるだけあって、勝負には厳しい。寒村の貧農の五男坊として生まれ、鞭一本で上り詰めてきたからか、高額取引馬や超良血馬を目の敵にする。ときには、自身の馬の勝ち負けより、そうしたエリートを負かすことだけを考え、激しく競りかけたり、強引に進路を塞いだりする。そのせいでマスコミに叩かれようが、一部の馬主や調教師から干されようが、意に介さず、激しい競馬を徹底的に繰り返す。

「お前、花村がクラシックを勝てると、本当に思っているのか」

考えてみれば、羽賀と話をするのは、これが初めてだ。こんな口の利き方をされる覚えはないのだが、こちらは調教師免許を取ったばかりのぺーぺーで、向こうは天下の羽賀武士なのだから、仕方がないのか。

「そういう話は、うちのテキにしてください。乗り役を決めるのは調教師です」

「松崎のテキにはもう訊いたよ。乗り役に関してはお前に任せていると言っていた。どうする」

晴男は、羽賀の問いには答えず、ホーリーシャークを洗い場につないだ。馬体を洗い、四肢に蹄油《ていゆ》を塗り、左前脚に湿布の包帯を巻き終えても、まだ羽賀は腰に手を当ててこちらを見ている。晴男がホーリーシャークを馬房に入れると、そこまでついてきた。

厩栓棒《ませんぼう》を横に通して、水桶を下げてから、晴男は羽賀に向き合った。

「若駒は、ゴールを強めに追って通過させないと強くならないというのは、本当ですか」

羽賀は口元だけで笑った。

「本当だ。壊れなきゃな」

「どういう意味ですか」

「言葉どおりだ。どれだけ後ろを離していても、強く追ったままゴールさせ、壊れないやつだけが強くなる」

「じゃあ、弥生賞では、花村にそう吹き込んで、シャークを試したんですか」

「吹き込んだとか、試したとか、人聞きの悪い」

「でも、そうじゃないですか」

もし壊れていたら、自分が乗るほどの馬ではないと見限って終わりにするつもりだったのか。これが「闘将」のやることなのか。

「甘いな。それじゃあ、クラシックは勝てないぞ」

「どうすれば勝てるんですか」

「簡単だ。おれを乗せれば、勝てる」

「たいした自信ですね」

「当たり前だ。おれを誰だと思ってる」

そのとき、ふと気がついた。八大競走と言われる、桜花賞、オークス、皐月賞、日本ダービー、菊花賞の五大クラシックと、春秋の天皇賞、有馬記念で、羽賀が唯一まだ勝っていないのが皐月賞なのだ。

「羽賀さんだって、皐月賞を勝ってないでしょう。それなのに、どうして勝つと断言できるんですか」

羽賀は右手に持った鞭で、自分の長靴をバシッと叩いた。

「勝負は、運と巡り合わせだ。でかいレースほどそれが作用する。おれは皐月賞を少なくとも二度勝つチャンスがあった。それを逃した一度目は、厩務員のストでレースが延期され、馬の状態が落ちてしまった。二度目は、道中で前の馬が骨折して、進路を変えざるを得なくなった。おれは、それさえも読んでいた。その馬の走りが怪しかったからな。だが、そうじゃない騎手がほとんどだった。慌てて手綱を引いて、その馬を避けたやつらのせいで、おれの馬は大きく外に振られた。二度とも、惨敗したよ」

「羽賀さん、確か、皐月賞で三回ぐらい二着になっていますよね」

「あれらは、普通の騎手なら掲示板がやっとという馬を、おれの腕で二着に持ってきただけだ。三頭とも、どうあがいても勝てる馬ではなかった。おれにとって巡り合わせが悪くてな。勝つ可能性のある馬に乗っていたのはほかの騎手だった」

「今年の皐月賞も、巡り合わせが悪かった、ということじゃないですか」

羽賀は手のなかで鞭をくるくると回した。

「『馬七人三』と言われているだろう。勝敗を決するのは、七割方馬の力による。騎手は三だけだ。なのに、どうしてこれだけ騎手の成績に大きな差がつくか、わかるか」

「わかりません」

「どうして大きなレースを勝つのは一部の騎手だけなのか、わかるか」

「それもわかりません」

「大きなレースには、勝ち方がある。その勝ち方を知っているのは、おれや岡本を含む一部の騎手だけだからさ」

花村は、それを知らない。知らないどころか、土俵に上がるところまで行けずにくすぶっている。

羽賀は鞭の先をホーリーシャークに向けた。

「そいつはサラ系だろう」

「はい、ミラの母系から出た馬です。それが何か」

「サラ系の馬は、競走馬としてどんなに実績を残しても、種牡馬としては見向きもされないんだぞ」

「わかっています」

「実績をつくることができれば、まだいい。ホーリーシャークという馬が確かに存在したことが記録に残るからな。人々の記憶にも刻まれるだろう。でもな、もし、クラシックも、天皇賞も有馬記念も勝てずに終わったらどうなると思う。これほどの馬が、記録にも記憶にも残らなくなるんだぞ。それでもいいのか」

「ぼくは、花村が乗っても勝てると信じています」

「確かに、この馬なら、誰が乗っても七割方勝てる。そのうえで、屋根を強化しろとおれは言っているんだ。同じ相手と十回やって一回しか負けない馬がいたとする。その負ける一回《の》がクラシックになってしまうのが、競馬の怖さだ。魔力と言ってもいい。それをはね除けることができるのは、一部の騎手だけだ。おれが乗れば九割方勝てる。負けるとしたら、お前らの仕上げのミスか、アクシデントがあったときぐらいだ」

羽賀がこんなによく喋《しゃべ》る男だとは知らなかったので、驚きながら、圧倒されていた。

と同時に、本当にこの男に任せたほうがいいような気もしてきた。馬は、人間の気持ちを敏感に察する。これだけ自信満々のプロを背に迎えたら、初めての大舞台で興奮した馬の気持ちも鎮まっていくだろう。

花村は、正反対の精神状態で乗ることになる。これまでは、臆病な者同士が上手く気持ちを同調させてきたが、本番前から連日取材陣に囲まれ、レース当日は十万人以上の大観衆の視線と歓声にさらされる。

晴男の口から、半ば無意識のうちに言葉が漏れた。

「もう少し、考えさせてください」

羽賀は満足そうに笑った。

「いいだろう。ひとつ、いいことを教えてやる。おれを乗せておく限り、おれがその馬の敵になることはない。わかったな」

羽賀が厩舎を出て、馬道を大股で歩いて行く。すれ違った若手と中堅の騎手が同時に馬上から頭を下げた。羽賀は、それに応えもせず、乗馬ズボンのポケットに片手を入れ、肩で風を切る。

普段からほかの騎手たちを支配しておけば、勝負どころで包まれても、自分のために道を開けさせることができる。

ホーリーシャークのことを第一に考えると、羽賀を背に迎えたほうが幸せになれるのではないか。いや、馬は一頭だけで走るわけではない。鞍上と一体になって初めて競走馬としての力を発揮できるのだ。誰よりもホーリーシャークの四肢を自らの手足とし、ともに心を震わせることができるのは花村だ。

――どうしたらいいんだ。

晴男は、自分の髪の毛を掻《か》きむしった。

二〇二×年
日高種馬牧場

日高滞在初日は、西ノ宮牧場、丸福牧場の女社長・丸福美月、家畜改良センター新冠牧場、そして、北星スタリオンステーション事務局長の徳山――と、まずまず充実した取材をすることができた。

翌朝、小林真吾は静内のホテルをチェックアウトし、浦河へとレンタカーを走らせた。右手にはコバルトブルーの太平洋がひろがり、左手にはときおりサラブレッドの放牧地が現れる。草を食べている母馬の脇で、仔馬が走り回ったり、横になって日向《ひなた》ぼっこをしたりしている。

歯車の嚙み方が少し違っていれば、今ごろ西ノ宮牧場でも、こうした眺めを見ることができたのかもしれない。しかし、現実は残酷だった。自身と愛する家族の死を選ばざるを得なかった西ノ宮の心中はいかなるものだったのか。

さらに昨夜徳山から聞いた話を思い出すと、気分が塞いだ。

一九七〇年代の前半かなかごろに、日高で何か「事件」と呼べることがあったかどうか小林が訊くと、徳山はこう言ったのだった。

「一年か二年ぐらいの間に牧場が何軒も火事で焼けたことがあったのさ。たぶんそのころの新聞を調べればわかるけど、最初の火事では馬全部と牧場主が焼け死んで、二軒目は建物だけだったかな。死んだ馬の調査をやらされたから、覚えてるんだ。で、最後の火事は五軒目か六軒目だったかな。牧場主とその娘が焼死したのよ。娘って言っても、生まれたばかりの赤ん坊さァ。どの火事も放火だって噂だったんだけど、結局、犯人は捕まらなかった。放火だって噂になったのには理由があってな。最初の火事で死んだ牧場主の嫁が、最後の火事で死んだ牧場主と再婚してて、焼け死んだ赤ん坊の母親だったのよ。その女性が怪しいって言われたのさ。おれよりちょっと年上だと思うから、まだ生きてるんでないかい。どこで何やってるかは知らないけど」

徳山は、定年退職後に嘱託という形で働いており、今、六十代の半ばだ。ということは、その女は七十歳前後か。

タレコミの電話をかけてきた男が言った「事件」が起こったのは、今の時代ではなく、ミラの末裔が活躍した時代だった可能性もある。

――連続放火事件と血統書か。

火事で大事な血統書が焼けてしまったというならわかるが、焼け跡から血統書が出てくることは、あり得ないような気がする。焼け残った金庫に入っていたなら話は別かもしれないが。あるいは、血統書の存在を巡って何らかのトラブルになり、その女が最初の夫と再婚相手を焼き殺したのか。だとしても、赤ん坊まで殺す理由は何だったのかはわからない。

四十年以上前のことなので、徳山もその女の名前をうろ覚えで、旧姓は知らず、下の名は「かずこ」「かずよ」「かずえ」のどれかのはずだと言う。そこまでわかっていれば、どうにか調べられそうだ。東京で遊軍として動いている後輩記者の高橋に、放火事件についての資料を集めるようメールを出しておいた。

一時間ほどで浦河に着いた。

目的地は、「浦河町立馬事資料館」だ。

国道沿いの小学校跡地に、浦河町立郷土博物館の別館のような形で併設されている。上部に馬のアートをしつらえた門をくぐった正面に、かつての校舎を利用した郷土博物館があり、教室が展示室になっている。

馬事資料館は、その手前の右側にある、レンガづくりの建物だ。

競馬ファンの間では、名馬シンザンの父であるヒンドスタンの剝製と、ヒンドスタンの心臓のホルマリン漬けが展示されていることで知られている。ヒンドスタンは種牡馬として四十六頭の重賞勝ち馬を送り出し、うち十三頭が八大競走を制している。

ほかの展示物には、四人乗りの迎賓馬車や、馬の骨格標本、馬頭観音、鞍や鐙《あぶみ》などの馬具、蹄鉄、種付台帳などがある。

小林の目的は、明治、大正、昭和初期の種牡馬台帳や繁殖牝馬台帳など、馬の生産に関する資料を閲覧することだ。

一九〇七（明治四十）年、浦河の西舎《にしちゃ》に日高種馬牧場が開設された。

その背景には、明治政府の富国強兵政策があった。

一八九四（明治二十七）年七月に日清戦争、一九〇四（明治三十七）年二月には日露戦争が勃発した。日本は勝利をおさめたものの、日露戦争では、騎馬を自在に操るコサック兵に大いに苦しめられた。また、在来和種がほとんどだった国産軍馬の馬格や輸送力、戦闘力が、欧米に比べて大きく劣っていることが明らかになった。

そうした事態を憂慮した明治天皇は、日露戦争開戦の二カ月後、「馬匹改良のために一局を設けて速やかにその実効を挙ぐべし」との勅命を下した。それにより、同年九月に臨時馬政調査委員会が設置され、富国強兵策の一環の国家事業として、日本は「活兵器」である馬匹の改良に取り組むことになったのだ。

臨時馬政調査委員会によって立案された日本の馬政計画は、ナポレオンの手法に範を取ったものと思われる。十九世紀の初め、国力増強のため馬匹強化を目指したナポレオンは、六カ所の国営種馬牧場と三十カ所の種馬所、三カ所の乗馬学校を創設するなどした。さらに競馬を馬匹改良の手段とし、近代競馬の基礎を築いたのであった。

臨時馬政調査委員会は総理大臣の監督下にあり、馬匹改良に関する審議を行った。設立の翌年、一九〇五（明治三十八）年一月二十三日まで九回にわたって会議をひらき、馬政第一次計画が答申された。馬政第一次計画の期間は三十年で、そのなかには「種馬所十五カ所を完備し、国有種牡馬一五〇〇頭を充実し、これを民間牝馬に交配して改良繁殖を実施する」といったものや、「種馬牧場三カ所を完備し、繁殖牝牡馬を充実し、その産駒で国有種牡馬を補充する」「馬匹共進会、競馬会を奨励し、優等牝牡馬に奨励金を下付し、産馬功労者に功労賞を授与する」「産馬組合の事業を督励し、その業務を有効確実なものとさせる」といったものがあった。

日高種馬牧場が開設されたのとほぼときを同じくして、日本の競馬界、生産界では、現在のそれらにつながる、大きな出来事があった。

臨時馬政調査委員会で、当時、馬匹改良における競馬の必要性を盛んに説いていた加《か》納久宜《のうひさよし》子爵の意向をくみ、競馬会設立の議が討議された。のちに「日本競馬の父」と呼ばれる安田伊左衛門が、発起人のひとりに選ばれた。

安田は、一八七二（明治五）年、岐阜県海津《かいづ》郡東江《ひがしえ》村（現在の海津市）に、豪農の長男として生まれた。幼少時から馬に親しみ、帝国大学農科大学を卒業。日清・日露戦争には騎兵将校として応召した。その後、競馬法制定に尽力し、衆議院議員などを歴任し、日本中央競馬会の初代理事長となる。春のマイル王を決めるＧＩの安田記念は、安田伊左衛門の功績を讃《たた》えて設立されたレースだ。

一九〇六（明治三十九）年春、東京競馬会が創立され、発起人の加納久宜から、馬券発行の許可が請願された。東京競馬会の会長には加納が就任し、安田は常務理事となった。そして同年秋、現在の東京都大田区にある池上本門寺《いけがみほんもんじ》近くに新設された池上競馬場で、日本人による初めての馬券発売をともなう洋式競馬が四日間開催された。池上競馬場には朝から大勢の観客が詰めかけたという。

その年の十二月、政府は、民法第三十四条による法人で、馬匹改良上有益と認める競馬会には馬券の発行を黙認する措置を講じた。

これによって、翌一九〇七年以降、全国に続々と類似の競馬会が設立され、日本は、史上初めての「競馬ブーム」に沸いた。しかし、馬券に熱中するあまり家を傾ける者が現れたり、主催者側の不慣れによる不手際や不正が見られたりするなど、さまざまな社会問題が生じるようになった。そのため、政府は、一九〇八（明治四十一）年十月、馬券の発売を禁止し、新刑法「賭博及ヒ富籤《とみくじ》ニ関スル罪」八条項を適用することにした。日本初の競馬ブームは、二年足らずのうちに終わってしまったのである。

現在、日本最大級の民間総合農場として知られている小岩井農場が、メジロマックイーン、スペシャルウィーク、メイショウサムソン、ウオッカなどにつながる「小岩井の牝系」と呼ばれる繁殖牝馬をイギリスから輸入したのも、日高種馬牧場が開設されたのと同じ一九〇七年だった。

小岩井農場は、一八九一（明治二十四）年、日本鉄道会社副社長の小野義眞《おのぎしん》と、三菱社社長の岩崎彌之助《いわさきやのすけ》（三菱財閥を創始した岩崎彌太郎《やたろう》の弟）、鉄道庁長官の井上勝《いのうえまさる》の三人によって創設された。この三人の頭文字を取って「小岩井」と命名されたのだ。不毛の荒野に圃場《ほじょう》をつくり、防風・防雪林の植林を行うなど施設を整備しながら、国策であった殖産興業の一環である畜産振興に貢献すべく、家畜の育種改良、すなわちブリーダー事業を推し進めていく。

一八九九（明治三十二）年に岩崎家の所有となり、彌太郎の長男である岩崎久彌《ひさや》が継承者となった。岩崎は、宮内省主馬頭だった藤波言忠を監督に、下総御料牧場長の新山荘輔を場長に招いた。新山は、一九〇六年まで両牧場の場長を兼任する。

そうした体制のもと、一九〇二（明治三十五）年、イギリスからハクニー種を輸入し、育馬事業を始めた。そして一九〇七年、馬政局の命でヨーロッパに出張した新山（場長を退任し、顧問となっていた）にサラブレッドの購入を依頼し、二十一頭の繁殖馬をイギリスから輸入して、サラブレッドの生産を本格的に開始する。二十一頭のうち二十頭が牝馬で、それらの子孫は長きにわたって日本の競馬界を支える一大勢力となった。これが小岩井の牝系である。

一九三二(昭和七)年に行われた第一回東京優駿大競走、すなわち、第一回日本ダービーを制したのは、ミラの末裔で、下総御料牧場で生産されたワカタカだった。第二回日本ダービーの勝ち馬カブトヤマは小岩井農場の生産、第三回は土田《つちだ》農場、第四回は小岩井農場、第五回、第六回は下総御料牧場、第七回は千明《ちぎら》牧場、第八回、第九回は下総御料牧場、第十回、第十一回は小岩井農場……と、かたや皇室、かたや財閥の岩崎家が所有する「二大牧場」によって、「競馬の祭典」日本ダービーのタイトル争奪戦が行われていたのである。

近代競馬の礎が築かれた時代に開場した日高種馬牧場には、ブレイアモーア、イボアなどの種牡馬のほか、多くの繁殖牝馬も繋養されていた。種馬牧場という名称だが、現在の種馬場とは違い、生産も行われていたのだ。その日高種馬牧場にいた種牡馬や繁殖牝馬の血統登録書や種付台帳などが、ここ浦河の馬事資料館に保存されている。

学芸員の伊勢原《いせはら》という、小林より少し年上に見える男が、展示をひととおり案内してから、入口脇の事務室に通してくれた。

展示室に出されている日高種馬牧場関連の資料はごく一部だ。残りの大半は、この事務室と奥の倉庫の大量の段ボール箱のなかにある。

机の上には「国有種牡馬台帳」「国有繁殖牝馬台帳」「種付台帳」「繁殖証明書」「産駒

証明書」などの綴《つづ》りが置かれている。そのほか、血統書の綴りや、「国有牝馬種付簿」「国有種馬種付・産駒台帳」というタイトルシールの貼られた分厚いファイルもある。

小林は、ミラについて調べており、ミラ自身やミラ系の馬たちに関する資料があれば閲覧させてほしい、と伝えておいたのだ。

「何か疑問点があったら、遠慮なくおっしゃってください。私もここで作業をしていますので」

そう言って伊勢原はコーヒーを机に置いてくれた。

「ありがとうございます。これらの資料は、手袋をせずに直接触ってしまっても構いませんか」

「もちろんです。ほら、私もこうしています」

伊勢原は、自分の正面にある段ボール箱から素手でファイルを取り出した。

部屋の奥には大量の段ボール箱が置かれ、天井まである書棚にも、官民双方から出された年鑑など、膨大な資料がおさめられている。一般の入館者からは見えないここも、文字どおりの「資料館」なのである。

「ここはいつ開館したのですか」

「昭和五十五年です。私が配属されたのは平成になってからですが」

「伊勢原さん、競馬には詳しいですか」

「いえ、GIレースをときどきテレビで見る程度なので、専門外と思ってもらったほうがいいですね。専門は郷土史なんです」

と郷土博物館のほうを指さし、つづけた。

「以前、私は北海道立文書館にいて、そこにあった日高種馬牧場の資料を浦河に残すことになり、それらと一緒に移ってきたんです。登録博物館には学芸員を配置しなければなりませんのでね。ここにある資料は、ミラが輸入された明治三十二年よりあとのものばかりです。何しろ、日高種馬牧場が開設されたのが明治四十年ですから。ですので、ここには開設当初からの古いものを引っ張り出して並べてあります」

「ずいぶん系統立てて保存されているんですね」

「やはり、国の牧場ですから、当時の関係者には、天皇陛下のお金や財物を管理しているという意識と緊張感があったように思います。特に、馬の洋種は値段も高いですからね。馬政局がつくられたのは、うちができる前の年だから、明治三十九年ですよね。新山荘輔や丹下謙吉といった人たちが、岩手の育成所にいた馬を全国の種馬所に再配置するなどした。そうして馬が移動するとき、ここにある血統登録書も一緒に動きます。そのさい、うちの元台帳と、移動先の民間牧場の台帳とに割印を捺し、本物であることを証明するわけです」

「なるほど。ところで、伊勢原さんの言う『うち』とは、日高種馬牧場のことですか」

小林が訊くと、伊勢原は苦笑した。

「あ、私、また言っちゃいましたか。失礼。こうして日高種馬牧場の先人たちが残した資料を精査していると、紙を通じて彼らの魂に乗り移られたようになって、つい『うち』と言ってしまうんです」

「いいですね、そういう感覚」

「いやあ、自分が今どの時代を生きているのかさえもわからなくなることがあるので、危ないかもしれません」

それにしても、これだけ知識がありながら専門外というのは驚きだ。

「当時、どのくらいの馬が日高種馬牧場にいたかはわかりますか」

「わかりますよ」

伊勢原は、棚から冊子を取り出した。さすがに頭のなかに入っているわけではないようだ。伊勢原はつづけた。

「明治四十一年で、本場に一〇八頭。そのうち繁殖牝馬は、ギドランやトロッターを含めて七十九頭ですね」

全国の洋種、雑種、和種の生産頭数の統計も見せてもらった。

それによると、すべての種類の合計が、一九〇七年に十万七〇七二頭、うち洋種は一三四一頭。一九〇八年の総数は十万七八四七頭、洋種は一四四八頭。その後、一九〇九年は総数十一万六八三〇頭、洋種一七四三頭、一九一〇年は総数十一万七九五〇頭、洋種一八七九頭と、総数はさほど変わらないなかで、洋種の生産数だけが増えていく。洋種は、一九二六（昭和元）年には三六一四頭、一九三二（昭和七）年には六八七五頭にまで激増している。洋種には、サラブレッドのほか、ギドラン、トロッター、アングロアラブ、アングロノルマンなどが含まれる。戦後は軍馬としての需要がなくなり、農耕馬や馬車馬も少なくなったため、生産総数は激減しながらも、競馬に出走するためのサラブレッドの生産頭数は増えていき、一九九〇年代の初めに一万頭を突破する。その後は減少に転じ、今は七千頭ほどに落ちついている。

「新冠御料牧場にいた馬も、当然、国有ということになるんですよね」

「ええ。ですから、あそこで繋養されていたミラも国有の繁殖牝馬だった、ということになります」

「伊勢原さんが見たところでは、ここにはミラに関する記録はないんですよね」

「ええ。小林さんから電話をもらったあとも、またざっと調べてみたのですが、ミラ自身に関するものはないですね。産駒の第二ミラが載っているものはありますが」

「どれですか」

「これです」

伊勢原は、小林の前にあった分厚い書類の束のひとつを手に取り、真ん中あたりのページを開いて指し示した。

Ｂ４ほどの大きさの和紙に印刷された血統書だ。

血統書第四参弐壱號

血統書

一　朝信　　籍第四参八〇號

種類　内國産洋種

性　牡

父　サラブレッド種　トウルヌソル　祖父　ゲェーンスボロー

　　　　　　　　　　　　　　　　　祖母　ソリスト

母　内國産洋種　種信　祖父　イボア

　　　　　　　　　　　祖母　第二ミラ

産地　宮内省下總牧場

生年月日　昭和四年三月十七日

毛色及特徴　栗毛　流星珠月稍右、右髮中波分左二白

　　　　　　　　左臀部Ｓ字烙印

右之通候也

昭和五年十月九日
宮内省下總牧場

最後の牧場名の下には宮内省の角印が捺されている。

それはいいのだが――。

小林は、目を覚ますようにわざと大きく瞬《まばた》きして、その血統書を見直した。

父がトウルヌソル、母が種信で、昭和四年三月十七日に生まれた馬は、この世に一頭しかいない。

初代ダービー馬のワカタカである。

「伊勢原さん、これ、ワカタカの血統書じゃないですか」

「ええ、そうです」

伊勢原は、小林が動揺していることが嬉しいようだ。

「なるほど、ワカタカは競走馬になる前は、『朝信』という幼名だったんですね」

血統名と言ってもいいのかもしれない。女傑クリフジが「年藤」という名で血統表に載っているように、競走馬としての馬名と、繁殖名が異なるケースがままある。

この血統書はワカタカが千葉の下総御料牧場で生まれた翌年発行されたものだ。それがここにあるということは、現役引退後、ワカタカが日高種馬牧場に来たとき、付帯されていたのだろう。折り目がついているのは、封筒などに入った状態で、ワカタカとともに故郷の下総御料牧場から千葉の中山競馬場の東原玉造《とうばらたまぞう》厩舎、そして日高種馬牧場へと移動したためだと思われる。

ほかにもワカタカに関する書類があった。

「甲種去勢猶予《ゆうよ》證」だ。所有者の欄には管理調教師の東原玉造の名が記され、「ワカタカ」と現役時代の馬名が記されている。馬齢が「五歳」となっているので、引退後、去勢せず種牡馬になることを許可する書類だ。千葉県の印が捺されている。

そうしてワカタカは日高種馬牧場で種牡馬となったのだが、三代母にミラがいるサラ系だったため、良血のサラブレッドに配合されることはなく、アラブや中間種に付けられることがほとんどだった。

種牡馬を廃用となったあとは静内農学校で乗馬となり、一九四五（昭和二十）年に慢性肺気腫で死亡したという。栄えある初代ダービー馬の余生とは思えないほど、末路は寂しいものだった。

小林はあらためてワカタカの血統書を手に取った。

まさかここに初代ダービー馬の血統書があるとは思っていなかった。

驚きと興奮で、全身が火照っている。が、その熱が少しずつ引いてくると、ひとつの懸念が浮かび上がってきた。

これは紛れもなくワカタカの血統書である。

しかし、「種類」のところに「内國産洋種」と書かれている。サラブレッドならここに「サラブレッド種」と記される。つまり、この血統書は、ワカタカがサラ系であることを証明するものでもあるわけだ。

仮に、小林にタレコミ電話をしてきた男が本当にミラの血統書を入手したとしても、これと同じように、サラ系であることを証明するものだったら、何の意味もないのではないか。

男は確か、「右之通候也」と書かれていると言っていた。

この血統書もそうだ。

小林は、体から力が抜けていくのを感じていた。

――いや、ちょっと待てよ。

もし、男の手元にある血統書の「種類」のところに「サラブレッド種」と記されていたら、話は変わってくる。ミラがサラブレッドであることを証明するものとなり、歴史を引っくり返す証拠となるはずだ。

そう考えると、沈みかけた気分が、また少し上向いてきた。

小林は、記録用にワカタカの血統書と「甲種去勢猶豫證」の写真を撮った。

ミラの血統書がこれと同じ体裁だとしたら、男が読み上げた「Weatherby」の文字は、どこに記されていたのだろう。それはウェザビー社のスタンプか。いや、それはウェザビー社で発行する血統書以外に捺されることはないはずだ。あるいは、ウェザビー社の割印だったのか。割印だったとしたら、もう一枚はどんな書類だったのか。

伊勢原が用意してくれた資料をさらにめくっていると、ポストカードの挟まったページで手が止まった。

「English Stud Book Certificate」とプリントされたA4ほどの紙に、ウェザビー社の丸い判が捺されている。『ジェネラルスタッドブック』に祖先が掲載されていることを証明する、同社の血統登録書である。

上部の「……following is a correct pedigree of～（以下は～の正しい血統である）」という印字の右に、手書きで「Review Order」と馬名が記されている。生年は一九二三（大正十二）年。

その冊子の綴じられたノドの部分に貼りつけてあるポストカードには日本語で「レヴユー、オーダー」とあり、裏が馬体を左側から撮ったモノクロ写真になっている。一九四〇（昭和十五）年にリーディングサイアーになったレヴユーオーダーである。産駒にハッピーユートピア、ハマトミ、イサムオーダー、ヤマトモといった重賞格レースの勝ち馬のほか、種牡馬として成功したマルゼアなどがいる。

そのほか、一九二七（昭和二）年生まれの「Airtight」という牝馬の血統登録書もあり、こちらにはウェザビー社のエンボス印が捺されている。

レヴユーオーダーとエアタイトの血統書を見ながら、ふと思った。男が手にしていた血統書は一枚だけではなかったのかもしれない。ミラのそれとは別に、ウェザビー社の血統書もあったのではないか。考えてみれば、オーストラリア産のミラに対して発行された血統書に、イギリスのウェザビー社のスタンプが捺されることはなさそうだ。

――これじゃあ、まるで、学生のテストの引っかけ問題だな。

ミラの血統書がこれらの資料のなかにあるわけがない、あれば伊勢原がとっくに見つけている。そうわかっていても、つい探してしまう。

種牡馬の種付台帳には、配合した牝馬の頭数だけが記されたものもあれば、一頭ごとに紙幅を割き、牝馬の馬名と配合した日時まで記されたものもあり、それらをかなりの時間をかけてチェックしたが、ミラの名を見つけることはできなかった。

気がつけば、とっくに正午を回っていた。

「すみません、すっかり長居してしまいまして」

「いえいえ、何か収穫はありましたか」

「はい、ワカタカの血統書を見つけたというだけで、来た甲斐《かい》がありました」

「それはよかった」

と伊勢原は老眼鏡を指で押し上げ、笑った。

「どの時代にどんな種類の種牡馬や繁殖牝馬がいくらで取引されたのかという数字を見ているだけでも飽きません」

「私もです。今、小林さんが見ていた明治の終わりから大正にかけてだと、サラブレッドの種牡馬の数は全体の五分の一ぐらいですかね。値段は、まれに千円台で取引される馬がいた、といったところです。乗用馬としてはアラブのほうが力があって丈夫だし、アングロノルマンのほうがおとなしいし、ハクニーなんかもいたし、種類が多かったですよね。あの時代、民間からは、特にアラブの需要が多くあったようです。ちなみに、日高種馬牧場は昭和二十一年に『日高種畜牧場』という名称に変わり、乳牛への事業転換がなされました。そして昭和四十二年に種馬業務を廃止し、六十年にわたる種牡馬の改良と生産事業を終え、平成五年に閉場しました」

「伊勢原さん、本当に馬は専門外なんですか」

この男なら何かヒントをくれるかもしれないと思い、タレコミ電話をもとに取材を始めたことを含め、だいたいの経緯を話した。

すると伊勢原はウーンと唸った。

「面白い話ですけど、ウェザビー社のスタンプというのが、できすぎというか、おかしいような気がします。そのあたりの話は登録協会のプロフェッショナルに訊いたほうがいいと思いますが、ウェザビー社の割印というのも見たことはないですね」

「そうですか」

「いや、待ってください」

伊勢原は立ち上がって、段ボール箱のひとつからファイルを取り出し、血統書が綴じられているところをひらいて、つづけた。

「ここに『汚損ノタメ書換再交付』と書かれているでしょう。で、こっちは『紛失再交付』となっている。こんなふうに、売買契約を交わしたときの割印の色を変えて捺し直し、血統登録書を再交付するケースもあったんです。こうした形を取って、あらためてつくったり、サラ系の血統書をサラブレッドのものに書き換えたりすることならできたかもしれませんね」

「ただ、それはつまり、偽造する、ということですよね」

「はい。その場合、発行者は日本の牧場になります。そういう話なら、あってもおかしくないと思います」

そう言って微笑む伊勢原に礼を言い、席を立った。

馬事資料館の出入口まで見送ってくれた伊勢原が思い出したように言った。

「さすが東都さんですね。ヒンドスタンの取材でここに来る新聞社は結構あるのですが、ミラの取材で来たのは東都さんだけで、小林さんが二人目です」

「ぼくの前に来たのは、沢村ですね」

「そうです。惜しい方を亡くしました」

先輩記者の沢村の死は、馬産地でもニュースになったのであった。

今でも小林は沢村のあとを追いかけている。それは観念的な意味だけではない。こうして沢村が訪ねたところに自分も立っているのだと思うと、自分のやっていることはけっしてムダではないような気がしてくるのだ。

当初はもっと長く日高に滞在するつもりだったのだが、ひとまず帰京して、仕切り直したほうがいいのかもしれない。手がかりが得られると思っていた西ノ宮牧場がもぬけの殻だったので、そこを起点にすることができなくなった。

伊勢原が言ったように、ウェザビー社のスタンプというのは、確かに「できすぎ」のような気がしてきた。

やはり、ガセネタなのか。

そんな古い血統書を、街金が借金の担保として受け取るとは考えづらい。仮に受け取ったとしても、なぜそれをタレコミ電話の男が持っているのか。そもそも、ミラの血統書が本当に男の手元にあるのかどうかも、その真贋《しんがん》も、こちらが一方的に想像を巡らすほかないのが歯がゆかった。

小林がレンタカーのエンジンをかけたのと、後輩の高橋から電話がかかってきたのとは、ほぼ同時だった。

「先輩、今どこっスか。もう浦河から離れちゃいましたか」

「いや、ちょうど馬事資料館の取材が終わったところだ」

「ああよかった。先輩に調べておくよう言われていた、焼けた牧場。そのひとつが浦河なんスよ。浦河といっても姉茶《あねちゃ》地区なんで、馬事資料館からだと車で三十分ぐらいかかると思います。住所、言いますよ」

小林は高橋の言う住所を書き取り、カーナビに入力した。ここから海沿いにしばらく走ってから内陸に向かうことになる。高橋はつづけた。

「さっきグーグルマップで見てみたら、更地にも放牧地にも見える草地でした。四十年以上前のことなんで、当時とは様子が変わっちゃったんでしょうね」

「まあ、それでも行ってみるよ」

「それと、放火犯だと疑われた女の名前」

「わかったのか」

「はい。峰岸和代《みねぎしかずよ》と言います。個人情報保護法がなかったころのマスコミはえげつないっスねえ。逮捕されたわけじゃないのに個人名を載せて、『男を焼き殺した悪女』だとか『保険金詐欺女』という見出しをつけて、写真まで載せてるんスから。その写真、メールしときました」

「ちょっと待ってくれ、今受け取るから」

小林は高橋からのメールをタブレットで受信し、添付ファイルを表示させた。

「ガンマル」と呼ばれる楕円《だえん》形の写真の下部に「峰岸和代（二三）」とキャプションがついている。画質は粗いが、整った顔立ちであることがわかる。細面《ほそおもて》の昭和美人だ。北海道には美人が多いと言われているが、本当なのかもしれないと思った。

「よくこんな写真があったな。最近は新聞のデジタル検索や縮刷版なんかでも犯罪者の人権に配慮して実名や写真が見られないやつが多いじゃないか」

「ええ。守られるべきは被害者の人権なのに、おかしいっスよね。でも、灯台下暗しってやつです。うちの資料室に保管されていたバックナンバーをスキャンしたんスよ」

「なるほど、そういうことか」

「東都でも全部で九回取り上げてるんスけど、記事はたいした中身じゃなくて、捜査に進展はなく、結局未解決のままで終わりになってます。峰岸和代のビジュアルと、『悪女』という見出しが引きになるから記事にしただけでしょうね」

「和代が再婚したあと、子供も焼死した牧場は」

「それは門別です。この電話を切ったら、すぐ住所などをメールします」

電話を切り、ナビに従って車を走らせた。海沿いの国道三三六号線を西へ、つまり、静内や新冠方面へしばらく進み、向別川《むこうべつがわ》を渡ってから右折する。浦河の市街地を抜けてドラッグストアの角で左折し、山あいの道を飛ばすと姉茶に着く。

高橋の言ったとおり、カーナビが告げた目的地は、左右に放牧地のひろがる道の上だった。一番近くにある牧場で、トラクターに乗って作業をしていた小林と同年配の男に声をかけた。火事があったことも、そこに別の牧場があったことも知らないという。昔のことを知っていそうな知り合いのベテラン生産者はいないか訊くと、仕事の手を止めて、わざわざその生産者に電話をかけてくれた。小林がどこの誰かも知らずに紹介してくれたのだ。礼を言うと、男は「なんもなんも」とまた仕事をつづけた。

紹介された牧場は、そこから車で十分ほど山のほうへ入ったところにあった。

「ああ、あの火事かい」

おそらく峰岸和代と同じぐらいか少し上と思われるベテラン生産者が、牧場の応接室で小林の向かいに座り、胸の前で腕を組んだ。腰の曲がりかけている妻が、お茶と饅頭《まんじゆう》を出してくれた。

「恐れ入ります。お忙しいところ申し訳ありません」

小林が言うと、妻は「ごゆっくり」と奥の部屋に引っ込んだ。

「別に忙しくないんだわ。現場は息子夫婦に任せているから。ほれ、これ食って」

相手が誰であれ、客人をもてなすのが当たり前になっているようだ。人の心も風景も穏やかなこの地で放火殺人が起きたときの衝撃は、さぞ大きかったことだろう。

「ご挨拶が遅れました」

小林が名刺を渡すと、牧場主は老眼鏡を取り出した。

「あんた、新聞記者なのかい」

小林が一九七〇年代なかごろから後半にかけての連続放火事件について調べていると言うと、牧場主は「いやあ」と首をかしげ、つづけた。

「あれは放火でないんでないかい。あの夫婦の結婚式も出たけど、そったら悪いことする嫁には見えなかったさァ。火事のときは、泣いて泣いて大変だったし」

「ただ、当時の記事を読むと、近隣の人たちの目は厳しかったようですね」

「それは、次の年だったか、再婚した牧場も焼けたあとでないかい。騒いでたのは、あの嫁さんのことば直接知らない連中だべさ。保険金目当てだとか言われてたけど、保険金もらわないば、女ひとりで食っていけないべさ」

牧場主は、心底和代に同情しているようだった。

「突然押しかけたのに、お時間をいただき、ありがとうございます」

「もういいのかい」

「ええ、参考になりました」

「夕飯まだだべ。家で食べてけばいいべさ」

「いや、そこまで甘えるわけにはいきません」

馬産地に来ると、いつも帰りたくなくなるのは、馬たちに癒されるほか、こうした人たちとの触れ合いがあるからだった。

国道を門別方面に向かい、途中、静内で夕食を取ってから、富川《とみかわ》のホテルにチェックインした。

夜、取材メモと資料の整理を終え、そろそろ寝ようかと思っていたとき、待っていた男からメールが来た。

「月刊うま便り」編集長の浜口だ。全国の地方競馬場を巡る取材が終わり、つい先刻、札幌の事務所に戻ったのだという。

明日、門別の牧場跡地を訪ねるつもりであることを、事情を添えて記したメールを送ると、すぐに返事が来た。

「門別競馬場での調教取材が終わったら付き合うよ。おれは朝の三時ごろから行ってるけど、コバちゃんもそうするかい（笑）」

「ぼくはゆっくりめに合流します」

そう返信し、灯を消した。

翌日、小林が門別競馬場に着いたのは午前四時過ぎだった。

地方競馬はどこも中央に比べるとマンパワーが足りないので、そのぶん早くから動き出す。しかも、この時期、高緯度の北海道は白夜のようなものなので、日の出時刻が早く、もうすっかり明るくなっている。厩舎地区は昼間と見紛《みまが》うほど活気があり、別世界に迷い込んでしまったかのような不思議な気分になってくる。

全長九〇〇メートルの屋内調教用坂路コースを、馬たちが駆け上がってくる。

モニター室に据えられた画面で確認できた姿が、やがて肉眼でも見えるようになり、ダカダンダカダンダカダンというリズミカルな蹄音とともに近づいてくる。ウッドチップを蹴り上げて走る馬の勇ましい表情が、勾配を上り終えるとふっと緩むのがわかるようで、「お疲れさま」と声をかけてやりたくなる。

「おう、コバちゃん、早いじゃないか」

双眼鏡を手にした浜口が笑った。初夏とはいえ、この時間の北海道は、上着がないと震えるほどひんやりしているのだが、浜口はポロシャツ一枚だ。

「浜口さん、その格好で寒くないですか」

「なんも寒くないっしょ。気合さァ」

と、袖がはち切れそうなほど太い二の腕を見せる。

「十年ぐらい前にこの坂路ができてから、ホッカイドウ競馬の馬が強くなりましたね」

「またドクタースパートみたいのが出てくれると面白いべな」

ドクタースパートとは、かつて道営競馬と呼ばれたホッカイドウ競馬出身の馬としてJRA・GI初制覇を果たした、一九八九（平成元）年の皐月賞馬だ。

そこでしばらく調教を見てから厩舎地区を回り、七時ごろ門別競馬場を出た。

小林は、コンビニの駐車場にレンタカーを停め、ボンネットに尻を預けてサンドイッチを頬張った。

浜口も、愛車のトヨタ・ハリアーのドアに寄り掛かり、おにぎりに齧《かじ》りついている。

「コバちゃんが送ってきた牧場跡地のあたり、今はなーんもないとこだぞ」

「浦河の焼けた牧場もそうでした」

「だべな。で、その女の人、何たっけ」

「峰岸和代です。浜口さんも聞いたことないですか」

「うーん、ないなあ。おれが馬産地ば取材するようになったのは二十五、六年前からだからさァ」

「和代の足どりを追ったからといって何も出てこないかもしれないんですけど、とにかく、そこに立ってみたいんです」

「それはいいけどさ、コバちゃんのメールに書いてあった、その和代って女の離婚と再婚と出産と火事の時期、合わないんでないかい。ほれ、今は女も離婚後百日で再婚できるけど、昔は半年ぐらい経たなきゃダメだったべさ」

「ところが、ちゃんと計算が合うんです。浦河の火事の半年後に再婚して、その一年後に出産し、三カ月後に門別で火事が起きたとすれば、辻褄《つじつま》が合います」

「なるほどなあ。したっけ、ぼちぼち行ってみるかい」

その牧場は「友愛《ゆうあい》ファーム」という名称だった。峰岸辰五郎《たつごろう》・和代夫妻が共同で代表をつとめ、零歳の娘・愛子《あいこ》と三人で暮らしていた。火事で夫と娘は死亡し、和代だけが生き残った。

浜口が「なーんもない」と言ったのは本当で、かつて友愛ファームがあったと思われるところは、ところどころ土が剝き出しになった草地と、林になり損ねたような木々があるだけの土地だった。

小林は、道沿いのドブを飛び越え、草地に立った。牧場の痕跡らしきものはどこにも見当たらない。甲高い鳴き声に顔を上げると、梢《こずえ》につがいのヒヨドリが止まっていた。

現場に立ってみることは、過去の出来事を手さぐりで調べる取材者にできる唯一の「確かなこと」と言える。誰が、何を考え、どんなことをしたのかは不確かでも、当事者がここに立っていたことだけは確かだ。そこに自分も立ってみる。ときが流れ、眺めは変わってしまっても、当事者――今回の場合は峰岸和代と自分とを、同じ場所に重ねて、風や、匂いや、大地のやわらかさなどを感じることができる。

半世紀近く前の悲惨な火事が、タレコミの男が言った「事件」なのだろうか。だとしたら、それはどのようにミラの血統書と結びつくのだろうか。

メモがわりに、草地と、青空をバックにしたヒヨドリをスマホのカメラにおさめ、次の目的地に向かった。

浜口のハリアーの先導で三十分ほど走ると、一軒の古い家の前に着いた。ここに、浜口が「じっちゃん」と呼ぶ、八十歳過ぎの元生産者が住んでいる。浜口にとって知恵袋のような存在なのだが、ちょっと変わっているのだという。

　呼び鈴に手を伸ばした浜口が笑った。

「じっちゃん、耳が遠いふりしてるけど、ちゃんと聴こえてるから気をつけてな」

「はい」

「前に小声で『エロジジイ』って言ったら、ひっぱたかれたさァ」

　呼び鈴を押すと女性の「はーい」という声が聴こえた。

　浜口につづいて敷居を跨《また》いだ。鍵はかかっていなかった。

　娘だろうか、四十歳ぐらいの女が居間に招き入れてくれた。

　ソファの上であぐらをかいた老人がテレビを見ている。見事に禿げた頭が、ワックスでもかけたかのように光っている。

「じっちゃん、しばらくだねえ」

　浜口は手土産《てみやげ》をテーブルに置いた。

　じっちゃんは、浜口と小林がいることに気づいていないかのようにテレビに見入っている。年配の俳優が自転車で日本中を旅する番組の再放送だった。

　浜口が小林を見て頷いた。話していいという意味のようだ。

「はじめまして、東都日報の小林と言います。今日は、門別の『友愛ファーム』の火事について教えていただこうと思い、こうして――」

小林がそこまで言ったとき、じっちゃんがいきなりテレビを消した。そして、右手に持ったリモコンを小林に向けた。

「お前、今、門別と言ったか」

「はい」

「それだけじゃわからんべさ。ちゃんと、門別の庫富《くらとみ》と言え」

わかっているじゃないかと思いながら、謝った。

「はい、失礼しました。門別の庫富の友愛ファームです」

じっちゃんが返事をしなかったので、もう一度大きな声で「庫富の友愛ファームです」と言った。

「友愛ファームがなあしたんだ」

「四十年以上前に火事で焼けてしまったそうですが、あれは放火だったのですか」

小林は、高橋から送られた当時の記事のコピーをタブレットに表示させ、じっちゃんに見せた。

「わしは違うと思うぞ。事故だべな」

「どうしてそう思うのですか」

「あそこの嫁さんは、そったら悪い女でない。新聞が面白がって悪女にしただけだ。悪人だったのは旦那のほうで、それこそ死ねばいいと思ってた者がたくさんいたから、何となく殺人だべってなったのさァ」

じっちゃんは体の向きを変え、座ったままリモコンの先でストーブの電源ボタンを押した。やけに暑いと思ったら、今までストーブをつけていたのだ。

「旦那は、峰岸辰五郎という人ですね」

「死んだときはな」

「どういう意味ですか」

「あの男、婿に入ったのさ」

「じゃあ、もともとは峰岸という姓ではなかったんですね」

「そう。萩沼って名字だったさァ」

じっちゃんは、銜えていた爪楊枝《つまようじ》で餡《あん》ころ餅を刺し、口に放り込んだ。

小林はぽかんとしてその動きを目で追った。

「ちょっと待ってください。萩沼ということは、死んだ旦那は、結婚前、萩沼辰五郎という名前だったんですか」

「だから、そう言ったべさ」

「萩沼辰五郎って、ホーリーシャークの生産者だった萩沼さんですか」

「そうだ。さんなんてつけなくていい」

と、じっちゃんは眉をつり上げた。

「よっぽどひどい人だったんですね」

「自分は政治家にもやくざにも親戚がいるって嘘吐くわ、そこらで借金しまくるわ、人の牛ば勝手に売るわ、飼料ば盗むわと、やりたい放題だったべさァ。終いにゃ、あったら若くて綺麗な嫁ばつかまえて」

「若い奥さんもらったのは、じっちゃんも同じだべさ」

浜口が言うと、じっちゃんはニヤリとした。

娘に見えた女は妻だったのだ。それで浜口はエロジジイと言ったのか。

小林がじっちゃんに訊いた。

「峰岸和代さんは、どうしてそんな男と結婚したんでしょう」

「もともとお人好《ひとよ》しだったし、最初の旦那ば火事で亡くして、傷ついて、苦しかったから、騙《だま》されたんでないかい」

「和代さん、今どこで何をしているか、ご存じですか」

小林が訊くと、じっちゃんは天井を指さした。

「三年ぐらい前だべか、天国に逝ったさァ」

当時、日高でほかにも失火や原因不明のボヤがつづいたので、それらの火事と結びつけて報じられたのだという。

和代が死んだと告げたとき、じっちゃんの目が潤んでいるように見えた。

昨日会った年配の生産者とじっちゃんが言うように、和代は、マスコミに悪女に仕立て上げられただけで、悪い女ではなかったのだろう。

浜口とはじっちゃんの家の前で別れることになった。午後から帯広《おびひろ》競馬場に行くのだという。

「コバちゃん、収穫あったかい」

「はい、タレコミ電話の主が萩沼辰五郎ではないとわかったのは大きいです」

「じゃあ、いかったわ」

「男が萩沼でないとすれば、『事件』というのも、牧場の焼失事件ではないような気がします」

「うん。じっちゃんが事故だって言うんだから、事故だったんだべ。あの人の目は信用できるぞ」

浜口はそう言ってサングラスをかけ、黒のハリアーに乗り込んだ。

小林は、新千歳空港へと車を走らせた。

一九七×年

皐月賞

弥生賞を大差勝ちしたホーリーシャークは、一躍、春のクラシックの主役級として注目されるようになった。

朝の調教ばかりでなく、午後の乗り運動のときも訪ねてくる新聞記者やカメラマンが多くなった。

記者のひとりが、耳打ちするように大谷晴男に訊いた。

「皐月賞では羽賀さんに乗り替わるんだって?」

おそらく羽賀から聞き、特ダネにするため裏を取りに来たのだろう。

羽賀は、闘士を剝き出しにした激しい騎乗と、どんな手段を使ってでも敵を蹴落とす勝負への厳しさから「闘将」と呼ばれている。つり上がった濃い眉と、眉間に刻まれた睨みじわが、激しい性格を表している。あのぎょろ目で睨まれたら、人間だけでなく、馬までも震え上がるのではないか。そうした風貌でありながら、水面下で政治力を働かせるなど、見かけによらぬ面もある。だからこそ、大きなレースから未勝利戦まで、数多く勝ちつづけているのだろう。

「まだ決めてねえよ。おかしなこと書きやがったら、出入り禁止にするぜ」

「そんなこと言ってる時間はあんのか。羽賀さん、ほかの馬の騎乗依頼に断りを入れてるらしいぞ」

「おいおい、冗談だろう」

「冗談なんか言うかよ。あんたが『やっぱり屋根は花村で行きます』なんて言ったら、レースでどんなことされるか、知らねえぞ」

こいつは羽賀とグルになって脅しに来たのか。

晴男はそれ以上相手をせず、ホーリーシャークの曳き運動を始めた。

正直、迷いがあった。これといったミスをせず新馬戦から乗ってきた騎手を降ろすことなど普通は考えられないが、羽賀と花村では成績が違いすぎる。

「大きなレースには勝ち方がある」という羽賀の言葉も耳の奥から離れなかった。

追い切りではない、日々の軽い乗り運動も、ずっと花村が乗っている。

ホーリーシャークが四戦四勝という完璧な成績を残してきたのは、花村の騎乗があってこそだ。「乗り物」としてのホーリーシャークを誰より熟知しているのが花村であることは疑いない。ホーリーシャークにとっても同じことが言える。今でもときおり暴れることがあるが、それでも、去年花村が乗りはじめたころとは比較にならないほど、きちんと鞍上の指示を受け止めるようになっている。

騎手を決めるのは晴男だが、馬本位で考えるべきだ。

——シャークに選ばせるか。

一度、実戦で乗ってみればはっきりする。

いや、これがトライアルなら一度ぐらい羽賀を乗せて相性を見てもいいのだが、次はクラシック本番の皐月賞だ。

調教で羽賀を乗せて試すというのは、もっと現実味がない。あれほどの騎手が調教で跨ることはすなわち、レースでも騎乗することを意味する。大御所の羽賀に、レースで乗らない馬の調教を手伝わせることなどできるわけがない。

どこかで噂を聞いたのか、ただでさえホーリーシャークに乗ると口数が少なくなる花村が、この日はいつも以上に顔を強張らせていた。

——先生ならどうするだろう。

松崎は、大きなレースだからといって、それまで乗っていた騎手を降ろして一流騎手に依頼するようなことをほとんどしたことがない。だから信頼されているのだろうが、同時に、だからこれまで八大競走を勝てなかったのではないか、とも思う。

その夜、晴男は、羽賀から申し出があったことを松崎に伝え、どうすべきか伺いを立てた。

松崎は即答した。

「お前がどっちを信じられるか。それだけだ。この仕事は、人と、馬を信じることができなければ苦しいだけだぞ」

そう言ったきり、新聞を読みはじめた。

あとは自分で考えろ、ということだろう。

——どっちを信じられるか、か。

答えはすぐに出た。

晴男は黒電話のダイヤルを回し、羽賀の家に電話をかけた。

そして、皐月賞は花村のままで行く、と伝えた。


四月十六日、クラシック三冠競走の開幕戦となる皐月賞当日は、雨こそ降っていないが、暗い雲が垂れ込めて気温が上がらず、冬のように寒い日だった。

出走馬は二十頭。

一番人気に支持されたのは、前走の弥生賞を圧勝したホーリーシャーク。単勝オッズは三倍台を維持している。

二番人気は、トライアルのスプリングステークスを後方一気の鮮やかな競馬で差し切ったドライブエース。鞍上は「魔術師」の異名を取る武田邦夫《たけだくにお》。

三番人気はシンザン記念、毎日杯を連勝し、「関西の秘密兵器」と言われているゴングテイオー。手綱をとるのは「天才」福原洋介《ふくはらようすけ》。以下、羽賀のヒコハヤト、岡本のムーンプリンスがつづく。

昨年の三歳王者で、年明け初戦の弥生賞をひと叩きして抜群の状態に仕上がったヒコハヤトの人気が上がらなかったのには、わけがあった。

主戦騎手の羽賀が、こう公言していたからだ。

「皐月賞では、おれがホーリーシャークに競馬の厳しさを教えてやる。あいつだけには絶対に勝たせない」

それはつまり、自分の騎乗馬ヒコハヤトの勝敗を度外視してでも、ホーリーシャークに競りかけるなり、進路を塞ぐなりして勝利を阻止する、という意味だった。そのため、ヒコハヤトの馬券を買おうとしていたファンは二の足を踏んだのだ。普通に乗れば、二、三着、あるいは勝利を狙うこともできるのに、共倒れも辞さないというのだから、ヒコハヤトの馬主や調教師はたまったものではない。

羽賀だから、こうした横暴が許される。超一流の騎乗技術を持っていることは確かなので、ホーリーシャークの力を封じたうえで、自分の馬が勝利に近づくように持って行くことも不可能ではないだろう。

ヒコハヤトは五〇〇キロを超える大型馬だ。ホーリーシャークも四八〇キロ台と、それなりに立派な馬体に成長してきたが、いかんせん、怖がりである。道中、あの巨漢に何度も馬体をぶつけられたら、それだけで心身が消耗してしまう。

羽賀の挑発についてどう思うかと、何度も記者たちに訊かれたが、ただ笑って受け流してきた。師匠の松崎は何とも思っていないようだし、オーナーの堀も、その娘で晴男の妻の美知代も、知っているはずなのに、何も言わない。

花村を背にしたホーリーシャークが返し馬に入って行く。

その後ろ姿を見守っているとき、不意に、松崎の言葉が蘇ってきた。

「この仕事は、人と、馬を信じることができなければ苦しいだけだぞ」

そうだ、信じるしかないのだ。

ここまで無敗で来たホーリーシャークと、そして、皐月賞で一番人気の支持を得るほどの力を引き出してきた主戦騎手の花村士郎を。

羽賀の宣戦布告を、誰よりも重く、大きく受け止めているのは花村だろう。

ホーリーシャークは八番枠。ヒコハヤトは九番枠と、よりによって、マークされやすい隣の枠を引き当ててしまった。

実績でも知名度でも、羽賀と花村では月とスッポンだ。が、今、日本中の人々が一番期待した馬の背にいるのは花村なのだ。

――押しつぶされるなよ。怖かったら、徹底的に、どこまでも逃げろ。よし、今日はお前とシャークと心中だ。

ファンファーレが鳴った。

出走馬がゲートに入って行く。たとえわずかな時間であっても、狭いゲートのなかで、あの羽賀と隣にいるのはどんな気分なのだろう。花村の気持ちを思うと、晴男まで息苦しくなってきた。

ゲートが開き、二十頭の出走馬が飛び出した。

メンバー中、もっとも速いスタートを切ったのは、羽賀のヒコハヤトだった。

最初の四、五完歩で体半分ほど抜け出し、手首を軽く動かす程度の軽い扶助で促し、馬群から完全に抜け出した。

そして、脇からホーリーシャークが上がってくるのを待っている。

ホーリーシャークは背中を伸縮させる動きがスムーズにできるまで時間がかかり、じわっと速度を上げて行くタイプなのだ。それゆえ、大差勝ちした弥生賞のように少しずつ前に行って主導権を取ると思われていたのだが、花村の手はまったく動いていない。

場内がどよめいた。

ホーリーシャークは、外のヒコハヤトと、内の七番の馬との間にできた隙間を突こうとはせず、ただ首を上げ、ゆっくり走っている。

——な、何をやってんだ、花村のやつ。

花村が右の手綱を引いて内に進路を変えると、今度は前の馬が下がってきて、追突しそうになった。ぶつからないようホーリーシャークはさらに後退し、ゴール板付近で見守る晴男の前を通ったときには、後方二、三番手に下がっていた。

わざと後方待機策を取ったのか。それとも、仕方なく下げてあの位置になったのか。間違いなく後者だろう。

去年三連勝したときも、後ろからの競馬だった。しかし、三戦とも、周りに馬のいない最後尾からレースを進めていた。

だが、今は、同じ後方でも、周りを他馬に囲まれている。

それでも、真後ろには馬がいない。もっと下げて包囲網から抜け出し、一頭で走るようにしたほうがいいのではないか。他馬の存在を過度に気にする馬の場合、前に行くにしても、後ろに控えるにしても、馬群から離すのが鉄則だ。

先頭のヒコハヤトが一コーナーに差しかかった。コーナーを右に回りながら、羽賀は後方を確認している。

晴男は、ほかの有力馬を探した。武田が乗るトライアルの勝ち馬ドライブエースは、ヒコハヤトから三馬身ほど離れた四、五番手。福原のゴングテイオーは中団につけている。弥生賞で二着だった岡本のムーンプリンスは後方集団にいる。ホーリーシャークの真ん前だ。ホーリーシャークの内にいる馬も、外で蓋をするような位置にいる馬も、弥生賞に出ていた馬だ。

——おい、花村。お前、まさか……。

弥生賞で勝負づけが済んだ馬たちを周囲に置くポジションを、あえて選んだのだろうか。ホーリーシャークも花村もひどく臆病だ。その怖がり方は、相手が未知の存在であるときほど大きくなる。それはすなわち、自分に脅威を与える存在か、そうでないかをつねに細かく感じ取っている、ということでもある。

今、ホーリーシャークの周りにいるのは、上下関係がはっきりした馬ばかりで、すべてホーリーシャークのほうが上だ。

草食動物の体内には捕食動物から逃げる遺伝子が組み込まれている。馬は、群れのボスについて行く限り身の安全が保証されることを本能的に理解している。だからだろう、ゴール前でボスを追い越しそうになったとき、慌ててブレーキをかけるような走りをする馬をしばしば見かける。騎手が制御したのではなく、馬が自分で抜かすのを嫌がった、いや、怖がったかのように速度を落とすのだ。

今、ホーリーシャークを囲んでいる馬たちは、花村とホーリーシャークがその気になれば、いつでも蹴散らすことができる。

と同時に、こうしてホーリーシャークを囲んだまま前に進出してくれれば、自動的にホーリーシャークの位置取りもよくなる。

真ん前にいるムーンプリンスの岡本は、勝負どころから動いて、直線入口で前を射程に入れる競馬を好むし、ムーンプリンスも、そうしたレースで結果を出してきた。

花村は、そこまで冷静に周囲を観察していたのだろうか。スタート直後にホーリーシャークが首を上げていたのは、花村が抑えていたからなのか。

向正面に入ると、羽賀のヒコハヤトは、後続を引きつける溜め逃げの形に持ち込んだ。先頭から最後尾まで二十馬身近くあった馬群が凝縮され、十二、三馬身になった。先頭のヒコハヤトとホーリーシャークの差も縮まったわけだが、流れが遅くなると、どの馬も最後に速い脚を使うことができるので、少しでも前につけている馬に有利になる。

――ここで動けるなら、動いておきたいな。

晴男の思いが伝わったかのように、ムーンプリンスがスルスルとポジションを上げ、直後のホーリーシャークと両脇の馬もついて行った。ムーンプリンスの岡本は、自分の馬が勝つチャンスを少しでも大きくするためにそうしたわけだが、岡本ほどの名手なら、それが後ろのホーリーシャークを利することにもなるとわかっているはずだ。

数年前の一戦が思い出された。岡本は、高額で競り落とされた良血馬に騎乗していた。それを敵視した羽賀は、スタート直後から岡本に競りかけ、自身も最下位に敗れたものの、高額の良血馬を勝たせないという目的を果たした。

以来、羽賀と岡本は犬猿の仲だ。花村は、二人の名手の確執に乗じて、自身に有利な展開をつくり上げる格好になっている。

先頭のヒコハヤトと、中団まで押し上げたホーリーシャークとの差は、三コーナーに入ったときには七、八馬身になっていた。
三、四コーナー中間の勝負どころでも、先頭を走るヒコハヤトは持ったままの抜群の手応えだ。
ムーンプリンスが一気に進出し、ヒコハヤトとの差を二馬身ほどとし、外から並びかけようとしている。

――よし、いいぞ。

このまま直線入口でムーンプリンスがヒコハヤトの外に馬体を併せれば、ホーリーシャークはそのさらに外に出せばいい。そうすれば、羽賀に邪魔をされず、ゴールまで存分に末脚を伸ばすことができる。

ヒコハヤトが先頭のまま四コーナー出口に差しかかった。

一馬身半ほど後ろのムーンプリンスは、それにぴったり併せに行くのではなく、ヒコハヤトとの間を空け、やや大回りしている。後ろから上がってくるホーリーシャークを外に張り出そうとしているのか。

――構わん、花村、その外でいいぞ。

最後の直線に向いた。

ヒコハヤトは内埒沿いを進む。羽賀の手はまだ動かない。

ムーンプリンスが馬体を離して追い出しにかかる。

ホーリーシャークは、ムーンプリンスの外ではなく、内に進路を取った。

そして、最内のヒコハヤトと、ムーンプリンスとの間の、馬一頭ぶんあるかどうかの隙間をこじ開けるように馬体をねじ込んだ。

――バカヤロー、そこを通るんじゃねえ。

ホーリーシャークは、これまで馬群を割る競馬などしたことがない。怖がっているのか、戸惑っているのか、余力はあるはずなのに、両側の二頭から半馬身ほど遅れた中途半端な併せ馬のまま、ラスト二〇〇メートルを迎えようとしていた。内のヒコハヤトと外のムーンプリンスに挟まれ、完全に動きを封じられている。

羽賀のほくそ笑む顔が見えるような気がした。

羽賀が、左手に持ったステッキを大きく振り上げた。自分の馬の尻を叩くふりをして、ホーリーシャークの顔を叩こうとしている。

――危ない！

羽賀がステッキを振り下ろした、そのときだった。

花村が、ホーリーシャークに肩鞭を入れるかに見せた動きで、羽賀の左脚にステッキを叩き込んだ。

羽賀は手元を狂わせ、ホーリーシャークの顔を叩きそこねた。

羽賀のうめき声が聴こえたかのようだった。

──花村、お前、何てことを……。

目の前をかすめた羽賀の鞭を合図にしたかのように、ホーリーシャークがぐっと馬体を沈めて完歩を伸ばした。

半馬身ほどの遅れが、首差、頭差と、見る見る縮まり、両脇の二頭と完全に横並びになった次の瞬間──。

ホーリーシャークは二頭の間から弾けるように突き抜けた。

スタンドから割れんばかりの歓声が上がった。

晴男は、全身が総毛立つのを感じた。

ホーリーシャークが大きな完歩を伸ばし、黒い馬体を躍動させる。後ろを二馬身、三馬身と突き放し、独走態勢に入った。

花村が鞭を左手に持ち替えた。気を抜かないよう、尻に一発逆鞭《さかむち》を入れてからは、馬の顔の横で振って視界に入るようにし、風を切る音を聞かせる「見せ鞭」で、さらに脚を伸ばすよう指令を出す。

それに反応したホーリーシャークは気持ちよさそうに四肢を伸ばし、緑の芝を蹴り上げる。

一完歩で進む距離が、他馬の倍ほどもあるかのように見える。

ホーリーシャークは、後続を大きく離した先頭でゴールを駆け抜けた。

勝った。サラ系のホーリーシャークが、三流騎手の花村士郎が、伝統あるクラシックレースの皐月賞を勝ったのだ。

――やった、やったぞ……。

ついに、松崎欣造をクラシックトレーナーにすることができた。

五馬身差の二着に羽賀のヒコハヤトが入り、三着は好位から伸びた武田のドライブエース、四着は岡本のムーンプリンスだった。

ホーリーシャークがスタンド前に戻ってきた。

十万人を超える観客から大きな拍手が送られた。

こういうとき、どんなふうに喜んだらいいのかわからないらしく、花村は、馬上からスタンドに向かって何度も頭を下げている。

調教師席から松崎が降りてきた。隣にオーナーの堀もいる。

松崎と目が合った。小さく微笑み、頷いた松崎は、ホーリーシャークの歩様に鋭い目を向け、異常がないことを確かめると、もう一度頷いた。

堀の後ろにいる堀の妻と娘、つまり晴男の義母と妻は泣いていた。

こんなにたくさんの人と握手をしたのは初めてだった。

驚いたことに、羽賀まで握手を求めてきた。羽賀は花村とも何やら話している。怒っている様子はない。あれだけ激しく、文字どおり叩き合っても、何事もなかったように並んで顔を洗う姿を見て、逆に恐ろしくなった。あの調子なら、「ダービーでは自分に乗せろ」と言ってきそうな気がした。

後検量を済ませた花村を乗せたホーリーシャークを曳き、馬道を歩いてスタンド前に戻った。口取り撮影をするためなのだが、松崎と堀のほか、初めて見る中年の男が、競馬会の職員と一緒についてくる。紅白の胸章リボンをつけているので、ホーリーシャークの生産者の萩沼辰五郎か。痩せて頰骨の出た、神経質そうな男だった。係員が紅白の曳き手綱をつなぎ、馬の右側の曳き手綱を松崎と堀、左側を晴男と萩沼が持った。

「はじめまして、担当厩務員の大谷です」

「あ、そう」

ぶっきらぼうに応じた萩沼は、さして嬉しそうではなかった。

「この馬は牧場にいたときからうるさかったんですか」

「どうだべか。それより、これの賞金はいくらさ」

「一着の本賞金が二千三百万円です」

口取り撮影の最中、賞金額を訊かれたのは初めてだった。

馬上で花村が右の拳を突き上げている。

賑《にぎ》やかなシャッター音が響く。

「売らないばよかった」

萩沼はぼそっと呟いて、曳き手綱から手を離した。

ざわめきのせいで聞き取りづらかったが、こちらに背を向け、「失敗した」「騙された」と言っているように聞こえた。萩沼が振り返り、目が合った。今度は確かに「騙された」と言っていることが、口の動きでわかった。

――何なんだ、あの男。

この血統と馬体で、まだ海のものとも山のものともわからなかったホーリーシャークにつけられた五百万円という値は、破格と言ってもいい高さだ。それに、これまでも、またこの皐月賞でも、萩沼の手元にはかなりの額の生産者賞が入る。それでも騙されたなどと言うのなら、売らずに自分で所有して走らせればよかったのだ。そうする資力も眼力もなかった己のせいなのに、あとになって戯言《ざれごと》を吐く人間は少なからず存在する。

口取り撮影を終えると、松崎と堀は新聞記者に囲まれた。

萩沼はひとりでスタンドの奥へと消えた。普通、競馬場で久しぶりに生産馬に会った牧場の人間は、馬に声をかけたり、顔を撫でたり、レース後、厩舎に様子を見に来たりするものだが、そうした愛着は抱いていないようだ。

晴男は、ホーリーシャークを地下馬道の入口へと曳いて行った。

後ろから、松崎の震える声が聴こえてきた。

師匠が泣いているのかと思うと、晴男もこみ上げるものを抑えることができなくなった。


翌日の新聞には「シンザン以来の大物」「シンザンを超えるか」「迫力はシンザン級」など、歴史的名馬シンザンを引き合いに出した見出しが躍った。シンザンは六戦六勝で皐月賞を制した。ホーリーシャークは五戦五勝だ。戦績だけなら遜色ない。が、向こうは戦後初の三冠馬。こちらは皐月賞でクラシック初制覇を果たしたばかりなので、比べられるのはまだ早いのだが、それでも、悪い気はしなかった。

現時点でシンザンを凌駕《りょうが》している点がひとつだけある。それは勝ちっぷりだ。シンザンは、二着を大きく突き放すことはあまりなかった。最大着差は四馬身で、それも新馬戦と三歳中距離特別、古馬になってからの平場のオープンという、相手の弱い、地味なレースだった。それに対してホーリーシャークは、弥生賞では大差、皐月賞では二着を五馬身切って捨てた。

ただ、血統面の比較になると、どの新聞もトーンダウンしている。

シンザンの父ヒンドスタンは一九五五（昭和三十）年に輸入され、一九六一年から六

五、六七、六八年と七度リーディングサイアーになっている。そして母ハヤノボリは、四代母に、イギリスから輸入され、小岩井の牝系の大きな柱のひとつになっているビユーチフルドリーマーがいる良血だ。

一方、ホーリーシャークの父マルーンは、故郷のニュージーランドで十勝を挙げたのち、一九六四（昭和三十九）年に輸入された。種付頭数が多くないこともあって、これといった産駒は出ておらず、ホーリーシャークの前に重賞を勝ったのは三頭だけ。八大競走を制した産駒はホーリーシャークが初めてである。

そして、母のユウミは、五代母にミラがいるサラ系だ。あと三代サラブレッドをかければ、生まれる仔馬がようやくサラブレッドになる。

しかし、ホーリーシャークはサラ系だ。種牡馬になって、サラブレッドの牝馬を配合しても、生まれる仔馬はすべてサラ系になってしまう。それゆえ、生産界における地位は、きわめて低いものになる。

新聞によっては、ホーリーシャークが勝ったことが悪であるかのような論調の記事もあった。

「競馬は後世に残すべき種牡馬と繁殖牝馬を選定するための能力検定競走である。その頂点であるクラシックを、日本の生産界に貢献することがないとわかっているサラ系の馬が勝ってしまったことは不幸としか言いようがない」

「ホーリーシャークが今後、気性の激しさゆえ成績不振に陥った場合、陣営は迷わず去勢してセン馬にするであろう。種牡馬としての価値が低いサラ系ならではの、数少ない利点と言えよう」

腹が立って、新聞を破り捨てたくなってきた。

——どいつもこいつもサラ系、サラ系ってバカにしやがって。

競馬は強さを競うものではないか。

強い者が偉い。強い者が崇《あが》められるべきだ。

なのに、弱い者の味方が束になって、意味のない中傷を繰り返す。

——シャークはこんなに強いんだ。ほかのどの馬より強いこいつの子孫を残すことができないなんて、それこそ、日本の競馬界にとって不幸なことじゃないのか。

ホーリーシャークは、良血だのエリートだのと言われているサラブレッドを軽くなぎ倒した。顔、首差し、胸前、胴体、トモ、四肢の細部も、毛色も、全体の大きさも、そして食べ物も、ホーリーシャークとほかのサラブレッドと、どこが違うというのか。

何より確かなのは、この馬の競走能力だ。サラブレッドが地上最速の動物だと言うのなら、ホーリーシャークこそサラブレッドの王者として讃えられるべきではないか。

証明されていないだけで、この馬はサラブレッドに違いない。

今からでも、ホーリーシャークをサラブレッドとして認めさせるにはどうすればいいのだろう。

――もし、ミラの血統書が出てきたら、シャークも実はサラブレッドだったと認めさせることができるんじゃないか。

ミラの血統書は今もどこかにあるのだろうか。

あるとしたら、どこか。故郷のオーストラリアか。それとも……。

この時代に、晴男と同じことを考え、海を渡った人間がいた。

二〇二×年

根岸競馬場

東都日報レース部に所属する競馬記者の小林真吾は、後輩の高橋と一緒にＪＲ新橋《しんばし》駅で山手線を降りた。烏森《からすもり》口から飲み屋が並ぶ通りを抜け、日本中央競馬会西新橋別館ビルに入った。

「トレセンと競馬場以外の場所で、先輩と一緒に取材するのは初めてっスね」

「ああ、言われてみれば、そうだな」

若いころ、自分も同じことを先輩に言った。その先輩、沢村哲也とともに訪ねたのは、今日の第二の取材先となる根岸競馬場跡地だった。

競走馬血統登録協会のあるフロアでエレベーターを降り、正面の部屋に入った。

窓を背に座っていた、旧知の矢代が手を振った。

「よっ、コバちゃん。その後、ミラの取材は進んでるの」

小林と高橋を会議室に通した矢代が訊いた。

「ええ、進んでいると言えば、進んでいます」

前週の日高取材の概要を伝えた。

「なるほど、ウェザビー社のスタンプねえ」

矢代は小さく唸ってタブレットの電源を入れ、ウェザビー社が発行したチャペルブラムプトンとブラックスミスの血統書を表示させ、小林に言った。

「これは、この前、高橋さんが来たとき現物を見せたやつね。今で言う輸出証明書でもあったんだけど、ウェザビー社がこういう血統書をイギリス以外の生産馬に対して発行したことはなかったはずなんだ。だから、オーストラリア産のミラに対して出されることはなかったと思うなあ」

「そうですか。で、ウェザビー社がこれを発行したのはサラブレッドに対してだけで、サラ系には出さなかったのでしょうか」

「ずっと昔に絶対になかったかと言われたらわからない部分もあるけど、基本的にはサラブレッドに対してだけだね」

「調べてみたら、サラブレッドの定義がウェザビー社の『ジェネラルスタッドブック』によって決められたのは、ミラがオーストラリアから輸入されたのより、ちょっとあとなんですよね」

矢代はタブレットをスワイプして答えた。

「うん。ミラが輸入されたのは一八九九年。サラブレッドの定義が決められたのは一九〇一年。仮に、ミラが輸入されたときにオーストラリアで発行された血統書があったとしても、一九〇一年の時点での定義や、その後、一九一三年にさらに厳しくなって、弾かれた可能性もあるね。ただ、二〇〇〇年代になってからの話だけど、イギリスで十五頭ほどが遡ってサラブレッドに昇格されたことがあったんだ。だから、ミラが輸入された年とジャージー規則のどっちが先かは気にしなくていいんじゃないかな。ジャージー規則っていうのは、今言った、サラブレッドの定義づけを厳しく決めたルールのことなんだけど」

「仮に、血統書が付帯された状態でミラが日本に輸入されたとすると、その血統書はどこに行ってしまうんですか」

「当時の主催者、つまり、日本レースクラブだろうね。今でも、輸入された馬にくっついてきた血統書は、輸入した国の機関が引き取るの。で、その国で有効な血統書をあらためて発行するわけ」

矢代の話に高橋が顔を上げた。

「ぼくが先週見せてもらった二頭の血統書は、それでこちらに保管されていたんですね」

「まあ、そうだけど、あれは退職した先輩が昔の資料を整理していたとき、たまたま見つけたものなんだ。あの二頭が輸入されたのは一九一〇年代の終わりでしょう。ということは、ＪＲＡの前身の国営競馬のそのまた前身の日本競馬会よりさらに前の競馬倶楽《くら》部時代《ぶ》だからね。それをまとめていた帝国競馬協会が引き取ったのかな。さっき言ったように、今の輸出証明書にあたるものだから、保管しておいたんだと思う。仮に、あの馬たちをどこかに輸出することになった場合、今度は日本で発行した血統書をくっつけて送り出せばよかったわけ」

「つまり、その時点で有効な血統書は一枚だけ、ということか」

「そう。ミラの時代にどういう手続きをしていたのか、詳しいことはわからないけど、一九七六年から国際血統書委員会でルールを統一して、輸出国と輸入国それぞれの機関が、馬のパスポートをチェックするようになってね。海外遠征のときもさ」

「それで、矢代さん。一九七〇年代に登録協会のどなたかがオーストラリアに派遣されたかどうか、という件に関してはどうですか」

ヒカルイマイやホーリーシャークが活躍した一九七〇年代、日本中央競馬会の職員がオーストラリアにサラ系の血統を調べに行ったという記述がネットにある。そこで小林は競馬会の広報部に問い合わせたのだが、退職したOBに訊いても、そうした事実はなかったという。行った可能性があるとしたら血統登録協会の職員ではないかと言われ、矢代に調べておいてくれるよう頼んでおいたのだ。

「いや、さっき話したOBを含め、思いつく限りの人間に確かめたんだけど、誰も行っていないって。ただ、オーストラリアから輸入した馬の記録を遡って、ウェザビー社が出したような、サラブレッドとしての証明書で、輸出証明書にもなったものがオーストラリア血統書委員会から発行されていたかどうかは間違いなく調べている。でも、結局見つからなかったから、ミラはサラ系ということになってしまったんだ」

「そうですか」

「コバちゃん、何とかそのタレコミのおっさんをつかまえて、ミラの血統書を持ってきてよ。ひと昔前にも、サラ系でも母系が大切につながれて、能力的にもサラブレッドを上回るような馬たちを、救済するというか、八代サラをかけなくてもサラブレッドとして認める特例を設けてもいいんじゃないかという議論はあったんだ。そうだ、参考までに、これも渡しとくよ」

矢代は「生産、競馬および賭事に関する国際協約第13条」の訳文のプリントアウトを差し出した。二枚目にある「A：資格」の「4．登録簿から承認されたサラブレッド血統書への馬の昇格」にこう記されている。

4．1　手続

4．1．1　以下の条件が全て満たされた場合のみ、産駒はレジスターからサラブレッド血統書に昇格できる。

4.1.1.1　産駒は、自身が生まれた交配を含めて8代連続するサラブレッドとの交配を証明できる。

4.1.1.2　産駒の血統は、血統におけるサラブレッドとノン・サラブレッドの両方の部分でサラブレッドとの同化を保証するために、サラブレッドに開放された競走において優れた成績を示すことができる。

4.1.1.3　昇格はISBC（国際血統書委員会）の全会一致により承認される。

4.1.2　昇格の詳細はサラブレッド血統書の追加欄で、昇格の承認が与えられたISBCミーティングの日付への言及とともに公表されなければならない。

それを読んだ小林が言った。

「なるほど。ちゃんと道は用意されているわけですね」

「でも、この前矢代さんが言っていたように、ミラの血統書があったとしても、そこに記載されている『Mirror』と、根岸で走ったミラが同一だと証明するものが出てこなかったら、先に進まないのでは」

高橋が訊くと、矢代は笑った。

「お宅が取材に来てからずっと考えていたんだけど、その血統書に種牡馬を配合したときの割印があるかどうかということのほかに、誰がそれを保管していたかにもよるような気がしてきてね。例えば、さっきコバちゃんが言っていた西ノ宮牧場だっけ？　そこの後継者が先代、あるいはその前の経営者から譲り受けたものだったりすると、頑張れば認められるかもしれない。ミラ系の血を丹念に遡る記録を集めて、ヒカルイマイやホーリーシャークなどの活躍馬とのつながりに資料としての説得力を持たせれば、どうにかなるような気がしてきてね」

「アジア血統書委員会の事務局長が言うんだから、期待できますね」

小林が言うと、矢代は頭を掻いた。

「実は、オーストラリアの代表にもちらっとこの話をしたら、彼も興奮してね。力になるって言ってくれているんだけど、まずかったかな」

「いや、問題ないです。それどころか、逆にありがたいです。オーストラリア側にこの情報が伝わっていれば、資料集めのとき協力を得やすいですし。問題があるとしたら、血統書が見つからなかったとき、その人が落ち込むことぐらいかな」

「ああ、よかった。コバちゃんはよく知ってるだろうけど、おれは血統の話になると、口にチャックができなくなっちゃうからさ。いろいろ言っちまってから、やばいと思ってたんだ」

矢代はハンカチで汗を拭った。本当に心配していたようだ。


登録協会を辞して、新橋から京浜東北線で横浜方面に向かった。桜木町《さくらぎちょう》の駅ビルのレストランで腹ごしらえをしてからタクシーに乗り、根岸競馬場跡地に着いた。

「うわっ、これ、すごいっスね」

根岸競馬場の一等馬見所、つまりスタンドの下に立った高橋は声を上げた。

高さは現代の五階建てか六階建てのビルぐらいか。ヨーロッパの古城を思わせるつくりで、中央と両端から角柱の塔が空に向かって突き出ている。塔の上部四面に二つずつある円窓が、そこを戦艦の艦橋のように見せている。茶色がかったグレーの壁が蔦《つた》に覆われ、時代の流れを感じさせる。

これはアメリカの建築家J・H・モーガンによって設計され、一九二九（昭和四）年に竣工した鉄筋コンクリート製の建造物だ。かつて馬が走ったコースは、今、小林と高橋がいるところから見て、スタンドの向こう側にある。つまり、こちらはスタンドの裏側にあたるわけだ。根岸森林公園のなかにあるので、ここまでは誰でも自由に来ることができる。だが、スタンドのコース側には米軍の施設があり、また、建物の老朽化が進んでいるため、内部に立ち入ることはできない。

聞いた話では、この屋上に立つと、正面に横浜港、右後ろに富士山、左手にはベイブリッジと横浜ランドマークタワーという絶景のパノラマがひろがるという。二〇〇九（平成二十一）年に国から「近代化産業遺産」に指定されたように、産業史においても、建築史においても価値のある建造物なのだ。

「ここに歴女の彼女を連れてきたら喜ぶんじゃないか」

「そうっスね。夕日が沈むとこなんか、綺麗だろうなあ」

「パドックがあったのはおれたちの背中側で、コースは向こうだ。行ってみるか」

スタンドに向かって左に進み、木々の切れ目から右手にひろがる芝生広場に出た。今は葉桜になっているソメイヨシノを中心とする桜が数百本植えられ、スタンドの姿を隠している。

「ここ、かなりの傾斜で下っていますね」

かつてのコースの第一コーナーのあたりで高橋が言った。

「ああ、だから根岸競馬場は右回りになったんだ。逆の左回りにしたら、最後のコーナーで、この傾斜をこちらに向かって上ってくることになるだろう」

「なるほど。当時走っていた、非力な在来馬や中国産の馬じゃ、上ることができなかったんスね」

「そのかわり、スタンド前の直線を抜けて、ここを右に曲がりながら下っていくときは、スピードが出すぎて怖かったらしいぞ」

高橋はそれには答えず、黙って立ち止まっている。小林は訊いた。

「どうかしたのか」

「ここを、ミラが走っていたんスね。そう思うと、ジンと来ちゃって」

「ミラがいたころのスタンドはもっと小さな木造建築で、その桜もなかったけどな」

「元号を令和から遡ると、平成、昭和、大正、明治か」

「今から百二十年ぐらい前のことだ」

「ずいぶん昔のような気もするし、『人生百年時代』とか言われている今、ぼくの曽祖《ひい》父《じ》ちゃんが生まれたころだと思えば、そんなに昔じゃないような気もするなあ」

「でも、今いるミラの末裔から数えると、ミラは十一代母だぞ」

「うわー、そう考えると歴史のなかの世界っスね」

平日なのに、芝生では家族連れがサッカーボールで遊んでいたり、カップルがシートで弁当をひろげていたりする。

「ここは内馬場にあたるんだが、昔はゴルフ場だったらしい」

「へえ、この広い芝生公園といい、スタンド側の林といい、今でもゴルフ場になりそうな感じですね」

「で、あそこ、コースで言うと向正面の中間あたりに見えるのが馬の博物館だ」

このあと、学芸員の日吉《ひよし》に話を聞くことになっている。

馬の博物館が開館したのは一九七七（昭和五十二）年。館内には日本の洋式競馬の歴史や、馬の進化、人と馬とのつながりを示す展示のほか、家族連れが遊べる木馬の体験コーナー、さらに、これが目玉なのだが、企画展の展示スペースなどがある。ここ根岸競馬場を舞台に発展した近代競馬の歴史を紹介する「ハイカラケイバを初めて候《そうろう》」、戦国時代の甲冑《かっちゅう》や馬具などを見せる「名馬と武将」、馬のブロンズ像と石膏《せっこう》原型などを展示した「馬の彫刻家・三井高義《みついたかよし》石膏原型展」といった、貴重な資料を集めた展示が期間限定で行われている。また、併設するポニーセンターでは、野間《のま》馬や与那国《よなぐに》馬、道産子などのほか、GⅠレースを勝った元競走馬を見学することもできる。

約束より早く着いたので、館内を見て回った。初めて来た高橋は、国民的作家の吉川《よしかわ》英治《えいじ》が少年時代に憧れた名騎手・神崎利木蔵《かんざきりきぞう》のパネルなどに見入り、入口脇の売店で、馬の絵柄のカップなどのグッズや、過去の特別展の図録などを買っていた。

「ここ、デートコースに組み入れられますね」

「ああ。しっかり下見しておけ」

いったん外に出て、職員のいる事務棟に入った。

学芸員の日吉に高橋を紹介し、これまでの経緯をひととおり説明した。

「なるほど。ここにある『日本レースクラブ五〇年史』も参考になるかもしれません。競馬会の図書室にもあります。あと、『ジェネラルスタッドブック』日本語版の『サラブレッド血統書』のほか、昭和十二年に日本競馬会が出した『馬匹血統登録書』だとか、昭和三十三年に出た『サラブレッド系種血統書』なども参考になるかもしれません」

「日吉さんも、もしミラの血統書が出てきたら、遡ってサラブレッドとして認められると思いますか」

「ええ、認められると思います。というか、認められてほしいですね」

「ぼくらもそう思っています」

「ミラが輸入されたのは明治三十二年でしょう。あのころの日本は景気がよかったんですよね。日清戦争の賠償金があったからです。おまけにここで競馬を主催していた日本レースクラブでは馬券を売っていたから、資金が潤沢だった。ミラは、古きよき時代を象徴するヒロインなんです」

「ミラを輸入したときの詳細を記した文献などは残っていないのですか」

「原典となっているのは、これです」

日吉はそう言って、『日本レースクラブ五〇年史』の一八九九（明治三十二）年のページをひらいた。そこに、ミラを含む三十頭の軽種馬がオーストラリアから輸入されたことが記されている。日吉はつづけた。

「残念ながら、誰が派遣されたとか、いくらで購入したかが記された資料は残っていません。ミラに関して気になるのは、ミラ自身や、同じ母系の馬たちが、オーストラリアでどのように評価されていたか、ですね」

「確かに、ミラと、その子孫が日本で活躍したことが、オーストラリアでどのくらい話題になったかがわかると面白いですね。現地在住のジャーナリストに聞いてみてもいいかもしれない」

「ミラがいた時代から評価されていたなら、同じ牝系の馬の血統書があとになって修正されていたり、何らかの追記がなされたりしている可能性はありますね。ただ、仮にそうした馬がオーストラリアにいたとして、それと、日本に入ってきたミラとが本当につながっていることを証明するのは難しいでしょう」

「それでも、話としては面白いです」

「あと、そうした話ができるとしたら、鹿島田《かしまだ》さんぐらいですかね」

「競馬史研究家の鹿島田明《あきら》さん、ですか」

「おや、面識があるんですか」

日吉は意外そうな顔をした。

「まあ、あるにはあるんですけど、十年以上前に競馬会の図書室で名刺交換したのが初対面で、そのあと、ドバイワールドカップの取材に行ったときと、凱旋門賞の取材でパリロンシャン競馬場に行ったときにも会って、ちょっと立ち話をした程度です」

小林が言うと、高橋が不思議そうに訊いた。

「競馬史評論家なのに、海外競馬を取材してるんスか」

それに答えたのは日吉だった。

「ええ、『競馬史は大きな座布団の積み重ね』というのがあの人の口癖なんです。世界中で広く行われている競馬という座布団を重ねたものが競馬史だ、と。それに、ちょっと個性的な人なんですよ。ねえ、小林さん」

「個性的というか、うーん、そうか、あの人かァ」

「先輩、その人と何かあったんスか」

「いや、何かあったら大変だよ。と思わせられるぐらい、変わってるんだ」

年齢は六十代半ばぐらいか。競馬会の図書室で初めて会ったとき、黒地に赤い「H」のロゴが入った野球帽を被っていた。おそらく昔の阪急ブレーブスのものだ。そのロゴに重ねるようにジョッキーと同じゴーグルをし、黒縁の眼鏡をかけている。首にはストラップにつなげた眼鏡とルーペを二つか三つ、ペンを数本、プレスパスのようなもの、ストップウオッチなどをかけ、黒いトレーナーとウエストポーチにも「H」の文字が入っていた。どうやら「History」の「H」らしい。海外のプレスルームではドレスコードがあるのでスーツ姿だったが、首にかけているセットとウエストポーチは、図書室で会ったときのままだった。

小林は、学生時代に鹿島田の著書『あなたの馬が、時代を駆ける』と『近代競馬の夜明け』を読んでいた。初めて会ったときにそれを言うと、鹿島田は小林の手を握って泣き出し、執筆の苦労話や取材の失敗談などを三十分以上も聞かせたのだ。

「小林さんがメールしてくれた質問リストにあった、一九七〇年代にオーストラリアに競馬会の誰かが調査に行ったとネットにあることに関しても、鹿島田さんなら何か知っているかもしれませんよ」

「そうですね、連絡してみます。お前も一緒に話を聞くか」

高橋に言うと、スマホで鹿島田に関して調べていた彼は頷いた。

「はい。この人、すごくたくさん本を出してるんスね。どれもあんまり売れてないみたいで、絶版だらけですけど」

「まあ、彼女に話すネタにはなると思うぞ」

「楽しみです」

高橋は嬉しそうに頷いた。

鹿島田の名刺に載っている番号に電話をかけてもつながらず、取材依頼のメールを送って二日経っても返事がなかった。

話を聞けないのは残念だったが、内心ほっとしながら競馬会の図書室に行くと、そこに鹿島田がいた。初めて会ったときとほとんど同じ格好をしている。どこに売っているのか不思議なのだが、黒地に赤い「H」のロゴをあしらった帽子もトレーナーも新しそうだ。鬼気せまる表情で、何やら資料からノートに書き写している。静かな室内に、鹿島田が動かす鉛筆の音だけが響いている。

一緒にいた高橋にあれが鹿島田だと耳打ちすると、目を丸くした。

小林は、ほかの利用者の邪魔にならないよう、声を落として言った。

「鹿島田さん、お仕事中失礼します。東都の小林です」

鹿島田はゆっくり顔を上げ、小林を睨みつけた。そのまま、五秒、六秒と経つうちに少しずつ表情がやわらぎ、やがて満面の笑みになった。

「おおっ、これはこれは。連絡をもらっていたのに、すまなかったですね。もう少し調べてから折り返しご連絡差し上げようと思っていたのですが、ほら、このとおり、違う調べ物をしているうちにすっかり頭のなかから飛んで行って今日に至った次第でして、いやいや」

「では、メールは読んでくださったんですね」

「ええ、ミラの件でしょう」

「今、お話をうかがってもよろしいですか。ここで話すとほかの人に迷惑になるようなら、近くの店でお茶でも飲みながら」

「すぐ終わるから、ここでいいですよ」

「すぐ、ですか」

やはり、鹿島田も、ミラについてはあまり多くを知らないのか。

「ご質問は何でしたっけ、一九七〇年代にミラについてオーストラリアにリサーチに行ったときのことでしたっけ。あれは正確には一九七九年です」

「ということは、やはり誰かが日本から行ったのですか」

「誰かも何も、行ったのは私です。ミラ系のヒカルイマイやホーリーシャークの走りに魅せられましてねェ」

「え⁉」

小林と高橋は同時に声を上げた。

「あのころは私も若かった。ミラについて調べるのだから同じ気持ちにならなければと日本から船でシドニーに向かいましてね。ミラの時代は三十日ほどかかったそうですが、私も二十三日だったか二十四日だったか忘れましたが、結構かかりました。技術力の進歩にも限界があるんですな。ただ、乗った価値はありましたよ。船内で食べたスモークサーモン、こんなに美味《おい》しいものが世の中にあるのかと感激しましたね。それだけじゃない。途中、シンガポールに寄港したんですよ。あそこもイギリスの植民地だったことはご存じですよね。ポイントはまさにそこなんです。まあ、そんなとこに突っ立ってないで、ここにお座んなさい。で、何の話でしたっけ」

「一九七九年に鹿島田さんがオーストラリアに行ったときの話です」

「そうそう。シドニーとメルボルンの主催者を訪ねましてね。当時のチャート、成績表ですな。それと血統に関する資料なんかを閲覧したり、昔のことに詳しい関係者にインタビューしたりして調べたんです。すると、一八九〇年代にオーストラリアで走っていた馬のなかに、これが日本に来たミラかもしれないと思われる馬が四、五頭いたんですよ。『Mirror』『Mira』『Mila』など、いろいろなスペルで調べました。でも、それらは、生まれた年が前後していたり、引退後はオーストラリアで繁殖入りしていたりと、日本に来たミラとは別の馬だったんです」

「そうですか、残念です」

鹿島田は「すぐ」と言ったが五分以上経っている。小林がほかの利用者に目で詫《わ》びると、みな苦笑して頷いた。鹿島田だけは治外法権のようだ。

「ハッハッハ。そこで終わりではありません。さっき言ったでしょう。シンガポールに寄港したことがポイントだ、と――」

その後、二十分ほどつづいた鹿島田の話を要約すると、こうなる。

日本に輸入されたミラは、どうやら、オーストラリアではミラという名前ではなかったと思われる。では、どこでミラと名付けられたのか。日本に来てから名付けられた可能性は低い。ミラは、日本でも少し前まで同様のシステムがあった抽選馬だ。馬主の「ロシヤ氏」というのは、ロシヤ公使館印で共有するための仮定の名称がそのまま定着したものらしい。輸入されてから初出走まで二カ月しかなかったことを考えても、協議してミラと名付けたのではなく、ミラという名がついていた馬を抽選で引き当てたと解釈するほうが自然だろう。

では、ミラは、どこで「ミラ」として存在していたのか。

可能性があるとしたら、オーストラリアから日本までの寄港地となり得て、なおかつ宗主国イギリスの影響で競馬が行われていたシンガポールか香港《ホンコン》だろう。どちらでも競走馬の生産は行われておらず、主にオセアニアから輸入された馬によってレースが行われている。

であるから、日本にミラとして輸入される馬は、シンガポールか香港で降ろされ、そこで血統登録書（血統書）を発行し直し、「ミラ」という名でレースに出場したのではないか。日本で初めてレースに出たのではなく、既走馬だったと考えるほうが、あの驚異的な競走能力にも説明がつく。ミラという名になる前の血統書は、シンガポールか香港の主催者が引き取り、そこで発行した血統書とともにミラを船に乗せ、日本へと送り出した。それを船内か、横浜港か、根岸競馬場か、新冠御料牧場か、どこなのかはわからないが、紛失してしまった可能性もある。

そこで、鹿島田は、オーストラリアから帰国後、シンガポールと香港の主催者に、一八九〇年代に走った馬のなかに「Mirror」「Mira」「Mila」などの名で走った馬がいないかと照会をかけたところ、そちら、つまり鹿島田が調べるのなら、資料を閲覧させるのはやぶさかではないという返答を得た。

が、ほかの研究に忙殺されて、現地調査の時間を取ることができないまま、四十年以上の月日が流れてしまったのだという。

鹿島田の推論には大きな問題点がある。

それは、仮に、一八九〇年代にシンガポールか香港で「Mirror」「Mira」「Mila」などの名で走った馬がいたとしても、その馬と、日本に来たミラが同一の個体であるとは言い切れないことだ。

血統書と、そこに記された馬とのつながりを証明することが難しいのと同じように、「オーストラリアにいた馬」と「シンガポール、あるいは香港で走った馬」と「日本にミラとして輸入された馬」とのつながりを証明するのは、ＤＮＡ鑑定などの技術がなかった時代だけに、困難を極める。

当時の写真と、馬主のサインや主催者のスタンプなどがある血統書とがセットになったものが、オーストラリア、シンガポールか香港、そして日本で見つかりでもしない限り難しいだろう。

それでも、推論としては非常に興味深い。

鹿島田の話を最初は聞き流していた高橋も、途中からICレコーダーを回して、熱心にメモを取っていた――。

小林は鹿島田に訊いた。

「もし、鹿島田さんの推論が正解だったとして、さらに、ミラの血統書が本当に現在も残されているとしたら、それにウェザビー社のスタンプが捺された可能性はあるでしょうか」

「ゼロではないでしょう」

鹿島田は即答して目を見開き、つづけた。

「もし、ホーリーシャークの関係者があの時代にミラの血統書を見つけていたら、イギリスに飛んで、ウェザビー社を訪ねたかもしれない。そして、ミラをサラブレッドとして認定して『ジェネラルスタッドブック』に記載するよう求めたでしょう。それができればホーリーシャークも自動的にサラブレッドということになる。ウェザビー社はイギリスの馬に対してのみ血統書を発行していますが、ミラがオーストラリアにいたころは宗主国でしたから、例外的に認めた可能性はあります」

言い終えてから、鹿島田はしばらくフフフと笑っていた。

「鹿島田さん、オーストラリアでの調査結果を、雑誌などで発表したのですか」

「そんな面倒なことはしません」

「どうしてですか。もったいない」

「私は、自分の好奇心を満たすことができれば、それでいいんです」

そう話した鹿島田は、シンガポール航空インターナショナルカップを日本馬が連覇した二〇〇〇年代も、香港カップを日本馬が連覇した二〇一〇年代も、現地で取材していた。小林はプレスルームで見かけていたのだが、話が長くなりすぎると仕事ができなくなるので、声をかけなかった。鹿島田はそのときなぜミラの調査をしなかったのだろう。訊いてみると、またフフフと笑った。

「理由は二つあります。ひとつは、私は一度に二つのことができないからです。取材するときは取材だけ。調査するときは調査だけ。ほかのことは頭のなかから出て行き、忘れてしまうのです。もうひとつは、鮮度の問題です。調査に行こうと思っても忘れて、また思い出しても忘れているうちに二十年、三十年、四十年と経ってしまい、ミラの血統書を手にしたとしても、骨董品としての価値しかなくなってしまったからです」

「一九七〇年代に見つけていれば、いろいろなことができたはずですね。ミラを国際血統書委員会にサラブレッドとして認めさせ、ホーリーシャークをはじめとするミラ系の優秀な馬を救済する、とか」

「まあ、そうですけど、それは私の仕事ではない。私の目的はあくまでも調査そのものであって、あの素晴らしい競走能力と遺伝力を持っていたミラは、やはりサラブレッドだった、ということがわかりさえすればよかったんです」

「学術的興味のみに突き動かされていた、と」

「ほかにどんな動機があると思います？　まあ、例えば、当時のホーリーシャークの関係者、馬主の堀健太郎さんとか、松崎調教師の跡を継いだ大谷調教師なんかは、ミラの血統書があれば、ホーリーシャークの種牡馬としての価値が跳ね上がるので、ぜひ入手したいと思ったでしょう。だけど、今私がお話ししたとおり、存在するかどうかもわからず、あったとしてもミラ本馬とのつながりを証明するのが難しいとなると、動こうとはしませんよね」

鹿島田はそう言って大きく息をついた。

そして、そこに小林と高橋などいなかったかのように、また資料からノートへの書き取りを始めた。

一九七×年
日本ダービー

伯父で師匠の松崎欣造の家に住んでいる大谷晴男と妻の美知代は、いつものように一階で松崎夫妻と四人で夕食を取ったあと、二階に上がってお茶を飲んでいた。

「先生、最近、疲れやすくなったね」

美知代が湯飲みを両手で持って言った。

「そうかな」

晴男は、出演者の笑い声が耳障りなテレビを消した。

「皐月賞の次の週ぐらいからかな、椅子から立ち上がるのも大変そうだよ。厩舎ではどうなの」

「いや、そんなふうには見えないなあ。勝ち祝いのときだって、ダメだって言っても結構酒を飲んでいたしさ」

五月になっていた。府中第一病院の長谷川医師から、余命一年は保証できない、と言われてから八カ月ほどになる。

「お父さんも心配して、もう仕事に出るのはやめて、入院したほうがいいんじゃないかって言ってるの。神田《かんだ》の総合病院の院長が知り合いだから……」

美知代がそこまで話したとき、一階から悲鳴が聞こえた。伯母の声だ。

急いで降りて行くと、松崎が床に四《よ》つん這《ば》いになっていた。自力で起き上がろうとしているようだが、全身が痙攣《けいれん》して、動けずにいる。汗をかいているのは痛みをこらえているからか。

「救急車を呼びましょう。伯母さん、一一九番！」

松崎の体を抱えて晴男が言うと、松崎は首を横に振った。

「大げさなことはするな」

「でも……」

「大丈夫だ。じきにおさまる」

「どこが痛いんですか」

松崎は答えなかった。少々のことでは顔に出さない松崎がこれだけ苦しそうにするのだから、相当痛いに違いない。こんなふうに松崎を腕で抱えたのは初めてだったが、その肩も腕もあまりに華奢《きゃしゃ》で、それも晴男には苦しく感じられた。

「じゃあ、ぼくが車で病院に連れて行きます。美知代、お義父《とう》さんがつてのある神田の総合病院なら、この時間でも診てくれるだろう」

「いや、ダメだ。行くなら、府中第一病院にしてくれ」

松崎のすがるような目を見て理由がわかった。

少しでも馬に近いところにいたいのだろう。

晴男は府中第一病院に電話をかけ、主治医の長谷川を呼び出した。一分も待たされなかったはずだが、ひどく長く感じられた。

今からでも診てくれるという。

長谷川医師に診てもらった松崎は、そのまま入院することになった。

数日間は「調教に行く」と言って医師や看護婦を困らせたようだが、晴男が毎日、帰宅前に寄って馬の様子を報告するうちに、それで納得するようになった。

ダービーに向けて、五月の二週目から、ホーリーシャークが時計を出しはじめた。

主戦騎手の花村も、ちょくちょく見舞いに来ているらしい。本人からではなく、松崎から聞いて知った。以前の花村なら黙っていなかったはずだが、ホーリーシャークに乗っているときだけでなく、普段から、あまりしゃべらなくなった。

あのお調子者のヘタクソ野郎が、ダービージョッキーになることを本気で目指している。花村は、先週の土日だけで五勝していた。半年で五勝できるかどうかだった三流が、一流になろうとしている。その花村がダービージョッキーになれば、松崎は「ダービートレーナー」になる。ホーリーシャークが皐月賞を勝って「クラシックトレーナー」にはなったのだが、やはり、世界に胸を張れる「ダービートレーナー」になってほしい。

有力馬の勢力図も、ほぼ固まってきた。

本命視されているのは、皐月賞を圧勝したホーリーシャークだ。

二番手と目されているのは、皐月賞で二着になった「闘将」羽賀武士のヒコハヤト。

単穴的存在は、ダービートライアルのＮＨＫ杯を快勝した新星ストロングイレブン。皐月賞で惨敗したゴングテイオーに乗っていた「天才」福原洋介が騎乗する。福原は、昨年羽賀からリーディングの座を奪い、今年もトップを独走している。

それらに、京成杯の勝ち馬で、弥生賞二着、皐月賞四着と安定している「名手」岡本文雄のムーンプリンス、スプリングステークスを勝ち、皐月賞で三着となった「魔術師」武田邦夫のドライブエースなどがつづく。

ホーリーシャークは調教を重ねるたびに動きがやわらかくなり、筋肉もはち切れんばかりに大きくなって、見栄えのする馬体になってきた。心臓も肺も、入厩当初とは比較にならないほど強くなっている。

エンジンは完璧。フレームも、一部を除いて想像以上に強化された。不安のある一部というのは、脚元だ。

内向している左前脚は、ギリギリの状態がつづいている。晴男が神経質になりすぎているせいか、湿布を替えるときなどに触っていると、いつモヤモヤしはじめても不思議ではないように感じられる。

——頼む、ダービーまでもってくれ。シャークの脚も、先生の命も。

松崎には、何としても、ホーリーシャークのダービーを見てもらいたい。見てもらわないと困る。松崎をダービートレーナーにするためだけに、自分はホーリーシャークに過度な負担を強いているのだ。

晴男のホースマンとしての勘では、ここで無理せずダービーを回避して休ませ、夏を無事に越すことができれば、秋以降、あるいは古馬になってから、ホーリーシャークはいくつかの大きなレースを狙えるように感じていた。

しかし、ダービーは、一生に一度しか出られない晴れ舞台だ。古馬ならば、馬の状態に合わせてレースを選ぶことができる。しかし、クラシックでは、あらかじめ決まっている日程に馬の状態を合わせていかなければならない。だから難しい。難しいからこそ大きな栄誉が得られる。まず、出走権を得るために、自身の仕上がり具合がどうあれ、前哨戦を勝って収得賞金を加算しなければならない。それらのレースは、必ずしも、クラシック本番に近い条件のレースばかりではない。早熟な短距離馬を相手に、一四〇〇メートルや一六〇〇メートルといったレースを勝ちつづけるか、トライアルで上位に入るしかない。ダービーに出走する馬は、人間で言うと、夏の甲子園大会に出場する高校球児ぐらいの成長度だと言われている。骨格がまだ固まり切っていないなか、厳しい状況下で結果を出した馬だけが出走できるのが「競馬の祭典」なのだ。

そう考えると、松崎の指示で三歳のうちに三戦し、それらを勝つことができたのは、本当に大きかった。

どんなローテーションを歩んだとしても、どこかで無理をしなければならないのだが、その無理が、四歳になってから出走権を獲得しようと数多くのレースを使うのに比べると、遥かに小さくなった。

松崎が病床に伏していなければ、ダービー回避を進言していただろう。

だが、もう、あまり時間は残されていない。

――シャーク、お前に頑張ってもらうしかない。踏ん張ってくれ。

祈りをこめるように包帯を巻いた球節を両手で包み、目を閉じた。

一週前追い切りを控えた朝のことだった。ホーリーシャークに跨った花村が、珍しく話しかけてきた。

「なあ、このままだと、皐月賞と同じようなつくりになると思わないか」

晴男は驚いていた。実は、同じことを考えていたのだ。

速い馬が勝つと言われている皐月賞に向かうにあたっては、筋骨逞しい短距離ランナーに近い仕上げ方でよかった。一本調子のスピード馬のほうが、結果を出しやすい舞台設定だったからだ。

しかし、ダービーは、距離が四〇〇メートルも長い二四〇〇メートルになり、舞台が小回りの中山から広い東京に替わる。

パワーよりスタミナ、スピードより瞬発力が求められる。そして、一本調子な走りではなく、メリハリのある走りをしなければ、長く激しい戦いになる東京の二四〇〇メートルを乗り切ることはできない。

そうした走りをするには、マラソンランナーのように引き締まった馬体に仕上げていく必要がある。

「じゃあ、キャンターで普段より一周多く乗ってから、一マイルを終いだけ強めに行こう。ゴールを過ぎてからも追ってくれ」

「わかった。そうすりゃこいつは賢いから、自分でカイバを食う量を減らして、体をつくっていくだろう」

花村を初めて頼もしく感じた。

ダービーまで十日ほどしかないが、馬にとっての十日は長い。体のつくり方を変えるのに十分な時間だ。

ダービー仕様の馬体にするには、その過程で、爆弾を抱えている左前脚にこれまで以上の負荷をかけることになる。

――それを何とかするのが厩務員の腕だ。先生、見ていてください。朝だけではなく、午後の曳き運動の時間も長くした。

深夜、家族が寝静まってからも厩舎に行き、湿布の包帯を替えるようになった。

ホーリーシャークと一緒に、晴男の体も絞れてきた。

朝、顔を洗って鏡を見て、頬がこけて目がくぼんでいたので、これは本当に自分かと驚いた。雨が降った翌日、多摩川《たまがわ》が増水しているのが匂いでわかる。そして夜、布団に入って目を閉じると、これまで聴いたことのなかった火の用心の拍子木の音が、耳の奥に響くようになった。

体が絞れるにつれ、五感が研ぎ澄まされていく。

調教師業務の代行で、馬主や競馬会の職員との折衝のほか、すべての在厩馬の体調管理とスケジュール決定もしなければならない。

自然と、睡眠時間が少なくなった。松崎の見舞いに行けない日もあった。

ホーリーシャークも変わってきた。腹の線がすっきりし、トモの肉にできる影が濃くなった。馬体が絞れると顔つきまで変わり、去年、ここに来たばかりのころに見せた野性的な迫力が戻ってきた。気のせいか、白目まで大きくなったようで、ホーリーシャークという名が、より似合うようになった。

せっかく人に馴れてきたのに、また立ち上がったり、尻っ跳ねをしたり、噛みつこうとしたりと、暴れることが多くなった。だが、そうなるように体をつくっているのだから仕方がない。

木曜日の本追い切りも無事に終えた。あとは体が固くならないよう、丹念に曳き運動と乗り運動でほぐし、レース当日の朝、終いだけさっと流せばいいだろう。

「いい体になってきたな」

晴男が言うと、花村が頷いた。

「ああ、これなら、二四〇〇メートルでも戦える」

「乗り方は決めたのか」

「枠順を見てから考えるよ。東京の二四〇〇メートルは、中山の二〇〇〇メートルと違って、どう乗っても最後に挽回できるからな」

「お前のためじゃなく、先生のために勝ってくれ」

「おう、そのつもりだ」

花村はホーリーシャークの背からひらりと飛び下りた。

皐月賞までと比べると、言葉にも表情にも余裕が出てきた。徹底的に追い詰められて、押し潰されそうになり、踏ん張っているうちに気がついたら壁を突き破っていて、高いところに行ってしまったような感じだった。

その週のスポーツ新聞はダービー一色だった。

連日ホーリーシャークの動向が報じられ、追い切りの動きは抜群と伝えられた。前に行くか、大きく下げるかの極端な競馬をする馬なので、何番枠を引くかも気になった。

内すぎると、スタートが決まらなかったとき、他馬に包まれて動けなくなる。外すぎると、馬群が殺到する一コーナーを大回りさせられる。それを避けるには、後ろに下げながらコース損のない内に切れ込まなければならないので、位置取りが悪くなる。真ん中あたりの枠がほしいと思っていたら、理想的な十一番を引いた。出走馬二十八頭の真ん中よりやや内だ。ここなら、内外両方の動きを見ながら、好きなように立ち回ることができる。

ところが、翌日の土曜日、スポーツ新聞に嫌な記事が載った。

「幸運と不運が同居する十一番枠」という見出しだった。

ダービーで十一番枠を引いた馬は、一九三四（昭和九）年の第三回のフレーモア、太平洋戦争による二回の中止を挟み、一九四七（昭和二十二）年の第十四回のマツミドリ、一九五九（昭和三十四）年の第二十六回のコマツヒカリなどが勝っている。だからといって、「好枠」とは言い切れない。記憶に新しい一九六九（昭和四十四）年の第三十六回日本ダービーで十一番枠を引いたタカツバキは、二十八頭中一番人気に支持された。しかし、スタート直後に競走中止という憂き目を見たのだ。当日は不良馬場だった。内枠の馬は馬場の悪い内を避けて外に行こうとし、外の馬は距離損のない内に行こうとしたため、タカツバキのいた真ん中付近に馬が殺到した。両側から挟まれたタカツバキは行き場をなくし、騎手が落馬してしまったのだ。

「タカツバキの再来にならないことを望む」と締めくくっていたが、それが逆に、不運を期待しているかのようで、気分が悪くなった。

その日は、競馬場からまっすぐ府中第一病院に向かった。

松崎が入院してから三週間ほどになる。

何度も来ている大部屋を覗くと、松崎のベッドが空になっていた。

看護婦に訊くと、個室に移ったという。

病室には、伯母と妻の美知代がいた。

間に合わなかったかと思い、ベッドの松崎を見たら、胸が静かに上下していた。

「薬で眠っているの」

美知代が言った。

目を覚ましていると、断続的に凄まじい痛みに苦しめられるのだという。

「先生、ホーリーシャークは順調です。明日の当日追いで、これ以上ない状態に仕上がるはずです」

松崎は眠ったままだった。

晴男はつづけた。

「今日の新聞にも出ていましたけど、あとは運があるかどうかだけです。ダービーは運のいい馬が勝つんですものね。あいつはきっと、運のいい馬です」

枕元に座り、松崎の手を握っていた伯母がこちらに顔を向けた。

「今、この人、手を握り返してくれたわ。返事をしたんじゃないかしら」

病院を出ると、西の空がオレンジ色に染まっていた。

明日も良馬場で競馬ができそうだ。


五月二十八日、日本ダービー当日。

晴男は、ホーリーシャークの当日追いを、スタンドから見守った。

花村を背にしたホーリーシャークは、持ったまま四コーナーを回り、直線に入った。ゴールまで四〇〇メートルを切ったところで花村が手綱を軽くしごいた。するとホーリーシャークは鋭く反応し、馬体を沈めて加速した。

完歩が皐月賞のときよりさらに大きくなっている。四肢の回転の速さが同じなら、完歩が大きくなったぶん、最高速も上がっているはずだ。

朝の陽《ひ》を浴び、漆黒の馬体がつややかな光を撥《は》ねている。離れていても、浮き上がった血管が見え、筋肉のひとつひとつがはっきりわかる。極限まで絞られていながら、やわらかさを失っていない。

仕上がった。完璧に。

あとは、今からレースまでの十時間ほどをいかに穏やかに過ごすかだ。気持ちが昂《たかぶ》りすぎると、走る前に消耗してしまう。

舞台が大きくなればなるほど、この時間が大切になる。

東京芝二四〇〇メートルのダービーは、ゲートからゴールまでの二分三十秒ほどで決着する。競馬場に足を運ぶ十数万人の観客と、テレビやラジオの前の数百万人にとっては、その時間こそ「本番」なのだが、晴男にとっては今まさに本番の真っ只中《ただなか》であり、馬場入りして曳き手綱を離したところがゴールとなる。

晴男は、ホーリーシャークの馬房の前に立った。

この馬がここに来てから、何度こうして、寝藁の匂いに包まれ、体温と息づかいを感じ、やわらかな馬体に触れてきたことだろう。

晴男の立つ通路に顔を突き出していたホーリーシャークは、厩舎の奥をしばらく見つめてから、首を引っ込め、馬房のなかで回れ右をした。そうした動きのしなやかさは、ここに来たばかりのころから変わっていない。右前脚で前ガキをしてから首を下げて寝藁の匂いをかぎ、その場でごろりと横になった。

皐月賞のあとから、こうしてよく寝るようになった。お腹《なか》をつけて前脚を畳んで寝る馬もいるのだが、ホーリーシャークは四肢を投げ出して眠る。こんなふうに力を抜くことができるようになったから、厳しいトレーニングに耐えることができたのか。

晴男は、もう一頭の担当馬のほか、すべての在厩馬の脚元の具合やカイバの減り方、馬糞の硬さなどを確かめながら、それぞれの担当者に指示を出した。

厩舎の軒下に巣をつくっている燕《つばめ》が飛び立った。あれは親鳥だ。雛《ひな》が巣立つのはまだ先なのか。

タカツバキが落馬で競走中止となったダービーが行われた一九六九年、滋賀に栗東《りっとう》トレーニングセンターが完成し、阪神競馬場と京都競馬場の厩舎にいた人馬が順次トレセンに移動した。

関東の人馬のためのトレセンは、茨城の美浦《みほ》村につくられることになった。完成予定は一九七〇年代の後半だというから、まだ五年ほど先のことだ。

移転の理由は、競馬会の売上げ増加に伴い馬と人間が増えて、競馬場敷地内の厩舎と調教施設が手狭になったことのほかに、環境問題があった。競馬場周辺の宅地開発が進んだ結果、競馬場も、工場などと同じく、公害を問題視する人々の標的となった。普段から寝藁など臭いのある大量のゴミを出し、週末は大勢の人間たちが集まって大騒ぎをするものだから、狙われやすかったのだ。折しも、「ウーマンリブ」なる女性の権利拡大を主張する運動が日本でも盛んになっていた。調教師会の要職にあった松崎の名代として、晴男も、競馬会の職員とともに女性たちに応対したことがあった。女性たちは、唾を飛ばして自分たちの主張を繰り返し、ストや労働運動のそれと同じような独特の書体で「公害施設は出て行け！」「街と空気をキレイに！」などと記されたビラを、競馬場事務室の会議室ばかりでなく、廊下や玄関にまでベタベタと貼りつけて帰って行った。自分たちが周囲を汚すぶんには構わないと思っているらしい。

あと何年か辛抱すれば、ああいう人間たちに会わずに済むようになるわけだが、美浦トレセンに移転する「大谷厩舎」を松崎に見てもらうことはできないのだと思うと、胸が苦しくなった。

そのとき、肩を強い力で押された。

ホーリーシャークだった。鼻息がくすぐったい。

——何しょぼくれた顔してんだよ。

ホーリーシャークにそう言われたような気がした。

「そうだな。まだやることがあるんだから、ぼーっとしてる場合じゃないな」

晴男が言うと、ホーリーシャークは目を細め、水桶から水を飲みはじめた。

朝昼兼用の食事をするのと着替えをするため家に戻ると、美知代も外出から戻ったばかりだった。

「馬頭観音でお参りしてから、先生のお見舞いに行ってきたの」

「様子はどうだった」

美知代は小さく首を横に振った。

「よくないみたい」

「伯母さんは？」

「病室に残ってる。先生と一緒にテレビでダービーを見るからって」

「お前はどうする。お義父さんと一緒にレースを見るのか」

「うん。終わったら、また口取りには入らないで帰るね。今日もどこにも予約はしてないけど、いいんだよね」

以前、重賞で単勝一倍台の圧倒的一番人気に支持された馬の馬主に頼まれ、その夜の祝賀会の店を予約しておいたところ、惨敗したことがあった。以来、松崎厩舎では、皮算用は御法度となった。

今日は、松崎厩舎から、ホーリーシャークのほかにもう一頭、午後のレースに出走する馬がいる。調教師の名代として、晴男が臨場しなければならない。その馬に使う手綱やメンコなどに思いを巡らすうちに、少しずつ落ちついてきた。

食器を洗う妻の後ろ姿を見ながら、特別だが、しかし、いつもどおりの忙しい週末を過ごせることのありがたみを感じていた。

馬房からホーリーシャークを出して装鞍所まで曳いて行く途中、すれ違ったほかの厩舎の者たちが、「頑張れよ」「応援してるぞ」と声をかけてくれた。

そんなところまでダービーは特別だ。

ホーリーシャークはまだ眠そうだった。もっと寝ていたいところを歩かされて機嫌が悪そうだったが、興奮して発汗するよりずっといい。

ひとつ前のレースがスタートするころ、装鞍所からパドックに向かった。

大勢の観客に囲まれても、ホーリーシャークは悠然と歩いている。

パドックを歩くほとんどの馬が二人曳きだ。そんななか、ホーリーシャークは晴男がひとりで曳いている。晴男以外の人間を受け入れなかったからひとりで曳くようになったのだが、今のホーリーシャークなら、ほかの厩務員でも曳けるのではないか。

観衆の前を一周したころ、初めて目が覚めたかのように、馬銜《はみ》を嚙む口元を小さく動かしはじめた。ほどよい気合の乗り方だ。

一番人気はホーリーシャーク。だが、単勝オッズは三倍台と、圧倒的な支持を得ているわけではない。皐月賞を快勝したものの、血統的には二〇〇〇メートルが限界と見られているからだろう。母系にスピード馬が多く、父マルーンの産駒にも二四〇〇メートル以上で勝ち鞍を挙げた馬はいない。

僅差の二番人気は、皐月賞で二着だったヒコハヤト。近親に天皇賞馬が二頭いるスタミナ血統で、皐月賞よりも、二四〇〇メートルのダービーのほうがいいタイプだ。鞍上が「闘将」羽賀武士ということも、人気を押し上げる要因になっている。

三番人気は「魔術師」武田邦夫が騎乗するドライブエース、四番人気は「名手」岡本文雄のムーンプリンスと、皐月賞の着順どおりの人気だ。「天才」福原洋介を屋根に迎えた無敗の関西馬ストロングイレブンがつづく。

騎乗命令がかかり、馬を止めた。

鞍に固定されていた馬名の名札を外し、駆け寄ってきた花村の膝を抱え、馬上へと送り出した。

ホーリーシャークの目つきが変わった。

戦いの相棒を背にして、闘争心に火がついたのか。今のホーリーシャークは、恐怖心を闘争心が覆い隠している。

――よし、これでいい。いいはずだ。

いや、本当にいいのだろうか。

ここまでの状態に仕上げたのは初めてなので、判断がつかない。

「どう乗るかは、今回も任せる」

晴男が言うと、花村は黙って頷いた。

馬道を歩きながら、これまでも曳いている馬との一体感を抱くことはあった。が、その鞍上にいる騎手とは、思いから鼓動の高まりまで、心身がつながっていることを感じたことはなかった。

今はしかし、晴男の夢は花村の夢であり、花村の緊張感は晴男の緊張感になっている。

馬場入りすると、地面が震えるほどの大歓声に包まれた。

出走各馬を紹介する場内アナウンスがまったく聴こえない。

――これがダービーか。

晴男は、ホーリーシャークから曳き手綱を外した。

弾むように駆けて行く後ろ姿を見ながら、自分の何かを失ったような、着ていた服を脱がされたような、不思議な気分になった。

そして、自然と腹を括ることができた。

どんな結果でも、受け入れることができる。

勝てばもちろんよし。

負けたとしても、できることはすべてやったのだから、悔いはない。

出走馬は二十八頭。

スタンド前の直線の一コーナー寄りに置かれたスターティングゲートは、それだけの頭数を入れるため、内埒から外埒近くまで、コースの幅に近いほどの長さになっている。

スターターが台に上って赤い旗を振った。

ファンファーレが鳴り響く。

二十八頭がゲートにおさまった。

ざわついていた場内が静寂に支配された次の瞬間、ゲートが開いた。

あおるように出た二、三頭を除き、各馬、ほぼ横並びのスタートを切った。

ホーリーシャークは先行集団の馬群に包まれる格好で正面スタンド前を通過した。

そこから少しずつ位置取りを下げながら、内へと進路を変えて行く。一コーナーを大回りせずにクリアしたいのだろう。

ホーリーシャークは花村の制止の指示を素直に受け入れている。

少しだけ後ろに重心をかけ、手綱を長めに持っている。その手綱が伸び縮みしているように見える。花村の当たりがやわらかいからだ。いわゆる「鞍はまり」がよく、馬上でつねに安定した姿勢が取れるからこそできる乗り方である。

ホーリーシャークは先頭から十馬身ほど離れた十四、五番手の内につけ、一コーナーに入って行く。

一コーナーを十番手以内。それがダービーを勝つために求められる「ダービーポジション」と言われている。

それより後ろになってもよしとしたのは、ホーリーシャークの距離適性を考えてのことか。序盤で力を小出しにせず、自分の走りに徹して、最後に爆発するエネルギーを溜め込むようにしたのだろう。

スタートしてからここに至るまでの馬上での動作、騎乗馬の首の上げ方や四肢の伸ばし方、現在の位置をどのように確保したか——といったことから、花村の考えが明確に伝わってくる。

見る者に意図が伝わる騎乗ができるかどうか。それが一流と二流以下を分けると晴男は思っていた。花村は、ホーリーシャークの鞍上で苦闘しながら、いつの間にか、一流への階段に足をかけていたようだ。

馬群は一、二コーナーを回り、向正面に入った。

先頭は羽賀武士のヒコハヤトだ。

実況アナウンスが響く。皐月賞のときは晴男も平常心ではなかったのか、ほとんど実況が耳に入ってこなかった。しかし、今日ははっきりと聞き取ることができる。

〈羽賀のヒコハヤトがハナを切り、快調に飛ばします。先頭から最後方までは二十馬身以上。やはり、各馬の意地がぶつかり合うダービーです。流れは速くなりました〉

依然としてホーリーシャークは中団より後ろで馬群に包まれている。周囲にいる馬の数がこれまでのレースとは比較にならず、強固な壁となって、前後左右すべての進路を塞いでいる。

向正面なかほどで、ややペースが落ちた。単騎で逃げていたヒコハヤトが、後ろを引きつける溜め逃げに切り換えたのだ。後続馬が密集し、口を割ったり、首を振ったりと折り合いを欠く馬が多くなった。

数秒後、またヒコハヤトが元のペースに戻り、二番手以下を少しずつ引き離して行く。羽賀が揺さぶりをかけたのだ。

ヒコハヤトは二番手との差を三馬身ほどにひろげ、一人旅をつづける。

思いのままに走っているのはヒコハヤトだけだ。ほかの二十七頭すべてが、ヒコハヤトの動きに合わせた、後手後手の走りをさせられている。

二番手は武田邦夫のドライブエース。直後の三番手は岡本文雄のムーンプリンス。二馬身ほど後ろの五番手は福原洋介のストロングイレブン。ホーリーシャーク以外の有力馬はみな前につけている。

羽賀のヒコハヤトだけがハイペースで飛ばし、二番手以下は平均ペースか、ややスローな流れのなかにいる。後ろにいるホーリーシャークにとって、この流れは有利なのか、不利なのか。

ホーリーシャークと先頭との差は十五馬身ほどにひらいている。

――花村、お前……。

ホーリーシャークの背の上で、花村が口元を緩めたのが見えたような気がした。花村は動けないのではなく、あえて動かずにいるのだ。

溜めて、最後にぶっ放すつもりか。

意図だけでなく、それでも届くという、自信まで伝わってくる。

ハナを切るヒコハヤトが三コーナーに差しかかった。

実況アナウンサーの口調が変わった。

〈おっと、先頭を行くヒコハヤトがここでスパートし、後ろとの差を四馬身、五馬身とひろげて行きます。二番手のドライブエース、三番手のムーンプリンスの騎手の手も動いています。しかし、なかなか差は縮まらない〉

常識では、直線の長い東京コースで三コーナーから動くのは早すぎる。

しかし、ヒコハヤトは、スタミナと底力のある母系や、エンジンのかかりの遅い走りなどから、長距離でこそよさの出るタイプだ。だからこそ、道中でペースを何度も変えても、それを機にスイッチが入って暴走することもなければ、消耗することもない。羽賀は、道中でさんざん揺さぶりをかけたうえで、あえて早めに動いて後続に脚を使わせ、最後のスタミナと精神力の勝負に持ち込む算段なのだろう。

対照的に、スタミナに不安のあるホーリーシャークとしては、道中は同じペースでゆったりと流れて、最後の瞬発力勝負になってほしいところだった。

〈さあ、ヒコハヤトが飛ばす、飛ばす。五馬身のリードを保ったまま大欅《おおけやき》の向こうを通過しました。後続も離されまいとペースを上げる。馬群が一気にかたまってきた。ホーリーシャークはまだ馬群のなか。そこからどう追い上げるのか〉

ヒコハヤトが余裕のある手応えで四コーナーを回り、直線に入った。羽賀の手はまだ動いていない。

ドライブエース、ムーンプリンス、ストロングイレブンらが順次直線に入り、スパートをかける。

ホーリーシャークはそれら二番手集団から十馬身近く遅れた馬群の内にいる。

二番手のドライブエースの武田が早くも鞭を連打している。それを岡本のムーンプリンスが持ったままでかわして行く。その外から福原のストロングイレブンが並びかけ、併せ馬の形でヒコハヤトを追いかける。互いの力を利用して末脚を伸ばすための、一種の共同戦線である。

〈ヒコハヤトが先頭のまま残り四〇〇メートルを切りました。外からムーンプリンスとストロングイレブンが伸びて来る。ヒコハヤトとの差が四馬身ほどに縮まった。後ろのドライブエースは苦しいか。後続馬群に飲み込まれていきます〉

残り二〇〇メートルを切った。

このとき羽賀が初めてヒコハヤトにステッキを入れた。一発、二発と右の逆鞭を入れてから、すぐさま左手に持ち替えて、また逆鞭を入れる。苦しがって左右にヨレそうになる馬をこうして軌道修正させてまっすぐ走らせる技術は天下一品だ。が、楽に逃げていたように見えても、実は目一杯だったのか、羽賀が手綱を持ち直して馬銜を詰め、左右のステッキを連打しても、案外伸びない。

——ホーリーシャークはどこだ。

晴男は一瞬、ホーリーシャークを見失った。

馬群の隙を縫うように、最内から真ん中、そして外へと進路を変えている。花村は、鞭を右手に、つまり、外側に持ったまま、重心の移動と手綱の操作だけでホーリーシャークに進路変更の指示を出している。馬は叩かれた側とは逆方向に行こうとするので、左回りのコースで外に出すときには鞭を左手で持つのが普通だ。にもかかわらず、あえて鞭を持ち替えずにいるのは、手綱を通じて馬銜に伝わる微妙な力の変化を馬に感じ取らせるためか。

小さな扶助で、大きく馬を動かす——それができるのは羽賀や岡本、福原、武田といった超一流だけだと思っていたが、花村は、その域に達しようとしている。

花村は、ホーリーシャークを大外に持ち出した。

〈馬場の真ん中からムーンプリンスとストロングイレブンが凄まじい勢いで末脚を伸ば

す。ヒコハヤトとの差が二馬身、一馬身と縮まって、並んだ。そしてかわした。勝負はこの二頭で決まるのか。いや、大外から一頭飛んできた。ホーリーシャークだ、ホーリーシャークだ〉

花村が、右手に持っていた鞭を左に持ち替え、逆鞭を入れた。二発、三発と叩いたところで、また右手に持ち直し、見せ鞭をした。花村は、ホーリーシャークに左側、つまり、内側に行けという指示を出したのだ。

一気にかわせそうなときは、馬体を離して走らせるのが定石になっている。勢いに差があるにもかかわらず、わざわざ馬体を併せに行くと、かわされそうになった相手の闘争心に火をつけてしまい、盛り返される恐れがあるからだ。

だが、花村は、前で激しく叩き合うムーンプリンスとストロングイレブンに馬体を併せに行こうとしている。

――おい、どうしてそっちに行くんだ。

内のムーンプリンスは弥生賞と皐月賞で負かし、力関係がはっきりしている。しかし、外のストロングイレブンとは、これが初顔合わせだ。元来臆病なホーリーシャークにとっては、力の上下関係、すなわち群れのなかにおける主従関係が定まっていない相手と馬体を併せるのは危険ではないか。しかもストロングイレブンは、ここまで五戦五勝と他馬を圧倒してきた強豪だ。

とてもじゃないが、見ていられない。思わず目をつぶりそうになったそのとき、皐月賞のときも思い出した、師匠の言葉が耳の奥に蘇ってきた。

「この仕事は、人と、馬を信じることができなければ苦しいだけだぞ」

晴男は、目を見開いた。

――よし、信じてやろうじゃないか。

ダービーのスタートからゴールまでは二分三十秒ほどだ。見る者たちにとってはごく短い時間ではあるが、疾走する馬たちと鞍上の騎手たちにとっては長い戦いの時間であり、そのなかで、競走馬・ホーリーシャークも、騎手・花村士郎も、確実に、大きな進化を遂げている。

ホーリーシャークは一完歩ごとに前の二頭との差を詰めて行く。

〈ホーリーシャーク、すごい脚だ。先頭は僅かに最内のムーンプリンス。外に併せたストロングイレブンは首ほど置かれている。さらに外からホーリーシャークが並びかける。ストロングイレブンがまた伸びた。天才福原のマジックか。しかし、勢いがあるのは外のホーリーシャークだ。いや、ストロングイレブンが差し返す〉

最内のムーンプリンス、真ん中のストロングイレブン、外のホーリーシャークが馬体をびっしり併せて叩き合う。

三頭が、外埒沿いに立つ晴男の前を通過した。

「来い、シャーク。追え、花村。追え、来い、もっとだ、もっとだ。シャーク、シャーク、シャーク！」

　地面を踏みしめながら叫んだ。

　ホーリーシャークは怯《ひる》んでいない。内のストロングイレブンと無敗馬の誇りをぶつけ合っている。

　歓声のボリュームが最高潮に達した。それでも、三人の騎手が鞭を入れる音が確かに聴こえるように感じるほど、壮絶な叩き合いになった。

〈ホーリーシャークがまた一歩前に出た。ストロングイレブンが追いすがる。最内のムーンプリンスもバテていない。三頭が互いに譲らない。ゴールまであとわずか。ホーリーか、ストロングか、ムーンか〉

　ムーンプリンス、ストロングイレブン、ホーリーシャークの三頭が、完歩を揃えてゴールを駆け抜けた。

　その姿は三頭の馬というより、一頭の凶暴な獣のように見えた。

〈三頭が並んでゴールイン。これはわからない。頂点に立ったのはどの馬か。すごいレースになりました〉

　晴男は、ただ立ち尽くしていた。

　今ごろになって、目の前をホーリーシャークが駆け抜けたときの風圧を感じ、体がよろけそうに感じていた。

ホーリーシャークの姿を探した。

ゴール後、一、二コーナーをゆっくりと流している。

勝ったか負けたかはわからない。これだけ僅差でゴールすると、写真判定の結果が出るまで時間がかかるだろう。

だが、ひとつだけわかったことがある。いや、二つだ。

ホーリーシャークは力を出し切った。

そして、無事に「競馬の祭典」を走り切った。

二〇二×年　養老牧場

小林真吾は札幌で一件用事を済ませ、レンタカーで道央自動車道を南下していた。目的地は新ひだか町の静内だ。

後輩の高橋は、福島開催の担当になったため、一緒に来ることができなくなり、泣きそうな顔をしていた。

正午過ぎに、輪厚《わっつ》パーキングエリアで豚丼をかき込んだ。苫小牧東インターチェンジの分岐を左に進み、日高自動車道に入る。

スマホとブルートゥースでつないだカーオーディオで、JUJUのニューアルバムを選択した。アクセルを踏みすぎないよう気をつけながら、頭のなかを整理する。

男からタレコミの電話があったのは二週間ほど前、宝塚記念二日後の六月二十九日のことだった。午後二時を回ったころだった。

男は、ミラの血統書が手元にあると言った。「MIRROR」と綴りを伝えてきたが、「ミラー」ではなく「ミラ」だと断言した。ということは、男が言ったとおり、「ミラ」

と馬名の記された、日本で発行された血統書なのだろう。

浦河町立馬事資料館で見たワカタカの血統書のように、それはサラ系であることを証明する血統書かもしれない。しかし、男は、ウェザビー社に関する記述があるとも言っていた。手書きの文字なのか、スタンプなのかはわからない。ともかく、それがウェザビー社による認定を示すものであれば、ミラがサラブレッドだと証明する血統書である可能性が高くなる。

男はさらに、その血統書は、西ノ宮牧場の牧場主が借金の形として提出した血統書のなかにまじっていたと言った。

そして、これには「事件」が絡んでいる、とも言った。

男からの電話は唐突に切れた。

話し方からして、七十代か八十代だろう。

特にどこかの訛《なま》りはなかった。

男が、西ノ宮牧場代表の西ノ宮善行だった可能性もある。

電話が来た一週間後の七月六日、小林が西ノ宮牧場に行くと、家と厩舎と放牧地はあったが、馬も人もいなかった。

通りがかった丸福美月に、西ノ宮は一家心中したと教えられた。男から電話が来たのと同じ、六月二十九日に彼らは命を絶ったという。

タレコミ電話の男が西ノ宮だとしたら、死ぬ直前に電話をしたことになる。もう連絡を取る術はない。札幌の広告代理店で働いている息子の所在は、「月刊うま便り」編集長の浜口が突き止めてくれた。浜口の昔の仕事仲間が経営する会社に在籍し、家族が心中したときは東京へ出張に行っていたという。今しがた小林が札幌で済ませてきた用事は、西ノ宮の息子に会うことだった。

タレコミ電話の男が言った「事件」が、一九七〇年代の連続放火事件の可能性もあると思い、当時の詳細を知る生産者に話を聞いた。放火犯に仕立て上げられた峰岸和代はどうやらシロらしく、ミラの血統書に関わっていたフシもない。が、ホーリーシャークとの意外な接点が明らかになった。和代が疑われた二軒目の火事で焼け死んだ再婚相手が、ホーリーシャークを生産した萩沼辰五郎であることがわかったのだ。これで、タレコミ電話の男が萩沼だったという可能性が消えた。

タレコミ電話の男は何者なのか。

男はなぜ、自分に血統書の存在を知らせてきたのか。

そして、なぜ、「事件」が関わっていることを匂わせたのか。

男が西ノ宮だったのなら、「事件」というのは一家心中の前に起きた何かだろう。ほかの人間だったのなら、「事件」は心中を指している可能性が残る。

一番の問題点は、本当にミラの血統書が存在するかどうかだ。

先週の日高取材は、ミラの功績と、ミラ系の価値を再確認したうえで、ミラの血統書が存在し得るのか。存在したとしたら、どんな体裁のもので、どこにあった可能性があるのか――といったことを調べるのが目的だった。かつて新冠御料牧場だった新冠牧場で見た事業録も、北星スタリオンステーションの徳山と浦河町立馬事資料館の伊勢原から聞いた話も参考になった。

帰京後、高橋とともに会った血統登録協会の矢代、馬の博物館の日吉、そして競馬史研究家の鹿島田の話も記事の材料になるだろう。

それらの取材を通じて、小林は、記者としての関心と、競馬が好きなひとりの男としての興味が、ひとつの方向に、いや、一頭の馬に強く向いて行くのを感じていた。

ミラ系から現れた活躍馬のなかで、ミラがサラブレッドであると認定されたら、同時に自身もサラブレッドと認定されるであろう唯一のクラシックホース――。

ホーリーシャークである。

ワカタカは、ミラとサラ系種牡馬第二スプーネーとの間に生まれた牝馬第二ミラの孫だ。ヒカルイマイは、同じくミラと第二スプーネーとの間に生まれた牝馬第三ミラの末裔である。自身がサラブレッドと認定されるには、ミラだけではなく、第二スプーネーもサラブレッドであったことが証明されなければならない。それには、第二スプーネーの父スプーネーがサラブレッドと認められなければならないのだが、この馬は、血統に対して厳格なイギリスから輸入された馬だ。血統書があったうえでサラ系とみなされたと考えるのが妥当だろう。ここまでは、先週来たときも同じ結論に達した。

小林は、もう一度ホーリーシャークと同じ場所に立ってみることにした。

現役時代に所属した松崎欣造厩舎は、そのまま大谷晴男厩舎になった。ホーリーシャークがいたときは東京競馬場の敷地内に厩舎があった。当時の厩舎割が載っている図面と照合すると、松崎厩舎（大谷厩舎）は、現在の競馬博物館前の「日吉《ひよし》が丘公園」と名付けられたあたりに位置していたことがわかった。

昨日は平日で競馬は開催されていなかったのだが、一般に開放されている日吉が丘公園に足を運んだ。梅雨の晴れ間で、汗ばむぐらいの陽気だった。海賊船の形をしたアスレチックや、水遊びのできる小さな噴水がたくさんあるところで、親子連れが遊んでいた。

一九七〇年代までは厩舎と関係者の住まいがあり、人と馬が壁の向こうの気配を互いに感じていた地で、今は子供たちの声が響いている。

そして今日は、ホーリーシャークが生まれ育った地を、再度訪ねることにした。静内の萩沼牧場、今は西ノ宮牧場の跡地となっているところである。

札幌で会った西ノ宮のひとり息子、西ノ宮隼人《はやと》は、顔を見ただけで聡明《そうめい》さがわかる好青年だった。小林は、午前中、隼人の勤務先を訪ね、西ノ宮牧場を訪ねるに至った経緯を説明した。両親と祖母を一度に失った彼にとってはずいぶんつらいことを訊いたのだが、真摯に答えてくれた。

「隼人君のお父さんが、何かトラブルに巻き込まれていたかどうか、心当たりはないかな」

「いえ、特にありません」

「資金繰りで苦労していたようだけど、そのあたりに関しては？」

「父は弱音を吐かない人だったので、お金の話をしたことはなかったです。ただ、ぼくには、牧場を継ぐのではなく、安定した業界の勤め人になれ、と」

「実家、つまり牧場にはどのくらい帰っていたの」

「盆暮れ正月とゴールデンウイークぐらいです。子供のころは競馬が好きだったのですが、札幌に来てからは見ないようにしてきました」

涙をこらえているのがわかり、小林もつらくなった。

「ご家族が亡くなったあとは？」

「現場検証には立ち会いましたが、それ以降は行っていません」

「家や厩舎は、あのときのままなのか」

「はい。名義もうちのままで、電気も水道もガスも通っています。けど、まだ行く勇気がなくて」

「このあと、西ノ宮牧場の敷地に入って、厩舎を見せてもらっても構わないかな」

「どうぞ。厩舎には鍵はなかったはずです」

隼人に会う前は、頭の片隅に、西ノ宮の息子がタレコミ電話の男かもしれないという思いもあったのだが、それはすっかり消し飛んだ。

日高厚賀インターチェンジで高速を降り、海沿いの国道二三五号線に出て、南東に向かった。静内の街中で左折し、海を背に、山のほうへと入って行く。道が静内川の近くを走るようになり、左手の新冠牧場を過ぎてしばらく行くと、西ノ宮牧場につながる道を鋭角に右折する。

前に来たとき以上に雑草が伸びて荒れているだろうと思っていたのだが、玄関先の花瓶には花束が入れられ、奥の放牧地と厩舎につながる小道の草が、綺麗に刈られている。近隣の誰かが、供養の意味をこめて草刈りをしているのか。

小林は、西ノ宮宅に手を合わせて一礼し、奥へと歩を進めた。

放牧地の草は伸び放題だが、厩舎までは、人が馬を曳くことができるくらいの幅で草が刈られている。

厩舎の出入口は閉まっていたが、西ノ宮の息子が言っていたとおり、引き戸に鍵はついていなかった。

小林は引き戸を開け放ち、厩舎に足を踏み入れた。

ほかの牧場やトレセンと同じ匂いがする。

通路を挟んで左右に五つずつの馬房のうち、寝藁が敷いてあるところと、何も敷かれず床が剝き出しになっているところがある。寝藁の敷いてあるところには、少し前まで馬が入っていたのだろう。馬房の外窓も開いたままになり、うっすらと光が射し込んでいる。

頭上の屋根裏にあたるところに干草を貯蔵していたようだ。まだ、いくつか未使用のロールが残っている。

馬房の柱に触れるとひんやりとしている。

この古さからして、ホーリーシャークがいたころからあったと思われる。萩沼がここを経営していたころは競走馬の生産は本業ではなかったというから、農耕馬や牛なども一緒に入っていたのかもしれない。

奥の二つの馬房は物置として使われていたようだ。

そちらの突き当たりにも引き戸があり、そこを開ければ光と風を通すことができる。

建て付けの悪いそれを開けると、風に背中を押された。

こちら側は草が伸びたままだ。それでも、傾斜の先に静内川が見える。

ホーリーシャークはこの地で静内川の川音を聴きながら、牛や羊や鶏たちに囲まれて、今小林が見ているこの草地を駆け回っていたのか。鹿やキタキツネ、ヒグマといった野生動物も、こちら側から自由に出入りしていたかもしれない。

奥の引き戸を閉め、母屋側の出入口に戻りかけて、ふと思った。

前に来たとき、母屋側の引き戸は開いたままだった。だから外から馬房が見えた。

その時点で、西ノ宮の一家心中から一週間が経っていた。

息子は現場検証以来一度も来ていないと、さっき聞いたばかりだ。だとしたら、誰がそこを開けたのだろう。

小林は厩舎のなかを見回して、母屋側の出入口から外に出た。

そして、引き戸を元のように閉めたとき、視界の両端を黒い影が横切り、後ろから肩をつかまれた。

「そこで何をしている」

野太い男の声だった。

ゆっくりと振り向いた。

身長一七八センチの小林よりも、ひと回り大きな、人相の悪い男だった。濃紺のスーツを着ている。肩をつかんだ手を振り払おうとしたが、ぴくりとも動かない。顔に大きな傷があり、耳が変形して潰れている。いわゆる「耳がわく」というやつで、柔道かレスリングの経験者であることがわかった。

後ろにもうひとりいる。そちらは細身だが、目つきは鋭い。半袖シャツから出ている腕を見た。入れ墨は入っていない。

「何だよ、警察か」

　小林が力を抜くと、男は手を離した。この男たちが三人組だったらその筋の人間と判断して頭突きでも食らわせていたところだが、二人ひと組というのは警察のパターンなので、思い止《とど》まった。

男が警察手帳を開いて見せた。

「質問に答えろ。何をしていた」

「取材だよ。厩舎を見せてもらっていたんだ。息子さんの了承は取りつけてある」

小林は、東都日報の社員証を見せた。

「そうならそうと、早く言いなさい」

「あんたが言わせなかったんじゃないか。バカ力で押さえやがって」

「用が済んだのなら、ここを出てください」

と細身の男が言った。その後ろにパトカーが見えた。

「なるほど。おれを借金取りか何かと間違えて、誰かが通報したのか」

二人は肯定も否定もしなかった。

彼らが駆けつけてきたということは、西ノ宮の死後も、その筋の連中が実際に押しかけてきたことがあったのだろう。

小林は、西ノ宮牧場を出て、レンタカーを海側へと走らせた。農協のある交差点を右に入り、新冠牧場の敷地に沿うように進んで新冠川を渡って、「サラブレッド銀座」と呼ばれる通りをまた海側に向かった。元来た方向に戻ることになるのだが、次の約束までまだ時間があるので、「サラブレッド銀座駐車公園」でひと休みすることにしたのだ。

小林は、この公園からの眺めが好きだった。

近隣の牧場の放牧地が見渡せて、遥か彼方《かなた》に日高連峰が霞《かす》んでいる。穏やかに晴れた日にここで風を感じていると、時間が経つのを忘れてしまう。

レンタカーのエンジンを止め、窓を全開にした。そして、シートを下げて、缶コーヒーで喉を潤した。

ホーリーシャークは現役引退後、日高で種牡馬となった。が、ワカタカやヒカルイマイ同様、配合相手に恵まれず、数年で生産界を去った。

ヒカルイマイは、ファンの有志が結成した「ヒカルイマイの会」によって飼料代などが寄付され、鹿児島の牧場で余生を送った。

ホーリーシャークは、馬主の堀健太郎が日高に購入した土地で、功労馬として余生を過ごしたという。

今でこそ、競走馬や繁殖馬を引退した馬が余生を過ごす養老牧場は、例えば、岩内《いわない》のホーストラスト北海道や、浦河の渡辺《わたなべ》牧場など、多くの競馬ファンに認知されているところがいくつもある。が、ホーリーシャークが引退した一九七〇年代なかごろは、日本に「養老牧場」という概念はなかったと思われる。日本で初めての養老牧場は、ハクリヨウ、ハクチカラなどを生産したヤシマ牧場の場長をつとめた大井昭子が創設したイーハトーヴ・オーシァンファームである。競走馬の生産をしていたオーシァンファームが、一九八四年、養老牧場に転換したのだった。同ファームは二〇一七（平成二十九）年に閉鎖された。ちなみに、ホーストラスト北海道は二〇〇九年に開設され、渡辺牧場が競走馬の生産・育成をやめ、養老牧場となったのは二〇一一年のことだった。

重賞優勝馬で、繁殖・乗馬いずれの用途にも供されていない十歳以上の馬に対して、JRAの関連団体から助成金が出るようになったのは、一九九六（平成八）年からだった。JRA重賞の勝ち馬なら月二万円、地方のダートグレード競走の勝ち馬なら一万円が支給される。

引退馬協会が設立されたのは二〇一一年二月（活動開始は一九九〇年代）で、翌三月十一日に発生した東日本大震災と東京電力福島第一原子力発電所事故による被災馬のサポートが注目され、競馬サークルからも認知されるようになった。

このように、競走馬の余生をケアしようという動きは比較的新しいものだ。種牡馬となれるのは牡馬全体の五パーセント以下と言われ、牝馬もすべてが故郷の牧場に戻れるわけではない。では、残りの大多数の馬は、現役引退後、どこに行くのか。それを関係者に訊《たず》ねることはタブーとされていた。名目上は乗馬に転身したことになっていても、行き先が肥育業者、つまり、最終的には食肉市場というケースが多いからだ。そのサイクルは、日本人が馬を食べるのをやめない限り断ち切られることはない。

そう考えると、ホーリーシャークの馬主の堀は時代を先取りしていたと言えるし、何より、ホーリーシャークに対する愛情の並々ならぬ深さがうかがえる。

その堀は、二〇一〇年に鬼籍に入っている。享年八十八歳。経営していた運送会社は、堀が第一線を退いたのち倒産している。

ホーリーシャークの最初の管理調教師だった松崎欣造は、ホーリーシャークがクラシックを走った年に世を去った。

伯父の松崎の厩舎を引き継いだ大谷晴男は、義父の堀が亡くなる前に定年で調教師を引退している。調教師の定年は七十歳なので、厩舎を畳んだのは二〇〇六年の春。小林が東都に入社したのと、ちょうど入れ違いだ。

学生時代にファンとして競馬を見ていたとき、大谷晴男はリーディング下位に甘んじていたこともあって、顔も名前もほとんど印象に残らなかった。

結局、大谷の管理馬でGⅠ級レースを制したのはホーリーシャークだけに終わった。ホーリーシャークが引退してからも、大谷は調教師として重賞を七勝しているが、八大競走では桜花賞と天皇賞・秋で掲示板に載ったのが一度ずつあるだけだった。調教師の晩年は、滋賀の栗東トレーニングセンターの厩舎で管理された馬たちによる「関西馬旋風」に押し込まれ、大舞台で目立った結果を出すことも、小さなレースをたくさん勝つこともできなくなってしまったようだ。それでも、最晩年まで管理馬の数だけは揃っていたので、暮らし向きはよかったと思われる。一頭あたりの預託料は六十万円とも七十万円とも言われており、馬房が埋まっているだけで黒字になるのだ。

調教師会に問い合わせた大谷の連絡先に何度電話をしても応答がなかった。名簿に載っていた住所を訪ねたら、松崎の娘夫婦が住んでいた。娘といっても、とうに八十歳を超えている。二十年ほど前からそこで暮らしているというから、大谷は、調教師会の名簿に載っているのとは別のところに住んでいたことになる。松崎の娘に、いとこにあたる大谷について訊ねても、定年後、北海道に移住したということ以外は何も知らないという。北海道のどこなのかもわからないとのことだった。

東都の先輩記者に訊いても、大谷と個人的な付き合いのあった人間にたどり着くことはできなかった。特に気難しかったわけではないようだが、ごく一部の人間としか親しく付き合わなかったようだ。

そんな大谷の移住先が日高だということを教えてくれたのは、ホーリーシャークの主戦騎手をつとめた花村士郎だった。花村は、騎手引退後、調教助手として働いていたのだが、二十年ほど前に体を壊し、千葉の生家に戻っていた。

小林は、膝の上に鞄《かばん》を置き、それを机がわりにしてノートを開いた。

そこに、ホーリーシャークの関係者の名前を書き出していく。タブレットにも同様のデータは入っているのだが、こうして書き出し、眺めることによって、思わぬことが見えてくることもあるのだ。

■生産者　萩沼辰五郎（一九二？年生まれ）　萩沼牧場は閉場後、西ノ宮牧場に
■馬主　堀健太郎（一九二二年生まれ）
□　美知代（一九五？年生まれ）　大谷の妻
■調教師　松崎欣造（一九〇〇年生まれ）　大谷の伯父
□厩務員　大谷晴男（一九三六年生まれ）
□騎手　花村士郎（一九四三年生まれ）

■は故人で、□が存命、もしくは存命と思われる関係者だ。
書き出した名前をしばらく眺めて、思った。

タレコミ電話の男は、大谷晴男ではないか。

八十代半ばという年齢は、電話で話した印象と合致する。言葉を区切る話し方に特徴があるので、会えば当人かどうかすぐにわかるだろう。

花村によると、大谷は、妻の美知代とともに、堀がホーリーシャークの余生のためにつくった牧場に移り住んだのだという。調教師を七十歳の定年で辞めてすぐだったというから、二〇〇六年か。二〇〇〇年代というとつい最近のことのように思われるが、十五年ほども前のことだ。人間なら赤ん坊が中学を卒業し、馬なら、三世代あとの産駒が競馬場を走るようになるほどの長い時間が経過したと言える。

電話の男が大谷だとしたら、目的は何か。調教師を引退してから十五年ほど経った今なお、八十代半ばの老体を突き動かしたものは何なのだろう。

ホーリーシャークは三十年ほど前に、二十三歳で「馬生」を終えている。もちろん後継種牡馬などいないし、現時点で日本にいるサラブレッドの五代血統表の母系の欄でも、その名を見かけることはまずない。

そのホーリーシャークにつながるミラの血統書の存在を今になって明らかにすることに、何の意味があるのだろうか。大谷に何らかのメリットがあるのだろうか。

単に、ホースマンとしての意地なのか。

もうひとつ、大きな疑問がある。

男が大谷だとしたら、なぜ東都日報に電話をかけ、自分を指名したのか。男が大谷ではなかったとしても、なぜなのかはわからない。

大谷が住んでいた、ホーリーシャークが余生を過ごす牧場は、「ホリケン牧場」という名称だった。それも花村が教えてくれた。

しかし、馬の生産をしていなかったので、軽種馬登録協会にも、競走馬のふるさと案内所にも登録されていなかった。近年は引退馬を繋養していなかったのか、引退馬協会にも届け出がなかった。

だが、農業法人ではなくても、家畜を繋養する施設は、自治体に届け出をしなくてはならないはずだ。

小林がそれに思い当たったのは一昨日のことだった。

最初に問い合わせた北海道日高振興局で、あっさりわかった。

その住所をグーグルマップに入力し、現在の牧場名が表示されたときの驚きと、胸のなかにひろがった苦い思いは、今も小林の体内に残っている。

約束の時間まで四十分を切った。小林は車を走らせた。

三十分もかからず目的地に着いた。

約束の十分前だ。

牧場事務所の車寄せにレンタカーを停めた。

メモとICレコーダーが鞄に入っていることを確かめ、車を降りた。

ドアを閉める音でわかったのか、入口の引き戸の奥から人の気配が近づいてきた。

引き戸が勢いよく開いた。

「コバちゃん、本当にまた来てくれたんだね」

ここ丸福牧場代表の、丸福美月が出迎えてくれた。

先週会ったときとは違う、グレーのフレームの眼鏡をかけ、化粧をしている。

小林は言った。

「一緒に食事でもと言っておきながら、どこかにお誘いするのではなく、また押しかけてしまってすみません」

「なんもなんも、気にしないで」

美月が小林を招き入れた。

かすかに香水の匂いがする。

「もう昼カイバはつけ終わったのですか」

「うん、とっくよ。首長くしてコバちゃんば待ってたんだから」

美月は、淹れたばかりのコーヒーを小林の前に置き、向かいの椅子に腰掛けた。

「丸福さん。いや、美月さん」

「な、なあしたの。急に名前で呼ばれたらびっくりするべさァ」

美月は両手で口元を覆った。

「美月さんは、独身ですか」

美月は頬をほんのりと赤くして、頷いた。

「そうだよ。なしてそったらこと訊くの」

小さな声で言い、うつむいた。

小林は言った。

「美月さんの本当の名字は『丸福』ではないですよね」

美月は答えなかった。

小林はつづけた。

「未婚だとしたら、名字は『大谷』さん、なのかな」

美月がゆっくりと顔を上げた。

その目には、かすかな怯えと、諦めの色があった。

一九七×年 有馬記念

セミの声が賑やかな、七月半ばのことだった。

大谷晴男は、妻の美知代と多磨《たま》霊園に来ていた。

師匠の松崎欣造の四十九日法要を終え、納骨を済ませたばかりだった。

「まったく、ダービーの日に逝っちまうなんて、先生らしいや」

「ホーリーシャークの走り、見届けてくれたかしら」

「もちろんだ。病室で寝たまんまでも、しっかり見てたと思うぜ」

「立派な三着だったよね」

「ああ、初めて目一杯に仕上げて、力を出し切っての結果だ。シャークも自分で体をつくったし、花村も完璧に乗った。相手が強かったってことさ」

大激戦となった五月二十八日の日本ダービーを制したのは、「名手」岡本文雄が騎乗したムーンプリンスだった。鼻差の二着が「天才」福原洋介のストロングイレブン。

花村士郎が手綱をとったホーリーシャークは、さらに鼻差遅れた三着だった。

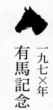

レース後、スタンド前に戻ってきた花村は泣いていた。

まだ写真判定の結果は出ていなかったのだが、騎手は自分の体が他馬の鞍上より出ているかどうかで、かなり細かい差までわかるという。

首を伸ばし切った瞬間にゴールを通過したはずだが、わずかに及ばなかった。勝ったムーンプリンスとの差は十センチもなかっただろう。それでも、二四〇〇メートルという長い距離を走って、数センチの差しかつかない勝負になるのが競馬の怖さでもあり面白さでもある。数センチだけ前に出る力のある馬だけが歴史に残る。

その夜、松崎は静かに、永遠の眠りについた。

入院したばかりのころは痛みに苦しめられることも多かったが、最期が近づくにつれ、ほとんど意識のない状態になったかわりに痛みも感じなくなったようで、それだけでもよかったと思う。

そのあとが慌ただしかった。

松崎の通夜と告別式を済ませると、「松崎厩舎」はそのまま「大谷厩舎」となり、晴男は、厩舎を持たない技術調教師から、調教師になった。

普通、新規調教師が開業すると、祝いの花や酒などが事務所や大仲《おおなか》にあふれて賑やかになるのだが、松崎の死去にともなう開業だったので、粛々と引き継ぎが行われた。

厩舎の事務所には、「松崎厩舎」の管理馬が獲得した優勝レイやトロフィーなどが、そのまま飾られている。

管理馬の入る馬房も変えていない。ホーリーシャークは事務所に一番近い馬房に入ったままだ。

だが、ホーリーシャークの担当者は代わった。調教師になった晴男が厩務員業務をできなくなったためだ。晴男は、厩舎で一番体が大きい若手厩務員を後任に指名した。気は優しくて力持ちの典型で、温和な性格の男だ。

よく「調教師は父親で、厩務員は母親」と言われる。その馬の進むべき道を決め、厳しい訓練を課すのが調教師。つねに優しい目で見守り、いいところも悪いところもすべて受け入れるのが厩務員だ。

晴男は、ホーリーシャークの母親から父親になったのだ——。

多磨霊園から家まで歩いて帰ることにした。

三十分以上かかるが、梅雨の晴れ間の散歩にはちょうどいい。

「シャークがうちの厩舎に来たのは、ちょうど去年の今ごろだったな」

「そうか。じゃあ、私たちが出会ってからも、ちょうど一年なんだ」

そう言って笑う美知代は、ホーリーシャークのオーナーである父の堀健太郎と一緒に何度も厩舎に来ていたというが、野球帽にジーパンという格好だったからか、晴男は彼女がそこにいたことに気づかずにいた。

「あっと言う間だったなあ」

「いや、長かった。いろんなことがあったもん」

「お前はまだ若いからそう感じるんだろう」

今年二十一歳になる美知代と、三十六歳になる自分とでは、時間の流れ方が違うのだと思った。

隣家の生け垣のアジサイが、お辞儀をするように薄紫の花を咲かせている。風に運ばれてくるクチナシの香りが薄らいできた。

もうすぐ梅雨が明ける。


皐月賞とダービーを激走した反動は、思っていた以上に大きかった。

ダービーの翌朝、ホーリーシャークが左前脚を痛がる素振りをしたので、馬場入りを中止した。

球節が熱を持っていた。獣医に診てもらったところ、骨にも腱にも問題はなく、疲れが溜まっているだけとのことだった。

――お前、本当はレース前から痛かったのに、我慢していたんじゃないのか。

獣医や装蹄師など、晴男以外の人間に触られても暴れなくなった。扱いやすくなったのはいいが、おとなしすぎるのは気になった。

新聞記者に、今後の予定を訊かれ、晴男はこう答えた。

「夏場は休ませる。秋の復帰予定は決めていない」

すると、翌日の新聞各紙で、思った以上に大きく取り上げられた。

「ホーリーシャーク、クラシック三冠目の菊花賞を断念か」

「サラ系の星、力尽きる」

「燃え尽きた怪物」

ホーリーシャークの不調を歓迎するかのような見出しが躍った。

現場の記者に抗議すると、どの社の人間も「デスクの意向で」だとか「キャップが勝手に変えた」と言う。確かに、煽《あお》っているのは見出しだけで、記事そのものは淡々と事実を伝えているのだが、こちらから見ると、同じ新聞社である限り、記者もデスクも一体だ。連中はしかし、自分たちの都合だけでものを言い、それで許されると思っている。

晴男は、今後、新聞記者の質問には一切答えないことにした。

ほとんどの記者は一度怒鳴りつけたらおとなしくなったのだが、ひとりだけ、食い下がってきた若い記者がいた。

「東都日報」の篠田《しのだ》という男で、大学を中退し、今年入社したばかりだという。

「大谷さんが口を閉ざせば、ホーリーシャークの代弁者がいなくなるんですよ」

と篠田は挑むような目で言った。

「先生と呼べ、バカヤロー」

「そう呼べば、ホーリーシャークについてまた話してもらえますか」

「誰もそんなことは言ってねえ」

「ホーリーシャークは、大谷さんや、堀オーナーだけの馬ではない。ファンの馬なんです。スターホースとはそういうものです。ぼくらに対してどんな思いを抱いていようが、ぼくらの向こうに大勢の読者がいると思って話してください。そんなこともわからない人を『先生』と呼ぶ気にはなれません」

　腹が立ってスリッパを投げつけた。

　それが顔に当たっても、篠田は帰らなかった。

　数日後、篠田が東都に辞表を出したと聞いた。

「ちょっと煽れば食いつくだろうと、読者をバカにした見出しをつけるな。現場で向き合ってくれた取材対象にも失礼だ」

　上司にそう食ってかかったのだという。

　生意気だが筆が立ち、ほかの社でもほしくて仕方がない人材だ。東都は慌てて引き留めたらしい。

　その篠田が、懲りずに大谷厩舎を訪ねてきた。

「ホーリーシャークの今後の予定を訊きに来ました」

まっすぐこちらを見つめる篠田に、晴男は言った。

「わかった。ほかの社の記者連中も呼んで来い」

すぐに各社の記者がやって来た。

晴男は全員をホーリーシャークの馬房が見えるところに集めた。

「ホーリーシャークは皐月賞とダービーの疲れが抜け切っていない。特に、左前脚に疲れが溜まっている。ダービーの敗因も、おそらくそれだ。左脚が内側に来て窮屈になる左回りのコースでは、どうしても苦しくなる。相手が弱いうちはまだよかったが、クラシックに出てくるような相手だと、ちょっとのマイナスが拡大される。これからは、右回りのレースを中心に使っていく。どこぞの新聞の見出しにもなっていたが、無理をしてまで菊花賞には使わない。秋の最大目標は有馬記念だ」

「先生」

篠田が手を挙げた。

「何だ」

「放牧先は決まったのですか」

「ああ、決めたよ。来週あたり、千葉の育成牧場に出すつもりだ」

「手元に置いたまま調整しようとは考えなかったのですか」

「そりゃあ考えたさ。こいつは神経質だから、環境を変えないほうがいいんじゃないかってな。でも、あえて、周囲の人間たちの顔ぶれも、空気も、水も、風景も違うところで夏を越させることにしたんだ。ダービーを勝っていればやり方を変えないで、ここに置いておいたかもしれないけど、負けたからな。これまでのやり方にこだわるのはやめたってわけよ」

「ありがとうございます」

記者たちは礼を言って帰って行った。

成長期の四歳馬にとって、夏の過ごし方は非常に重要だ。

その時期に「運動」「栄養」「休養」の三要素を上手く取り入れることができれば、文字どおり「天高く馬肥ゆる秋」を迎えられる。

秋、ホーリーシャークが放牧先から戻ってきた。

笹針《ささばり》治療などを受けながら青草をたっぷり食ってきただけあり、放牧に出す前より馬体に張りがあるし、毛艶もいい。

背丈も胴も伸びて、鬐甲《きこう》も抜け、見違えるほどバランスがよくなっている。

変わっていないのは、白目のある顔つきぐらいだ。

思い切って夏場を休養にあてたことにより、誰が見てもいい馬になって帰って来た。

しかし、晴男の心は晴れなかった。

よくも悪くも成長したのか、聞き分けがよすぎるのだ。

新たな担当厩務員の腕がいいこともあるのだが、馬房のなかでおとなしく頭絡をつけさせるし、曳き運動の最中、後ろ脚で立ち上がろうとすることもなければ、尻っ跳ねもしないし、噛みつこうとも、蹴ろうともしない。馬体を洗っているときも、そこらの素人でも洗えるのではと思うほど動かない。

普通は歓迎すべきなのだろうが、馬というのは、悪いところを治したら、いいところまでなくなってしまうことがままあるのだ。

骨格や腱が、自動車で言うフレームにあたる。心臓や肺、筋肉がエンジンだ。そして、そのエンジンを動かす燃料は「気持ち」である。

ホーリーシャークは、他馬とは比較にならないほど熱く、激しく燃える気持ちをエネルギーとして、爆発的な脚を繰り出してきた。

その燃料が、ほぼ空になっている。

晴男は馬房の前に立ち、ホーリーシャークがカイバを食べる様子を眺めた。前は飼料を食い散らかし、歯が割れるのではないかと思うほど大きな音を立てて噛んでいたのに、食べ方まで行儀がよくなった。

——お前も、松崎先生が死んじまったこと、わかってんだよな。

頭がよく、敏感な馬だ。

自分をはじめとする従業員の打ち沈んだ精神状態が伝染してしまい、脱《ぬ》け殻《がら》のようになった部分もあるのかもしれない。

だとしても、今のホーリーシャークの状態はひどすぎる。

自厩舎の馬でも他厩舎の馬でも、馬体には何の問題もないどころか、むしろ成長しているのに、さっぱり走らなくなった馬を何十頭、何百頭と見てきた。そのほとんどが、原因がわからないまま、尻すぼみになり、終わってしまった。

競走馬の気持ちのエネルギーは、コップに入った水と同じで、それ以上増えることはない。レースで走るたびに、コップの水を少しずつこぼしていく。そして、コップが空になったら、エンジンである心臓や肺、筋肉も、本来の機能を果たさなくなる。それを関係者は「終わった」と表現する。

仮に、ホーリーシャークが四歳の秋にして終わってしまったとしても、もともと持っている突出したバネや筋力で、それなりに走ることはできるだろう。

だが、皐月賞で見せたようなスピードや、ダービーで発揮したような瞬発力を、高い次元で発揮することは、おそらく叶《かな》わない。

秋の復帰戦として、十月一日に中山芝二二〇〇メートルで行われる重賞のセントライト記念を選んだ。

馬体が成長しても、左前脚に爆弾を抱えたままだから、やはり、左脚が外側に来る右回りコースのほうがいい。

「こいつ、バネや完歩の伸びは、休む前よりよくなってるぞ」

追い切りを終えた花村が言った。

「気持ちのほうは、どうだ」

「大人になったと思いたいが、走る気があるのかないのか、伝わってこないな」

ある意味、晴男以上にホーリーシャークを知っているこの男が、歓迎できない変化に気づいていないわけがない。口調も表情も、冴《さ》えなかった。

それでも、ホーリーシャークは、やはり強かった。ほかの強豪も秋の始動戦にしたセントライト記念で、先行してそのまま流れ込み、ダービー馬ムーンプリンスと、皐月賞二着馬ヒコハヤトに次ぐ三着になった。

しかし、検量室前で下馬した花村は、首を横に振った。

「ダメだ。どう乗っても、本気で走ろうとしねえ」

確かにホーリーシャークはまったく息を乱さず、汗もかいていない。

走ること、勝つことへの執着が、ホーリーシャークの生きるための本能からするりと抜け落ちてしまったような感じだった。

レース前は冴えないコメントばかりしていたのに三着という好結果が出たものだから、マスコミは晴男を「泣きのハルちゃん」などと呼ぶようになった。

ここから中五週で菊花賞に向かえないこともなかったが、関西圏へ初めての長距離輸送をして、血統的に限界を遥かに超えている三〇〇〇メートルを走らせる気にはどうしてもなれなかった。

「まだ本来の動きではないから、もう一度つくり直して、当初の目的どおり有馬記念を目指すことにする」

そのコメントも、また「泣き」として受け止められた。

条件の合わないダービーで僅差の三着になった皐月賞馬が、秋初戦を八分の状態でありながら三着となったのだから、当然、次はもっとよくなると期待されてしまう。

ホーリーシャークは、有馬記念でファン投票三位に選出された。有馬記念は、日本中央競馬会の二代目理事長の有馬頼寧《ありまよりやす》が一九五六（昭和三十一）年に創設したレースだ。有馬が東京セネタースという職業野球のチームを所有していたこともあり、プロ野球のオールスター戦のように、ファン投票で選ばれた馬が出走するレースとして「中山グランプリ」を考え出したのだ。それが有馬の死後、有馬記念と改称され、現在に至る。冬のボーナスが出た直後に行われるこのレースは「一年の総決算」と呼ばれ、日本ダービーと甲乙つけがたいほど盛り上がる、冬の風物詩になっている。

セントライト記念をひと叩きしたホーリーシャークの変わり身は、晴男が期待していたほどではなかった。

ダービーまでは、ホーリーシャークにとって、暴れることと走ることが、気持ちの捌《は》け口になっていた。暴れて、走らなければ、体内に溜まっている鬱屈したものや、恐怖心などを吐き出すことができなかった。生き物として、暴れることと走ることを必要としていたのだ。

だが、今のホーリーシャークはそうではない。

どこかの牧場の放牧地で、のんびりと草を食っているほうが幸せな、一頭の馬になってしまった。

それでも、レースに出れば、それなりの結果を出してしまう。

ホーリーシャークが競走馬であって、自分が調教師である限り、走ることができる状態であるのに、レースを使わないという選択をすることは許されない。

晴男は、賭けに出ることも考えた。ダービーのときと同じように、極限まで体を絞りながら心身を追い込み、かつて見せていた破壊力を引き出すことはできないか、と。

絞るのは簡単だ。カイバの量を減らしてカロリーをコントロールし、強い追い切りをかければ、馬体重は減っていく。

しかし、今のホーリーシャークにそれをやると、ただ萎《しぼ》んでいくだけではないかと、晴男のホースマンとしての勘は訴えている。萎み、衰弱して、そしてやがて、動かなくなる。

晴男は、オーナーである義父の堀健太郎にそう告げた。

堀は、それが晴男からの「引退の進言」であることを理解してくれたようだ。

「前にも言ったじゃないか。すべて君に任せる、と。どうするのがホーリーシャークにとって一番幸せなのか、君が判断してくれ。私たちは、十分あの馬に幸せにしてもらったのだから、今度はこちらが考えてやる番だ」

難しい仕上げだったが、やれることは全部やった。

グランプリレースの有馬記念には、日本中のファンがそれぞれの馬に夢を乗せ、命の次に大事な金を賭けてくる。

生半可な思いで臨むと、自分や堀とは別の意味でホーリーシャークを支えてくれているファンを裏切ることになる。

十二月十七日、ファン投票で選ばれた十四頭の優駿たちによる有馬記念のゲートが開いた。

ホーリーシャークに騎乗した花村は、奇襲をかけた。

二コーナー奥に置かれたゲートから出た直後は、先頭から七、八馬身離れた中団の内で折り合いをつけた。そのまま脚を溜めると見せて、一周目のスタンド前で流れが落ちついたとき、外に持ち出して一気にポジションを上げ、先頭に立ったのだ。

十万人を呑《の》み込んだスタンドが揺れた。

――やるじゃないか、花村。シャーク、そのまま暴走してもいいぞ。

胸のなかでそう呟いたが、すぐにため息をついて双眼鏡を目から外した。

先頭に立って内埒沿いに進路を取ったホーリーシャークが、それ以上無理に行こうとはせず、ぴたりと折り合ったのだ。

傍目《はため》には、成長してレースセンスを身につけたかのように映るだろう。

しかし、それは、晴男に大きな夢を抱かせた、あのホーリーシャークの走りではない。

二周目の三、四コーナーを回りながら花村は激しく鞭を入れた。

後続の騎手たちの動きも大きくなったが、ホーリーシャークとの差は縮まらない。

スタンドの大歓声がさらに高まった。

ホーリーシャークが単騎先頭のまま直線に入った。

ゴールまで二〇〇メートルを切ってもまだ先頭を譲らない。

晴男は思わず立ち上がった。

「来い、シャーク、来い！」

奇跡が起きようとしている。

ホーリーシャークが長い眠りから目を覚ました。

そう見えたのはしかし、錯覚だった。

ホーリーシャークは、馬場の真ん中から伸びてきたダービー馬のムーンプリンスと、大外から一気に上がってきた前年の菊花賞馬イサリヒカルにかわされ、力尽きた。

勝ったのはイサリヒカル、二着はムーンプリンス、ホーリーシャークは三着だった。

皐月賞とダービーの激走で燃え尽きたかに見せながら、古馬との初対決となったグランプリで三着となったのだから、讃えられるべき結果だ。

だが、並の馬に対してはそう評価すべきなのだろうが、ホーリーシャークには当てはまらない。

戻ってきたホーリーシャークは、寂しそうだった。

連勝していたころは、走り終えると駆け寄ってきた人々に首筋を撫でられて褒められ、スタンド前に戻って観客の声援を浴びながら、口取り写真におさまった。

そうした歓喜の輪から外れた寂しさとは別種の、絶対的な孤独が、漆黒の雄大な馬体を支配していた。

古馬になってからも、それなりに仕上げてレースに出せば、まずまずの結果を残すに違いない。相手が弱化すれば、勝つこともあるだろう。

競走馬は経済動物なのだから、それでいいのかもしれない。

確かに、サラブレッドは経済動物だ。サラ系、つまり、ノン・サラブレッドのホーリーシャークも、競走馬としては経済動物である。

しかし、「サラブレッド（Thoroughbred）」の語源とも言われる、世代を貫いて血をつなぐ営みにおいては、サラ系というだけで、サラブレッドビジネスのサイクルの外に追いやられてしまう。

その伝で言うなら、ホーリーシャークは競走馬として走りつづけてこそ存在意義がある、ということになるのか。しかし、晴男は、これ以上、ホーリーシャークの走りを見ているつらさに耐えられないように感じていた。

——そう感じるのは、おれのエゴなのだろうか。おれの感じ方が間違っているのだろうか。

しかし、自分が誰よりもホーリーシャークのことを考え、わかっているつもりだ。しかし、それは思い込みにすぎないのかもしれない。

頭のなかをいくつもの「しかし」が駆けめぐり、眠れない夜もあった。

年が変わった。一月中旬になると、ホーリーシャークの今後のローテーションについての問い合わせが多くなった。

そろそろ結論を出さなければならない。

晴男は、東都日報の篠田を呼び出した。

「どうしたんですか。ひとりで来いなんて、珍しいですね」

調教取材を終え、厩舎を訪ねてきた篠田が怪訝《けげん》そうに訊いた。

「君に相談というか、頼みがある」

「どんなことでしょう」

篠田が背筋を伸ばした。

「ホーリーシャークの六代母のミラに関することだ。篠田君、以前、ミラについての記事を書いていたよね」

「はい、根岸競馬場で競馬を主催していた日本レースクラブの会員の末裔にも取材しました」

「やはり、本当に、ミラには血統書がなかったのか」

「そう思います。ただ、取材した感触では、誰もが既成事実として疑っていないというだけで、どこかから出て来ても不思議ではないようにも思いました」

「例えばだ、例えばだぞ。もし、おれが東都に『ミラの血統書を見つけて持ってきた人には懸賞金を払う』という広告を出したら、どうなると思う」

「広告、ですか」

怪訝そうな顔をした篠田に、晴男は、このところホーリーシャークに関してずっと悩んでいたことを話した。

「あいつがサラブレッドだったら、ここで迷わず引退させるところだ。だけどよォ、このまま引退させて種牡馬にしても、サラ系として冷遇されるだけだと思うと、あまりに不憫《ふびん》でなァ」

晴男が言うと、篠田は目を瞬かせた。

「悔しい思いはぼくも同じです。ただ、広告というのは、あまりいい考えではありませんね。金目当てで偽造したり、ほかの馬の血統書の馬名や生年を改竄《かいざん》して持ってきたりする人が出てくると思います」

「確かにそうだな」

「それに、仮に本物の血統書が見つかったとしても、それをイギリスの機関がミラのものだと認定してくれるかどうか。そのへんは取材してみないとわかりません」

そのとき、厩舎事務所の電話が鳴った。

オーナーの堀からだった。

「本当ですか。ありがとうございます！」

興奮して電話を切った晴男は、篠田に言った。

「オーナーの堀さんが、ホーリーシャークのために、日高に土地を買ったそうだ。これから厩舎と放牧地をつくらせると言っている。皐月賞とダービーの賞金で買えた、と笑っていたよ」

「それはすごい。ホーリーシャークは幸せな馬ですね」

「ああ、あのオーナーと、うちのテキに会っていなけりゃ、今ごろ草競馬で走っていたかもしれない」

「ともかく、これで時間ができましたね。種牡馬になっても、当面は、アラブぐらいしか配合相手がいないかもしれませんが、ホーリーシャークが生きている間にミラの血統書が見つかれば、生産界でも頂上を目指せるかもしれません」

「じゃあ、広告はやめておくか」

「それがいいと思います。ホーリーシャークが引退を発表したら、ミラの血統書に関する記事を書きます。共感してくれる読者はたくさんいると思います。ぼくは、そういう人々の思いが、何かを動かす力になると信じているんです」

この若者の頭のよさも青臭さも、羨ましく感じられた。

「篠田君と話してよかった。これで、踏ん切りがついたよ」

翌日、晴男はホーリーシャークの現役引退を発表した。

そして、三月十一日の中山記念を引退レースとすることにした。

ホーリーシャークは引退レースを勝利で飾った。

ひとつの物語が幕を下ろした。

ホーリーシャークは、「第二の馬生」を送る地であり、故郷でもある北海道へと旅立って行った。

二〇二×年
ノン・サラブレッド

美月の話を聴き終えた小林は、大きく息をついた。

美月は、ホーリーシャークを管理した大谷晴男のひとり娘だった。

「でもね、コバちゃん。名字が『丸福』っていうのは本当だよ。私、バツイチだから」

小林を騙すために、わざわざ名刺をつくったわけではなかった。別れた旦那の名字が「丸福」で、牧場を経営するにはそのままのほうが好都合だから、今もそう名乗っているのだという。

小林は訊いた。

「先週、西ノ宮牧場の前で会ったのは偶然？」

美月は首を横に振った。

「ううん、コバちゃんが来ると思って、待ってたの」

「やっぱりな。それと、西ノ宮さんの玄関に花を手向けたり、草を刈ったりしたのは、貴女《あなた》なんだね」

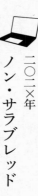

「うん。草ボーボーになったままだと、西ノ宮さんが気の毒で、悲しくて」

小林は、ここ丸福牧場事務所の脇に、円形の刃がついた草刈り機が立てかけてあったのを思い出していた。

厩舎の出入口を開けておいたのも彼女だろう。それは風を通すためか。

気持ちをすぐ顔に出す純粋さと、いかにも純朴そうな話し方。そして、死んだ知人に花を手向けて草刈りまでする優しさ。それが偽物でも、作り物でもないことは、こうしているとわかる。その美月が、なぜ、小林を欺くようなまねをしたのか。

不思議なぐらい腹は立たなかった。今の自分を占めている感情は、美月がすべてを明かしてくれないことに対する寂しさだった。

小林は、そんな胸のうちを気取《けど》られないよう、言った。

「それにしても、うちの篠田常務もミラについて書いていたとはな。美月さんに教えてもらうまで、知らなかったよ」

篠田は、次の株主総会で確実に代表取締役に選任されると言われている。小林が、先輩記者の沢村に憧れて東都に入ったように、沢村は、先輩記者の篠田に憧れて東都を選んだという、かつての敏腕記者だ。

「知らなくて当たり前だよ。五十年ぐらい前のことだもん」

「今、お父さんとお母さんは？」

「お父さんは入院中。お母さんは、去年病気で死んださァ」

「ぼくに電話をしてきたのは、お父さんだったのか」

美月は頷いた。

大谷は、目をかけていた篠田のいる東都日報を選んだのだろう。

ひとつ、謎が解けた。

「お父さん、ずっと、ずうっと、ミラの血統書を探していたのよ。ホーリーシャークが死んでからも、どこかにミラの血統書があるんでないべかって、ずうっと」

「それで、お父さんは、ミラの血統書を見つけたんだね」

「うん。だけど、バッタモンさァ。私も見せてもらったんだけど、あんなの誰だって簡単につくれる。ほれ」

そう言って、美月は、接写した血統書をタブレットに表示させた。

それを手元に引き寄せた小林は、思わず責めるような口調になった。

「どうして、これが偽物だと」

「だって、こったら筆書きで、縦書きの血統書なんて見たことないよ。コバちゃんだって本物の血統書、知ってるしょ。周りば柄で囲んで、下に登録協会のハンコが捺してあるやつ。お父さんだって調教師のときに本物の血統書ば見たことあるはずなのにさァ」

タブレットに表示された血統書は、浦河町立馬事資料館で見たワカタカの血統書に似た体裁だった。左端には「日本競馬倶楽部」と記され、赤い角印が捺されている。

「いや、昔は縦書きの血統書もあったんだよ。この『日本競馬倶楽部』というのは、ミラが走っていた根岸競馬場でレースを主催していた日本レースクラブのことでさ。で、この血統書を発行した日付が明治三十四年十一月二十日になっているだろう」

　小林は新冠牧場を取材したときのメモをひらき、つづけた。

「ミラが新冠御料牧場に着いたのがこの年の十二月十日だから、それに先立ってこれを発行したということで、辻褄が合うじゃないか」

「嘘でしょ」

「これ、肝心なところが写ってないけど、ほかに画像データは？」

　上端を糊《のり》づけして血統書に重ねられたミラの写真が、「種類」と「父」「母」が記された部分を隠している。その写真は、ミラを右横から撮ったもので、曳き手綱を男が両手で持つ、雑誌などでよく見るものだ。

「ごめん、それだけなんだわ」

「今、現物はどこに？」

「病院。お父さん、肌身離さず持ってるの」

「お父さんは、どうして入院を」

「コバちゃんに電話してるとき、私が血統書ば取り上げたら、ぼっかけてきて、そこでてっ転んだのさァ。で、骨折よ。ほれ、年寄りの骨折は怖いから、寝たきりになんないばいいんだけど」

タブレットを美月に返し、言った。

「お父さんは、その血統書をどこで見つけたんだ？　それと、もうひとつ。電話でぼくに言った『事件』とは、どんなことなんだ。美月さん、知っているのなら、教えてくれないか」

「誰にも言わない？」

「内容によるな」

「そったら意地悪言わないでよ」

美月は両手で顔を覆った。

「じゃあ、こう言っておこう。ぼくは警察官でも検察官でもない、と」

美月は顔から手を離し、うつむいたまま黙っていた。

どのくらい時間が経っただろう。

美月はゆっくりと話しはじめた――。

＊

今、大谷晴男が持っているミラの血統書は、もともと西ノ宮牧場にあったものだ。西ノ宮牧場の先代の代表が、そこをホーリーシャークの生産者である萩沼辰五郎から購入したとき、一緒に譲り受けたものと思われる。金庫に眠っていたそれを、西ノ宮も家族も、何となく保管してある古い書類という程度にしか認識していなかった。

西ノ宮は、高額の種付料を払って配合したクールガイアの産駒がことごとくものにならず苦境に追い込まれたとき、付き合いのあった大谷に相談を持ちかけた。馬産地の人間の一部は、大谷が元調教師であることを知っている。大谷も、西ノ宮牧場が、かつて自分が手塩にかけたホーリーシャークの生まれた萩沼牧場を「居抜き」で使っていることを知っていた。大谷は、現役を退いてから十年以上経つとはいえ、以前は金回りのいい中央競馬の調教師だった。それもあって、近隣の生産者から金の相談を受けたことは一度や二度ではなかった。そのすべてを大谷は突っぱねていたのだが、西ノ宮だけは、人柄もいいし、ホーリーシャークがつないだ縁でもあるし、何とかしてやりたいと思っていた。

「何だよ、西やん。そんなに苦しいのか」

西ノ宮牧場の応接室で、大谷は言った。

「お恥ずかしい。去年クールガイアを三頭に付けたら、全滅だったんです」

「ちょっと待てよ。クールガイアの種付料は六百万円だろう。西やん、シンジケートの株、持ってたのか」

　西ノ宮は首を横に振った。

「いや、三頭とも余勢で付けました。だから、千八百万円がパーさ」

「そりゃでけえな」

「その千八百万円は銀行から借りたんだけど、まだ農協からも二千万円借りたまんまなんです。これ以上、どこも金ば貸してくれねえ。このまんまじゃ首括《くく》んなきゃなんないべさ」

「おれが保証人になるぶんには構わねえぞ」

「本当ですか、助かります」

「何か、担保になりそうなものは」

　大谷が言うと、西ノ宮は金庫から木箱を取り出した。そこには、繁殖牝馬の血統書や種付台帳、馬の健康手帳、帳簿、賞状、古い写真や新聞・雑誌の切り抜き、手書きの五代血統表や牝系図、手紙や葉書などが入っている。

「こったらもんしかないんだけど、親父は昔からずっと、これがうちの家宝だって言ってたんです」

「血統書を担保に金を貸す金融業者もあるんだよな」

「あるにはあるけど、あんまりちゃんとしたとこじゃないんです」

西ノ宮は泣きそうな顔で言った。

「そうか。なあ西やん、ぶっちゃけ、今いくら必要なんだ」

少し間を置いて西ノ宮が答えた。

「当座は、五百万ぐらいだべか。来月の十日までに工面しないば、土地も建物も手放さないばならないんです。さっき言った借入れは元本で、利息があるし、農機具のリース代とか、飼料代とか、牧草のロール代とか、獣医や装蹄師《そうていし》の支払いなんかも溜まってるから……」

ほかのところから借金をして借金を返すという悪循環に嵌《は》まっている。今に始まったことではなく、何年もこんな調子でやってきたようだ。

債権者からの圧力や、周囲の冷やかな目、ただ生きていくだけで日々大きくなる苦しみを背負って、ひたすら耐えてきたのだろう。

「何でもっと早く相談してくれなかったんだ。西やんの我慢強さも考えものだな」

言いながら、書類の束から古びた茶封筒を取り出した。

なかに、茶色の罫線が入ったＢ４サイズの用紙と、三つ折りにされた厚手の和紙が入っていた。用紙にも和紙にも筆で何かが書かれており、和紙の上端には写真か葉書のようなものが紙テープで固定されている。

まず、B4の用紙から調べてみた。中央下部には罫線と同じ色で「新冠御料牧場」と印刷されている。四百字詰め原稿用紙などでよく見る書式だ。すべて真ん中から二つ折りにされ、うち一枚に「日誌」と書かれている。日付の下に箇条書きで出来事が記され、「五日」のところに「盗伐人●●●ヲ尋問」と記されている。盗伐人の名前は塗りつぶされており、何年の何月なのかも、紙が破れているのでわからない。

次に、三つ折りにされている和紙をひろげた。

上に重ねられた写真を見ただけで胸が早鐘を打ち出した。

そっと写真をめくった手が、細かく震えはじめた。

そこには、強い書体で「血統書」と記され、その左に――。

「ミラ」と書かれている。

左端、つまり、最後の行には「日本競馬倶楽部」とある。

日付は明治三十四年十一月二十日。ミラが、横浜の根岸競馬場から新冠御料牧場に移動した時期と符合する。

間違いない。あのミラだ。大谷が手塩にかけて育て、ともに戦ったホーリーシャークの六代母にあたるミラの血統書だ。

「西やん、これは、親父さんがここを萩沼さんから買ったときからあったのか」

大谷は思わず西ノ宮の肩を揺さぶっていた。

「ど、どうしたんですか。そったら興奮して」

「あ、すまん。なあ、これが昔からここにあったものかどうか、覚えてないか」

「どうだべか。いや、あったわ。子供のころ、親父に隠れて金庫ば開けたときにも、そればば見たことあります。その写真で馬の口持ってる男、顔が半分陰になって、悲しそうな目してるべさ。それがおっかなくて、覚えてたんです」

萩沼がミラの血統書を持っていたのなら、なぜ、大谷か、馬主の堀に言わなかったのだろう。牛や羊などの飼育が本業で、馬づくりは片手間だったというから、馬の血統に関する知識がなかったのか。

大谷は、競馬場で会った萩沼が、憎々しげに「騙された」と吐き出した表情を思い出していた。萩沼は、これがあるとホーリーシャークの種牡馬としての価値が上がることを知っていて、意図的に表に出さずにいたのだろうか。いや、それはないだろう。もしこれを堀に見せたら、目が飛び出るような大金で買い取ったはずだ。そうしなかったということは、これは偽物なのか。

いや、これを西ノ宮の父が、萩沼からではなく、別のルートから入手した可能性もある。B4サイズの用紙に記された「盗伐人」の名前が消されているのも気になった。新冠御料牧場から竹木を盗伐するのは、皇室の持ち物を盗むに等しい罪だ。

「盗」という墨文字が、書き手の怒りを表すかのように憎々しげに見える。その字を眺めながら、ふと思った。

——この血統書も盗品なのではないか。

ミラが繋養されていた新冠御料牧場から誰かが盗み出したのだとしたら、その罪の重さは盗伐どころではない。

それで、これまで誰も表に出すことができずにいたのではないか。

この血統書の出所が明らかになれば、御料牧場を管轄する宮内庁か、新冠牧場の所管省庁である農水省に返却しなければならなくなるかもしれない。

大谷は、意を決した。

「西やん、保証人の話はなしだ」

「な、なあしてですか」

「そのかわり、この血統書、おれに一千万円で売ってくれ」

「い、一千万？　いいんですか」

「もちろんだ。これはな、ミラの血統書なんだ」

「あ、ああ。でも、今おれたちが持っている血統書とは意味が違うような気がするし、ちゃんとしたとこが発行したのかどうかもわかんないですよ」

「いいんだよ、そんなことは」

いずれ返さなくてはならないにしても、自分のものとして、自分の手元に置いておける時間が一週間でも二週間でもあればいい。大谷はつづけた。

「これさえあれば、ホーリーシャークがサラブレッドだったかどうか、調べ直すことができるかもしれない」

「でも、あの馬、ずいぶん前に死んでるべさ」

「いつ死んだかなんてどうでもいいんだ。これはあいつの名誉の問題なんだから」

本物か偽物かも、さして問題ではないという気がしてきた。

厩務員として、調教師として、持てる力のすべてを注ぎ込んだ唯一の馬がホーリーシャークだった。去年死んだ最愛の妻との仲を取り持ってくれたのもあの馬だ。自分が曲がりなりにもホースマンとして食うことができるようにしてくれた恩師・松崎欣造に初めてクラシックのタイトルをプレゼントしたのもホーリーシャークだった。

そのホーリーシャークの六代母である、日本競馬史上初の名牝、ミラ。一枚の血統書がなかっただけで、自身も、子孫も「サラ系」のレッテルを貼られた。ミラは、サラ系の血とともに、類いまれなる能力を子孫に伝えた。そのおかげで今の自分がある。

どのくらい遠くにいるか見当もつかないが、ずっとそばにいて自分を見つめていた神のような存在でもあった。それがホースマン・大谷晴男にとってのミラだ。

心のどこかで「見つかるわけがない」と諦めながらも、長年探しつづけていたミラの血統書。それがここにある。その事実だけで、大谷は満たされるのだ。

「うちは助かるけど、そったら大金、大丈夫なんですか」

「何とかな。昔ならともかく、今のおれに出せるのはそれが限界だ。振り込むと都合が悪いようなら、明日にでも現金で持ってくるぞ」

大谷はキャッシュで西ノ宮に一千万円を渡した。

その数日後のことだった。

西ノ宮から大谷に電話がかかってきた。

「大谷さん、すまない」

「何を謝ってるんだ。まさか、ミラの血統書を返せとか、そういうしょうもない話じゃねえだろうな」

大谷が冗談めかして言っても、西ノ宮は笑わなかった。

「精一杯やってみたんだけど、ダメでした」

「簡単にダメだなんて言うな。くたばるまで踏ん張るんだ」

「でも、もう遅い。終わったんです。大谷さんにだけは、礼を言いたかったのさァ。ありがとうございました。声ば聴けてよかったです」

「バカヤロー、ふざけたこと言うんじゃねえ」

「最後まで迷惑かけて、すみません」

「ふざけんな、ちょっと待ってろ」

大谷は軽トラを飛ばして西ノ宮牧場に向かった。

ドアを蹴り破るようにして居間に入った。

ロープに首をかけた西ノ宮が、奥の壁際からこちらを見つめている。

「に、西やん、何してんだ」

「大谷さん……」

西ノ宮が何かを言いかけたとき、固定電話が鳴り、留守番電話が応じた。発信音につづき、低い男の声が聴こえてきた。

「あー、西ノ宮さん。わかりますね。一日延びるたびに、金利が膨らみます。逃げ得は許されませんよー。また伺います」

ツー、ツーと電子音が鳴り、静かになった。

西ノ宮は、タチの悪いヤミ金にまで手を出したようだ。

食器棚のガラスが割れ、皿やグラスなどが床に散乱しているのは、連中の仕業か。

椅子の上に立った西ノ宮が言った。

「大谷さん、おれには度胸がない。この椅子ば、蹴ってくれませんか」

「バカ言ってんじゃねえ」

「嫁とお袋も、二階で首を吊りました。手伝ったのはおれです。おれが殺したようなもんだべさ。このまま生きてるわけにはいかないよ、大谷さん。もう、地獄はごめんだ」

考え抜いたすえのことなのだろう。

大谷は、それ以上何かを言う気にはなれなかった。

しかし、自ら命を絶とうとしている友人をそのまま逝かせるのは、間違っているとしか思えなかった。

大谷は、そっと、摺《す》り足で西ノ宮に近づいた。

西ノ宮と目が合った。

それ以上顔を見ているのがつらかった。

大谷は西ノ宮に背を向けた。

何かが、ごとりと音を立てて倒れる音がした。

*

美月はアイラインを含んだ紫色の涙を流し、勢いよく洟《はな》をかんだ。

「西ノ宮さん、本当に、すっごくいい人だったの」

「美月さんも親しかったのか」

「うん。水害で牧草がダメになったとき分けてくれたり、地震で断水したとき給水車を手配してくれたり。私、世話になってばっかりだった」

「息子の隼人君も、気持ちのいい若者だね」

「西ノ宮さんの育て方がいかったからよ。私、西ノ宮さんが首吊ったってお父さんから電話来たとき、ショックで倒れそうになって、しばらく動けなかったさァ」

「お父さんが第一発見者、ということか」

「だけど、西ノ宮さんの家から警察に電話したのは私だよ。だから、警察は私が第一発見者だと思ってる」

「確かに残念な事件だけど、それならそうと、ぼくが先週来たとき、話してくれてもよかったじゃないか」

美月は黙って立ち上がり、コーヒーを淹れ直してから答えた。

「私、お父さんが嘘吐いてると思うの」

「どんな嘘を？」

美月はまっすぐこちらを見て答えた。

「お父さん、西ノ宮さんの椅子ば、蹴飛ばしたんだと思う」

小林は驚いて、すぐには言葉を返せなかった。

「どうして、そんなふうに思うんだ」

「娘だからわかるのさ。お父さん、八十歳を過ぎたころから死に方の話をすることが多くなったし、もともと『切腹は悪いことでない』って考え方なの。怪我に苦しんだ騎手が自殺したときも、『あいつは最後まで騎手のまま生きて立派だった』って言ってたよ。『死に方は、生き方なんだ』って」

「だからといって、西ノ宮さんの椅子を蹴ったということにはならないだろう」

「コバちゃんは、お父さんば知らないからそったらこと言うんだよ。去年、お母さんが死んでから、『人は生きてても死んでてもあまり変わらない』とか、わけのわかんないこと言うようになって、他人が死ぬのも、自分が死ぬのもたいしたことじゃないと思ってるんだから」

「でも、お父さんは、西ノ宮さんが自分で椅子から足を外したって言ったんだろう」

「うん、そうだけど」

「じゃあ、信じてやればいいじゃないか」

「いや、信じるなんて無理。お父さん、すごく泣いてたんだから。お母さんが死んだときより泣いてた。私、調べたんだけど、自殺幇助《ほうじょ》って犯罪でしょ。だから怖くなって、コバちゃんに本当のこと言えなかったの。お父さんがコバちゃんと電話で話してるのを途中でやめさせたのも、怖かったから……」

「なのに、どうして先週、西ノ宮牧場でぼくに声をかけたんだよ」

美月は答えず、もう一度洟をかんだ。小林はつづけた。

「本当にお父さんが西ノ宮さんの自殺を幇助したかどうかはともかく、美月さんがぼくと接点を持たなければ、それを誰にも知られる心配はなかったはずだろう」

美月は黙ったままだ。

小林は、美月が口をひらくのを待った。

「言ったら、コバちゃん、怒ると思う」

「もう怒ってるって。だから言ってくれよ」

美月は息を大きく吐いてから、言った。

「コバちゃんなら、ミラの本物の血統書ば見つけて、お父さんが持ってる血統書が偽物だって証明してくれると思ったの。そしたら、お父さん、あの血統書を持ってること、誰にも言わなくなるから」

「なるほどな。まんまと利用されたわけか」

美月は首を横に振った。

「そんなつもりじゃなかったの。だけど、そうなっちゃったね。ごめんなさい」

「ひどい人だ」

多少なりとも美月を女として意識し、彼女もそうだと思っていたので、ついそんな言い方になってしまった。

「本当にごめんなさい」

「もういいよ」

口では「怒ってる」と言ったが、ここに来たときからずっと、目の前でうつむく美月に対して、怒りの感情は湧いてこなかった。むしろ、こうして先達の篠田や沢村のあとを追い、ミラについて調べるチャンスを与えてくれたことに感謝している。美月とは、どのみちどこかで会うことになっていたのではないかとさえ思えてきた。

小林は言った。

「じゃあ、今度は、ぼくが貴女を利用させてもらおうかな」

「どういう意味さ」

美月が上目づかいでこちらを見た。

「お父さんに会わせてもらいたい」

「いいけど、なあして？」

「ミラの血統書を見せてもらいたいから」

「何だ、そったらことかァ。コバちゃん、『利用する』なんて言うから、やらしいこと言われるかと思ってドキドキしたべさァ」

この日初めて美月が笑顔を見せた。

小林の運転するレンタカーで、大谷の入院先に向かった。

「お父さんは、もともとゆっくりと話す人なのかな」

助手席に座った美月が首を横に振った。

「ぜんぜん違うよ。江戸っ子だから、べらんめえ調の早口さァ」

「じゃあ、二週間前に電話でぼくと話したときは、どうしてあんなに言葉が途切れ途切れだったんだろう」

小林は、大谷が東都のレース部に電話をしてきたとき、「お宅に、ぜひ、見てもらいたいものが、ある」といった話し方だったことを説明した。

美月は大きく息をついてから答えた。

「あのときは西ノ宮さんが死んですぐだったから、動揺してたんじゃないべか」

「そうか。普通の精神状態ではいられないよな」

そんな状態でありながら、なぜ小林に電話をしてきたのか。それは、これから会って話せばわかることだ。

二十分ほどで、静内川に近い総合病院に着いた。

大谷は、四人部屋の左奥のベッドにいた。

窓の向こうに静内川の中州が見える。

大谷は、ベッドの頭側を高くして、布団から出した左膝を枕の上に置いている。

そのまま、目だけをこちらに向けて、言った。

「あんたが小林さんか」

「そうです。はじめまして」

「篠田君は元気か」

「はい、今は常務です。会社が危ないときに立て直した、カリスマ役員です」

「何だそりゃ。何でも横文字にすればいいってもんじゃねえよ」

大谷は口元を歪めて笑った。

小林は、二週間前、電話をかけてきたのはこの男に間違いないと思った。何度も脳裏で反芻したあの声だ。

大谷はコードにつながったスイッチを押し、ベッドの上体側をさらに起こした。

美月がパイプ椅子を二脚、ベッドの横に並べた。

小林が言った。

「大谷先生は、ずっとミラの血統書を探していたのですか」

「まあ、そうだけど、どこにあんのか見当もつかねえし、探しようがなかった」

「それでも諦めなかったんですね」

「諦められるわけないだろう。ずっと片思いよ」

「ぼくもさっき知ったのですが、うちの篠田は、ホーリーシャークが引退してからもミラについての記事を書いたんですってね」

「ああ。すごい反響だった。感動したっていう手紙が、うちの厩舎にまで来てな」

「ミラの血統書に関する情報は？」

「なかったな。でも、篠田君の記事のおかげで、シャークの株がずいぶん上がったよ」

「ホーリーシャークは、大谷先生にとって、特別な馬だったんですね」

「当たり前だ。あの馬がいなければ、そいつもこの世にいなかったんだぞ」

と美月を顎で指し示した。

小林は大谷に訊いた。

「一九七九年、元号で言うと昭和五十四年に、鹿島田明さんという人が、ミラの血統書を探しにオーストラリアに行ったことはご存じですか」

「ああ、篠田君から聞いたよ。けど、残念ながら、見つからなかったらしい、ってな」

「お父さん、ずいぶんお金も遣ったじゃない」

それまで黙っていた美月が口を開いた。大谷は動揺したのか、少し目を泳がせた。

「お金って、何に対して遣ったのですか」

小林が訊くと、大谷ではなく美月が答えた。

「調教師を引退してこっちに来てからだけど、自称・血統評論家だとか、配合アドバイザーとかいうインチキ臭い人に、調査料を払ったことがあったよね」

「でも、成果はなかったんでしょう」

「そう。騙されたのよ」

「ちなみに、額はどのくらい」

小林が訊くと、美月は左手の五本の指を見せた。

大谷が元調教師だとわかって近づいてきたのだろうから、五十万円ではなく、五百万円を吹っ掛けたのだろう。

大谷は決まり悪そうに窓の外を見ている。

「高い授業料だったわね、お父さん」

小林は、このときようやく小さな違和感に思い当たった。

「美月さん、その話し方。北海道弁じゃなくなってるね」

「うん。お父さんと話していると東京弁に戻っちゃうの。もともとあっちで生まれて、北海道に来たのは高校に入るときだから――」

美月は自分も将来馬に関する仕事をしたいと思い、実家を出て、祖父の堀健太郎がホーリーシャークのために購入した静内の家、つまり今の丸福牧場に下宿し、農業高校に通うようになったのだという。

生まれた土地の言葉と、職業用、かつ、馬産地用の北海道弁を使い分けるのは、「月刊うま便り」編集長の浜口と同じだ。誰が聞いても生粋の道産子としか思わない北海道弁を話す浜口も、実は大阪出身なのだ。なお、丸福牧場にはホーリーシャークの墓があり、たてがみや蹄鉄がおさめられているという。

小林は大谷に向き直った。

「大谷先生。西ノ宮さんは、ミラの血統書が家にあるという話を自分から先生にしたことはなかったのですか」

大谷が小林をギロリと睨んだ。

——なぜ、お前がそれを知っているんだ。

そう言いたかったのか。

隣に座る美月が頷いた。

娘と目を合わせた大谷は、小林がすべて知っていることを悟ったようだ。

「実際に見せてもらうまで、一回も話したことはねえよ」

「どうしてでしょう」

「知らなかったんだろう。おれにとってどのくらい価値のあるものかをな。せいぜい、種付台帳の切れ端ぐらいにしか思ってなかったんじゃねえのか」

「ホーリーシャークの生産者の萩沼さんはどうだったのでしょう」

「さあな。そもそも、あの男が入手したものなのかどうかもはっきりしねえんだ。下手人が、やつか、その親類縁者かかもな」

「下手人？　どういう意味ですか」

そう訊いても大谷は答えず、あくびをしている。

小林は、老生産者の「じっちゃん」から聞いた萩沼の消息を伝えた。

大谷も美月も驚いていた。大谷は連続放火事件のことは何となく覚えているというが、美月は初めて聞いたという。

小林は大谷に訊いた。

「長年探していたものを見つけたときは、どんな気分でした」

大谷は笑って答えた。

「気が抜けたよ」

「どうしてですか」

「こんな近くに、こんなふうに眠っていたなんて、嘘みたいだな、ってよ。おまけに娘は『そんなもの偽物だ』って言いやがるし」

「だって、見るからに作り物っぽいし、そんなに簡単に見つかるなんて、何か怪しいじゃない」

と美月は唇を尖《とが》らせた。

「簡単に見つかったわけじゃねえよ。西やんが……、西ノ宮が、生産者のまま死ぬ覚悟を、つまり、最後まで生産者として生き抜く覚悟を決めたからこそ、おれの目に触れることになったんだ」

「どうして、それをぼくに知らせようと思ったのですか」

「決まってるじゃねえか。シャークの名誉のためさ。あんた、東都で血統のコラム書いてるだろう。読んでるうちに篠田君を思い出してな。それであんたに、シャークの血統は由緒正しいものだった、って証明してもらおうと思ったんだよ」

それを聞いた美月が首を横に振った。

「ダメよ。そんなふうにお父さんが表に出て血統書のことを話したら、西ノ宮さんが死んだとき、お父さんがあそこにいたことも言わなきゃならないじゃん」

大谷は何も言わなかった。

その静かな目を見て、小林は思った。

美月が言ったように、西ノ宮が最後まで生産者として生き抜いて命を絶つ、その介《かい》錯《しゃく》をしたというのは本当かもしれない、と。

大谷が電話で言った「事件」とは、やはり、西ノ宮の一家心中だったのだろう。「事件」と言えば小林が食いついてくると考えたのか。

そろそろ本題に入ってもいいだろう。

小林は大谷に言った。

「西ノ宮さんから入手した、ミラの血統書を見せていただけますか」

大谷は頭上を指さした。

美月がテレビの上の棚からショルダーバッグを取り出した。

そして、クリアファイルに挟まれた茶封筒を小林に差し出した。

小林は、茶封筒から血統書を取り出した。そして、血統書の上半分を隠すように重ねられている写真をそっとめくった。

血統書に記載されている文字が、すべて見える。

血統書
名　ミラ
種類　濠州産洋種
性　牝
父　濠州産洋種
母　濠州産洋種
産地　濠州
生年　一八九五
毛色　赤
右之通候也
明治三十四年十一月二十日

日本競馬倶楽部

次に、血統書の裏面を見た。

手書きの裏書きがある。ところどころかすれているが、すべての文字が判読できる。

レストランの看板に使えそうな洒落た筆記体で、こう記されていた。

Mirror NTB
Need to certify the pedigree of English Stud Book
Weatherby & Sons

その下に日本レースクラブの会員のものらしきサインがある。

横から美月が覗き込み、眉根にしわを寄せている。

小林は、もう一度、表側を見た。

写真と血統書は、直接貼りつけてあるのではなく、細く切った紙をテープの代わりにして、それに糊づけして固定してある。

その紙も、写真も、そして血統書も、今から百二十年ほど前の、ミラの時代のものに違いないような気がした。

茶封筒にはB４の原稿用紙に似た用紙も数枚入っていた。

どの用紙にも筆で文字が書かれ、真ん中で山折りされている。ひどい破れ方をしているものもあるが、茶色の罫線と「新冠御料牧場」という印字を見て、新冠牧場で閲覧した事業録の残簡であることがわかった。もっとも欠損部の大きい一枚には「日誌」と書かれている。「盗伐人●●●●ヲ尋問」という部分に目が行った。先週取材したとき、メモがわりにスマホのカメラで撮影した事業録の「事業摘要」のページを表示させた。「盗伐人」の「伐」の字のはね方などから、同じ筆跡に思われた。が、残簡の名前の部分を塗りつぶしてあるのは、墨ではなく、油性ペンのように見える。

誰が、何のためにこんなことをしたのだろう。

ふと、大谷が口にした「下手人」という言葉が思い出された。

――なるほど、そういうことか。

名前が塗りつぶされている本人か、家族、あるいは知人か誰かが、その某が盗伐人であることの証拠を消すために、事業録の一部を破り取った。そのとき一緒にミラの血統書も持ち出した――と、大谷は推測しているのではないか。だから、つい「下手人」という言葉が口をついて出たのだろう。

確かに、この事業録の一部と血統書とが一緒に保管されていたのだから、両者には何らかの関係があると考えるべきなのかもしれない。

この血統書が盗品だとしたら、特にミラと同じ時代か近い時代を生きた者にとっては、大きな声で言うのは憚《はばか》られたはずだ。いや、憚られたどころか、天子様のものを盗んだのだから、大罪である。なかなか表に出てこなかったのも頷ける。

しかし、これが盗まれたものだということを証明する手だてはどこにもない。

例えば、盗伐人の某か、その親類縁者がこの血統書を持っていて、某の名前を消すことと交換条件に別の誰かがこれを入手した——といったことも考えられなくはないが、すべて想像にすぎない。

ヒカルイマイのダービー優勝を報じた「優駿」の記事で、新冠御料牧場で働いていた技師が、ミラの時代、血統書は本省、つまり当時の宮内省で保管していたと証言していたことが思い出された。ミラが横浜の根岸競馬場から新冠御料牧場に移ったとき、血統書だけが横浜から東京の宮内省に送られたのか。それとも、横浜から新冠まで馬と一緒に移動してから東京に送られたのか。あるいは、横浜からも新冠からも東京に送られることはなかったのか。

扱いとしては「盗品」より「遺失物」が適当だろう。

小林は訊いた。

「先生、この血統書の写真を撮っても構わないですか」

「勝手にしやがれ」

ミラの写真を重ねたままのショット、写真をめくったショット、そして裏書きの三パターンをスマホのカメラで撮影した。事業録の残簡は撮らなかった。

「これを記事で紹介するとき、大谷先生が生前の西ノ宮さんから譲り受けた、とだけ書けば、美月さんが心配しているようなことにはならないと思うな」

「そうかなあ」

「うん。大谷先生が血統書を手に入れたことと、西ノ宮さんが亡くなったことを、読者は切り離して受け止めるはずだよ」

「だったらいいけど」

そう言った美月は、手にした血統書をまじまじと見て、訊いた。

「コバちゃん、この『濠州産洋種』ってどういう意味」

「オーストラリアから輸入された、日本の在来馬とは別種の、サラブレッドやトロッターのように大きな馬のことさ」

「だったら、サラブレッドも含まれるんじゃないの」

「いや、サラブレッドなら、『サラブレッド種』と記される」

「でも、よく『濠サラ』って聞いたよ。私が子供のころだったかなあ」

「美月さんのいう『濠サラ』は、一九五〇年代にJRAや大井競馬場の主催者がオーストラリアからまとめて輸入したサラブレッドのことじゃないかな。タケシバオーの祖母も、ハイセイコーの祖母も、その一頭だったんだ」

一九六〇年代の終わりに史上初めて獲得賞金が一億円を超えて年度代表馬となったタケシバオーも、その後、地方の大井競馬場から中央入りして活躍し、国民的アイドルとなったハイセイコーも、もちろんサラブレッドだった。

「じゃあ、その『濠サラ』は、血統書のついてたサラブレッドだったんだ」

「そう。ミラの時代も、オーストラリアから輸入されたサラブレッドのような馬は、血統書がなくても『濠サラ』と呼ばれるのが普通だったんだけど、サラブレッドの定義が厳しくなってから、血統がはっきりしない『濠サラ』はサラブレッドではない、ということにされてね。『サラ系』のうちのひとつの『濠州産洋種』とされたんだ」

「じゃあ、何、ミラはやっぱり『サラ系』ってこと？」

「血統書によると、そうなるな」

ちらっと大谷の様子を窺ったが、表情は動かない。

とっくにわかっていたようだ。

美月が小林に訊いた。

「裏に書いてある英語はどういう意味？」

「一行目が馬名で、二行目は『英国の血統書、つまり「ジェネラルスタッドブック」に載っている血統に相違ないことを証明する必要がある』という意味。三行目は『ウェザビー社』という『ジェネラルスタッドブック』を発行している会社の名前」

「ミラの名前の横にも何か書いてあるよ」

「ああ『NTB』のことか。それは『Non-Thoroughbred』の頭文字というか、一部分をピックアップした記号のことさ」

「ノン・サラブレッド?」

「そう」

「どういう意味」

「サラ系、だね」

小林が言うと、大谷が苦笑した。

「つまり、おれは、ホーリーシャークがサラ系だってことを証明する書類を、一千万円で買っちまったわけだ。あの金で西やんを助けることもできなかったし、いつまで経っても能無しの自分に腹が立つよ」

「まあ、しょうがないじゃない」

美月が骨折した大谷の左脚にそっと手を当てた。

「いや、まったく無意味だったわけではないと思う」

小林の言葉に、美月は驚いたような目を向けた。

「どうして?」

「日本レースクラブの人は、ミラがサラブレッドだと思っていたから血統書に裏書きしたんじゃないかな。サラ系だと思っていたら、わざわざ『ジェネラルスタッドブック』に祖先がいることを証明する必要がある、なんて書かないだろう」

「それがどうした」

大谷が不服そうに言った。

「つまり、大谷先生と同じく、この血統はサラブレッドとして大切にされるべきだと考えていた人が、あの時代にもいた、ということです」

大谷は小さく頷いた。

「そうか。ま、ひとりも味方がいないよりはいいか」

ここにある血統書を発行したのは、根岸競馬場で競馬を主催していた日本レースクラブだ。ということは、輸出したオーストラリアか、あるいは、競馬史研究家の鹿島田明が立てた仮説が正しいとすると、経由地のシンガポールか香港で発行されたミラの血統書を、日本レースクラブが引き取った可能性がある。

血統登録協会にチヤペルブラムプトンとブラツクスミスの血統書が保管されているように、日本レースクラブの関係者がミラのそれを破棄せずどこかに残し、クラブのほかのメンバーや、自身の末裔に託すなどしてはいないだろうか。

ミラが競走馬として走った根岸競馬場に今も残る、一等馬見所の威容が脳裏に蘇ってきた。ひょっとしたら、ミラの引退後三十年ほど経って竣工したあの建物のどこかに、それがひっそり眠っているのではないか。建物が老朽化しており、また、米軍根岸住宅地区が隣接しているため、馬見所のなかに入ることは禁じられている。が、米軍と国の間で米軍根岸住宅地区の返還の合意がなされており、二〇一五年十二月にすべての居住者が退去している。もし返還が実現し、馬見所に入ることができるようになれば、横浜市に許可を申請し、資料の保管場所を調べさせてもらおう。後輩の高橋は喜んで同行するだろうし、登録協会の矢代も手伝ってくれるかもしれない。馬の博物館学芸員の日吉も、その同僚たちも。鹿島田は……どうだろう。何なら、そのために東都日報で学生アルバイトを二十人ぐらい雇うよう、役員の篠田に言ってもいい。

そうなったら、今、自分の隣でミラの血統書を見つめている美月にも声をかけよう、と思った。

美月がもう一度血統書を裏返し、首をかしげた。

「ねえ、コバちゃん。裏にサインした人が誰なのか、調べられる?」

「ああ、たぶんわかると思う。責任ある立場にいた人だろうから」

「私もそう思ったの。だって、昔の根岸競馬は西郷どんの弟とか、偉い人が主催してたんでしょう。そういう人のお墨付きだったということになれば、やっぱりサラブレッドとして認めようっていうことにならないかなって」

「この人がどんな人で、何か資料になる文献を残してないか、東京に戻ったら、さっき言った鹿島田さんにでも訊いてみるよ」

「誰だっけ、その人」

「有名な……いや、有名ではないな。ともかく、びっくりするぐらい昔のことに詳しい、競馬史研究家だよ」

「いろんな研究家がいるんだね」

美月が笑うと、小林も、そして大谷もつられるように笑った。


小林と美月は病室をあとにした。

正面入口は施錠されており、救急出入口から外に出た。

すっかり陽が落ちて、静内の町並みは藍色に染まっている。

「美月さん、牧場の仕事は大丈夫なの」

「うん、今日はパートのおばちゃんがいるからね。これでも社長なんだよ」

そう言った美月が、わっと声を上げた。

「どうしたんだよ」

「ほら、月。そうだ、今日はスーパームーンなんだ。スーパームーンに願い事をしたら叶うんだって」

美月は立ち止まって空を見上げた。

小林もまねしてみた。

青みがかった満月が、東の空に浮かんでいる。確かに「スーパー」と言いたくなるのがわかる大きさだ。

せっかくだから何か願い事をしようと思い、胸に手を当てた。が、自分が今、どんなことを願っているのか、よくわからなかった。

自分は一体、何をしたいのだろう。

世の中の営みで一番好きだった競馬を仕事にしてから、昔のように、純粋な気持ちで一頭の馬や、ひとりの騎手に肩入れすることができなくなった。できなくなったというより、そうしてはいけないと自身を律しているうちに、そうなってしまった。

文章が上手くなりたい、いい記事を書きたい、とはつねに思っている。が、それは誰かに願ってどうにかなることだろうか。

いつしか自分は「願う」ということができない人間になってしまったようだ。

しかし、それではつまらない。

ミラの取材で、何らかの新事実が出てくることでも願うか。

隣を見ると、美月はまだ空を見上げていた。

「美月さんは、何を願ったんだ?」

美月は、空を見ていた目をこちらに向けた。

「内緒。っていうか、いっぱいありすぎて、最初のほうの願い事は忘れちゃった」

そんなに願うことがあるというだけで、羨ましかった。

駐車場へと歩きかけ、小林は思い立ったように言った。

「よかったら、これから飯でもどうかな」

「うん、コバちゃんが奢《おご》ってくれるんなら、いいよ」

海から流れてくる風が、ひんやりと心地いい。

小林はもう一度、月を見上げた。

今から百二十年以上も前に、ミラが、はるばるオーストラリアから船で日本にやって来たシーンを想像すると、それは必ず夜で、空に月が浮かんでいる。

ミラを含めて三十頭もの馬を積むことができたのだから、相当大きな船だったのだろう。一頭の重さが四五〇キロだとすると一万三五〇〇キロ、つまり十三・五トンの重さになる。現代の自家用車だと十台ほどだ。そう考えると、「積み荷」としては、さほど重くも大きくもないように思われるが、生き物なので、水も飲めば飼料も食べるし、おしっこもすれば馬糞《ボロ》もする。しかも、どんなに長時間の移動であっても、乗り物のなかにいるとき、馬はずっと立ったままなのだ。さらに、輸送を開始してから二十時間ほどで、環境の悪化やストレスによる免疫力の低下などから「輸送熱」を出してしまう。今は、予防のため直前に抗生物質を投与するなどしているが、ミラの時代には、馬はただ耐えるしかなかった。オーストラリアから日本まで、七千キロにも八千キロにも及ぶ船旅を、三十日ほども辛抱しなければならなかったのだ。

ミラたちが入ったのは、窓のない船倉だったのか。暴れないよう柱につながれ、馬体を寄せ合った三十頭は、太平洋の荒波に揺られながら、ときにはいななないたり、壁を蹴りつけたりしたのだろう。馬たちは、太陽が昇ったり沈んだりといった光の変化を感じることはできたのだろうか。寄港地や、目的地の横浜の港で大地を踏みしめたときは何を感じたのだろう。

根岸競馬場で走ったミラは、突出した競走能力を発揮した。「ミラ」という名は、日本の近代競馬の黎明期に眩《まばゆ》いばかりの輝きを放った。

現役引退後、富国強兵政策の一環である「活兵器」としての馬匹強化の一翼をになうべく、新冠御料牧場で繁殖牝馬となった。そうして類いまれなる競走能力と活力を子孫に伝えつづけた。

ミラ自身は、ただひたむきに走り、力強く生きただけだ。

人間からの評価だけが目まぐるしく変わった。最強牝馬として根岸競馬場の看板スターとなり、「日本初の名牝」として敬われた。しかし、その後、血統書がないというだけの理由で「サラ系」に分類され、血の価値を不当なまでに低く見積もられてしまう。

ワカタカやヒカルイマイ、ホーリーシャークといった、ミラの血を引く種牡馬の末路は寂しいものだった。

それが競馬というものだと言ってしまえば、それまでだ。

だが、その理不尽さに抗《あらが》った人間たちもいた。

ミラの名誉のために、ミラの血脈の繁栄のために、道を探し求めた。

その道はいまだ見つからないが、ひとつ確かなことがある。

それは、今なおミラは、そしてミラの血は、小林を含む人間たちを突き動かす強い力を持っている、ということだ。

追いかけずにはいられない取材対象、書かざるを得ない何かに行き当たることが、物書きにとっての幸せであり、同時に、真価が問われる瞬間でもある。

そこに今、自分はいる。

スーパームーンへの願い事が決まった。

――この時間が、もっともっとつづいてほしい。

ずっと見ているうちに、少しずつ月の色が変わっていく。変わっていくのは光のほうではなく、自分の受け止め方なのか。

こんなに長い時間月を見上げたのは、餅つきをしているウサギの姿を確かめようとした子供のとき以来だ。

月が次第に光量を増していく。
小林は、生まれて初めて月の光を眩《まぶ》しく感じた。

解説

柏木集保

遠い昔のことなどみんな忘れた気がするが、怖がりで、この物語でちょっと臆病な愛すべきホーリーシャーク（父マルーン）が東京競馬場内の松崎欣造厩舎《まつざききんぞうきゅうしゃ》に入ってきたのは、一九七〇年代前半のことだという。その時代なら覚えている。一九七一（昭和四十六）年の皐月《さつき》賞と日本ダービーを勝ったのは、ヒカルイマイ。続いてランドプリンスが一九七二（昭和四十七）年の皐月賞を勝ち、日本ダービーを二着している。まるでその二頭の活躍と合わせるように競馬記者になったわたしの二十代前半とぴったり一致する。島田《しまだ》さんのミラの物語を読みながら、わたしはすぐにヒカルイマイを思い出した。ようやく種牡馬《しゅぼば》になった北海道では人気がなく、やがて一九七八（昭和五十三）年から鹿児島の服部文男《はっとりふみお》さんの牧場に移ったヒカルイマイの競走時期は、団塊の世代の学生時代と見事に一致した。ライバルを後方から差し切る痛快なレース運びに、圧倒的な人気があった。

少し先輩社員の最初の息子さんの名前は、光《ヒカル》君だった。ことあるごとに酒を飲んだライバル専門紙の清水成駿《しみずせいしゅん》は、問い質《ただ》したことはないが、セイシュンはヒカルイマイの母の名前であり、たぶんそこからきたペンネームだったはずだ。

一九八〇（昭和五十五）年、九州にいる名馬を訪ね歩いたことがある。ついでなので新婚旅行にした。真っ先に鹿児島に行き、連絡船で垂水《たるみず》に渡り、バスに乗って服部文男さんの牧場にヒカルイマイを訪ねた。そう大きな牧場ではない。種牡馬を繋養《けいよう》するのはそれは大変なことで、ヒカルイマイを放牧する時間には、ほかの馬を「別の場所に移動させてからでないと不可能」なほどだった。眼光に鋭さは残っていたが、後年のホーリーシャークと同じでおとなしく、どことなく寂しそうだった。そのころ、延岡《のべおか》種馬所にいたカブトシローもまだ元気だった。鹿児島の九州種馬所にはアイフルがいた。

ヒカルイマイの父は、トウメイ、ファインポートなど、歴史に残る大物を世に送った種牡馬シプリアニ。さらにその父が、英ダービー馬ネヴァーセイダイ（一九五一年生まれ）。

ネヴァーセイダイは、現代の日本でエアグルーヴ一族など最大のファミリーの牝祖《ひんそ》になる輸入牝馬パロクサイド（一九五九年生まれ）の父でもある。そこで、わたしの座右の銘は「ネヴァーセイダイ（弱音を吐くな）」ということに決めた。

一九七一年の日本ダービーの出走馬二十八頭のうち、サラ系はヒカルイマイだけ。ランドプリンスが二着した翌年の日本ダービーも、サラ系の出走馬はこの馬一頭だった。

最初はサラ系のことも、ミラのファミリーもよく知らなかった。もっと古い時代が知りたくなったとき、一九三二（昭和七）年、第一回東京優駿《ゆうしゅん》（日本ダービー）の勝ち馬ワカタカの三代母もまた、血統不詳のミラだと知った。血統表は途中から途切れている。

　遠い時代のサラ系は珍しくない。十九頭立てのワカタカの第一回日本ダービーには、サラ系が三頭。母準サラが二頭、母露洋（ロシア洋種）、母アア（アングロアラブ）の血統背景を持つ馬が一頭ずついる。

　一九三九（昭和十四）年、第一回の皐月賞（当初の競走名は別）を勝ったのはサラ系のロックパークであり、一九三八（昭和十三）年、第一回菊花賞（こちらの初期の名称も別）を制したのは、軽半血種とされるテツモンだった。

　菊花賞馬テツモンの牝系は、日本のサラブレッドの牝系を集めた『サラブレッド血統大系』（サラブレッド血統センター）にはない。その他としてサラ系は載っているが、一九三九（昭和十四）年秋の帝室御賞典も勝ったテツモンの母は、軽半血種エキストラ。祖母は中半血種。そういう血統なのでサラブレッド血統大系には入り込めなかったのである。

　遅れて出発した日本のクラシック競走の黎明期《れいめいき》だからだろうか。いや、それは必ずしも正しくない気がする。世界の大半の国でも事情は同じである。残念ながら日本は騎馬民族の歴史を持たないので、馬の品種改良が遅れただけのこと。イギリスで第一回のダービーが行われたのは一七八〇年。勝ったのはダイオメドであり、その血統表がある。父の六代前は三大始祖のうちの一頭バイアリーターク。同じく三大始祖のゴドルフィンアラビアンも登場する。母方は生年不明の牝馬が連続して一応は五代前までつながる。ただし、他の登場馬はみんな途中から空白になっている。

のちにサラブレッドの名称が生まれ、サラブレッドとサラブレッドの交配を連続させることにより、分類は純血種となる。これは素晴らしい英断だった。血統不詳の東洋種と、北欧馬（主に英国）などとの交配の歴史を、何十年間も、何世代も複雑に重ねることによって誕生したのがサラブレッドの出発。純血種に高めるには、存在と希少価値を確かなものにするために、どこかで厳格なルールが必要になった。ただし、これはそれまでがずっと不正確だった歴史の裏返しでもある。サラブレッド誕生の神話を汚すことなど許されないが、少なくとも最初は典型的な交雑種であり、簡単に説明できるような交配の結果ではない。馬の改良を目指した歴史は紀元前のエジプト時代から始まっていたとされる。

血統の話題になり、北星スタリオンステーション事務局長の徳山《とくやま》さんのセリフ「遡れば、ほとんどの馬の血統に少しずつ嘘《うそ》があると思うなあ」は決して大胆ではなく、サラブレッドの神話を信じるわたしたちは、心の奥でサラブレッドの出発そのものが、すでに大変なミステリーであることを知っているからである。一七〇〇年代、一八〇〇年代の品種改良にはすでに広大な繁殖牧場があったが、貢献したのは生物学者でもなければ、現代と同じような生産者でもない。すり替えや、悪意とは関係なく、馬名が「父〇〇の牝駒」で通った時代でもある。

島田明宏《あきひろ》さんはこの著作をフィクションとされるが、競馬小説はノンフィクション（記録の物語）と一体になったときに、わたしたち読者の最高の興味を引く。島田さんの著作の素晴らしさは、綿密な構想と、そこまで調べるのかという圧倒的な探求の取材がベースにあり、ミステリーに満ちたミラに関係する本書は、いったいどのくらいの取材の積み重ねが必要だったのか想像を超える。競馬ファンの知識欲を満たしていくうちに、やがて東都日報の小林真吾《こばやししんご》記者（島田さんの『ダービーパラドックス』でも主役だった）のように、もっと知りたいとなるかもしれない。

競馬小説シリーズではディック・フランシスがあまりに有名だが、島田さんはノンフィクション作家としての出発が大きな強みになる。殺人事件が起き、邪悪な犯人が物語を展開させ、そこに競馬の暗い部分が絡んでくるようなミステリー仕立てにはしない。そこでミラの物語は素晴らしいものになった。

ミラの直系子孫はさすがに少なくなったが、ひょっとすると、数奇な運命を辿《たど》ったミラが主人公のサラ系を題材にした物語は、これで終わりではないかもしれない。二〇二〇年の夏現在、公営競馬の園田《そのだ》には、五歳トウケイアインマル（父ゴールドヘイロー）がいる。JRA所属馬では、栗東《りっとう》に三歳牝馬トウケイミラ（父トウケイヘイロー）もいる。世界のサラブレッドには、最初のジェネラルスタッドブック（一七九一年）には載っていないが、後にサラブレッドと認められた一族がいっぱい存在する。サラブレッドは、すでに南北のアメリカにも、オーストラリアにも、つまり世界中に広がってしまっていたからだ。二十世紀になって、血のつながりは証明されなくともサラブレッドと認められた牝系が、ファミリーテーブルにはいっぱい載っている。ファミリーナンバーは七十四号族まで増え、アメリカンナンバーも、ブリティッシュ（ハーフ）ブレッドナンバーも、オーストラリアのコロニアルナンバーもある。南米のファミリーなどを合わせると、百八十にも達し未公認の牝系もある。最初は、世界を網羅できていなかったからだ。牝系ファミリーには、種牡馬のサイアーラインも同じことだが、発展して枝を伸ばした一族は存在しても、途中で誕生した新系統や新種はない。純血種なのだから、元を辿るなら同じ一族となる可能性が高い。

現代では、血統書の親子関係にはDNA鑑定が用いられている。母娘（牝系）のつながりの証明はミトコンドリアDNAによる。すると、ミラの直系牝馬（まだ存在する）のミトコンドリアDNAの配列と照らし合わせれば、ミラはファミリーナンバーの何号族と同一牝祖を持つのか、解明できる可能性がある。そのあたりのことは競馬史研究家の鹿島田《かしまだ》さんが追究してくれるから大丈夫。

オーストラリアに渡らなくてもいい。日本には追加になったファミリーも含め、だいたい九十くらいのファミリーに属する牝馬が存在する。血統不詳のアクシデントに見舞われたため、サラ系の符号が消えるのは難しいが、日本に来ての代々の牝馬のつながりが正確で、ＤＮＡ鑑定を信じるなら、ミラがサラブレッドであることは証明される気がする。

サラブレッドの歴史は三百年ちょっと。晴れて純血種を名乗れるのはこれからだ、と思えるくらい歴史は浅い。熱心なサラブレッド研究の歴史もせいぜい二十から三十年くらい。数十年ほど前まで「芦毛《あしげ》は進行性の病気である――Ｆ・テシオ」とされたくらいである。血統という血のつながりは、最初からミステリアスだった。さらなる鑑定科学の進歩で解明が進むと、同時にミステリーはもっと深まり、さらに新しく生じてくるかもしれない。またそのとき、島田さんの競馬物語シリーズを熱心に読みたい。

（かしわぎ・しゅうほ　競馬評論家）

本書はフィクションです。実在する団体や競馬場、レース、人物、競走馬、種牡馬、繁殖牝馬などが登場しますが、物語の構成上、実際とは異なる描き方がされている場合があります。なお、二〇〇〇年以前の馬齢は旧表記の数え年を用いています。

本書は、集英社文庫のために書き下ろされた作品です。
本文デザイン／目﨑羽衣（テラエンジン）
挿絵／水口かよこ

ダービーパラドックス

競馬記者の小林は一頭のサラブレッドに魅せられる。その馬を追ううち、ある疑惑が浮上。さらに周囲では恐ろしい事件が。新時代の競馬ミステリー登場。

集英社文庫
島田明宏の本

キリングファーム

北海道で競走馬を生産する風死狩牧場で次々と起こる変死、失踪事件。急展開からの意外な真相と、事件の陰に垣間見える開拓史。濃密な競馬ミステリー。

集英社文庫
島田明宏の本

ジョッキーズ・ハイ

北関東の地方競馬でドーピング事件が発生。開催が危ぶまれる中、中堅騎手と美人競馬ライターが真相解明に挑む。この競馬ミステリー、現実よりリアル。

集英社文庫
島田明宏の本

絆
走れ奇跡の子馬

二〇一一年三月十一日、南相馬の拓馬の牧場は津波でほぼ壊滅。その日に誕生した子馬が、皆の希望を背負い競走馬として走り出す。人と馬の祈りの物語。

集英社文庫

ノン・サラブレッド

2020年7月25日　第1刷　　定価はカバーに表示してあります。

著　者　島田明宏《しまだあきひろ》

発行者　徳永　真

発行所　株式会社 集英社

東京都千代田区一ツ橋2-5-10　〒101-8050

電話　【編集部】03-3230-6095

【読者係】03-3230-6080

【販売部】03-3230-6393（書店専用）

印　刷　図書印刷株式会社

製　本　図書印刷株式会社

フォーマットデザイン　アリヤマデザインストア　　マークデザイン　居山浩二

ISBN978-4-08-744140-6 C0193